新潮文庫

マンスフィールド短編集

安藤一郎訳

JN282249

新潮社版

1077

目　次

マンスフィールド短編集

園遊会《ガーデン・パーティー》

The Garden Party

それで、ついに、天気はまったく上々となった。たとえあつらえたとしても、それ以上、園遊会《ガーデン・パーティー》にもってこいの日は得られなかったであろう。風はないし、暖かで、空には一点の雲もなかった。ただ空の青さに、ときどき初夏のころに見るように、明るい金いろの靄《もや》がうすくかかっていた。園丁はもう夜明けから立ち働いて、芝生を刈ったり掃いたりして、芝草と、前にヒナギクのあった黒い平らな薔薇形《ばらがた》の花壇までが輝くようになった。薔薇の花はといえば、薔薇というものは園遊会で人々の心を捉《とら》える唯一《ゆいいつ》の花であり、だれもが自分で知っていると思う唯一の花であるということを、薔薇そのものがちゃんと心得ているとおもわれるほどだった。何百という薔薇、そう、文字どおり何百という花が一晩で咲きだしていた。緑の薔薇の木々は、まるで天使の長《おさ》たちが舞い下ったかのように、垂れ伏していた。

朝ご飯がまだすまないうちに、天幕をはる人たちがやって来た。

「どこに天幕をはりましょうか、お母さま？」

「あのね、それはわたしにきかなくってもいいのよ。今年は何もかもあんたがた子供たちにまかせようと、わたしは決めているのよ。わたしがあんたがたのお母さんだということ、忘れてちょうだい。特別のお客さまということにしてくださいな」

だが、メッグは、自分で行って、その人夫たちを指図することはできそうもなかった。朝ご飯の前に髪を洗ったので、頭に緑いろのターバンを巻き、黒い、濡《ぬ》れた巻毛が両頬にぺったりくっついたまま、コーヒーを飲んでいるところだったから。おめかしやのジョーズは、いつも絹のペティコートに、キモノ風のジャケットを着て出てきたりするからだめだ。

「ローラ、あんたに行ってもらうわ。あんたは芸術的なひとだから」

ローラは飛んでいった、バタつきパンのきれを持ったままで。外で何か食べられる言訳がたつのはとてもうれしいし、それに、何か事を取り決めるのが、彼女は大好きだった。それだけ、自分はだれよりもそういうことがうまくできると、いつも思っているのだ。

ワイシャツ一つになった男が四人、庭の径《みち》にかたまって立っていた。彼らは巻いたズックにくるんだ棒杭《ぼうぐい》を持ち、また、大きな道具袋を肩にかけていた。その様子は物々しかった。そこでローラは、バタつきパンを持ってこなければよかったと思ったが、どこにもそれをおくところはないし、そうかといって、棄《す》てることもできかねた。

男たちに近づきながら、顔を赤らめ、わざときつい顔つきをし、また、ちょっと近眼のようなふりもしてみた。

「おはよう」と、彼女は母親の口調をまねて言った。ところが、それがひどく気取った言い方になってしまったので、自分で恥ずかしくなり、小さい女の子のように口ごもってしまった。「あ——あの——あんたたち、来たのは——天幕のことなの？」

「さようで、お嬢さん」一番背が高い、ひょろ長くて、そばかすがある男が言った、彼は道具袋をずらし、むぎわら帽子をとんとうしろへはじいて、それから彼女を上から見ながら笑った。「まあ、それですな」

彼の笑い方は非常にくだけて、人なつこいので、ローラも気が落ちついた。なんていい眼をしているんだろう、小さいが、とても濃い青！　そこで、こんどはほかの連中を見た、彼らもまた笑っていた。「大丈夫ですよ、わしたちは嚙《か》みつきなどしませんよ」彼らの笑いがそう言っているようだった。職人って、なんていいんだろう！　そして、なんていい朝なんでしょう！　いや、朝のことなど言ってはならない、事務的にやらなければ。天幕のこと。

「そうね、百合《ゆり》の植わった芝生のところはどう？　あそこ、だめかしら？」

そう言って、彼女は、バタつきパンを持っていない手で、百合のある芝生のほうを指さした。人夫たちはふりむいて、そのほうに眼をすえた。小さい、ふとった男は下唇をつき出し、背の高い男は眉《まゆ》をひそめた。

「あそこはどうも、あまり、目立ちませんな」と彼は言って、「さよう、天幕のようなものでは……」と、彼はそのきさくな態度で、ローラのほうへむき、「お嬢さんは、どこかそれが眼にがあんとぶつかる所に――あっしの言い方がおわかりになれば――立てたいとお思いなんでしょう」

ローラのうけた躾《しつけ》からすると、「眼にがあんとぶつかる」なんて言うのは、職人が自分に慇懃《いんぎん》ではないのではないか、とちょっと思ったが、しかし、彼の言葉の意味はよくわかった。

「テニスコートの隅は」と彼女は意見を出して、「でも、どこか隅にバンドが陣どるのよ」

「ハハァ、バンドをよぶんですかい？」と別な職人が言った。彼は青白い男だった。黒い眼でテニスコートをじろじろと見る、その顔はやつれてみえた。何を考えているんだろう？

「ほんの、とてもちっちゃいバンドなのよ」とローラはおだやかに言った。たぶん、楽団がとても小さくたって、そんなことは大して気にとめないであろう。だがそのとき、背の高い男が口を出した。

「ちょっと、お嬢さん、あそこがいいですよ。あの木をうしろにして、向うのところ、あそこなら申し分ないですな」

カラカの木（訳注　ニュージーランド産の木でマオリ族がその種を用いる）の前のところ。そうすると、カラカの木が隠れてしまう。あの木は、広い、つやつやした葉で、黄いろい実が鈴なりになっているので、とてもいいのに。ちょうど、無人島に生えているとも想像されるような木で、毅《き》然《ぜん》として、それで寂しそうに、葉と実を、何かひっそりした壮麗さで、太陽へむかってさし出していた。あの木を、天幕で隠さなければならないのかしら？

隠さなければならない。職人たちは、もう棒杭をかついでその場所のほうへむかっていた。あとに背の高い男だけが残った。彼は、かがんで、ラヴェンダーの小枝をぎゅっとつまんで、その親指と人差指を鼻のところへもっていき、匂《にお》いをかいだ。その様子をローラは見て、男がそんなものに心をとめるのに驚いて、カラカの木のことなんかすっかり忘れてしまった――ラヴェンダーの匂いに心をとめるなんて。自分の知っている人でこんなことをする者が幾人あろうか。まあ、職人って、なんてすばらしくいい人たちなんだろう、と彼女は思った。彼女のダンスの相手になり、日曜日の夕食にやってくる馬鹿《ばか》な男の子たちなんかよりも、こういう職人たちをどうして友だちにできないんだろう？　こういう人たちだったら、もっと面白くつき合っていけるだろうに。

背の高い男が封筒の裏に何か、輪にくるところとか、そのまま垂らしておくところなどを図で描いている間、彼女は、これはすべて馬鹿げた階級差別から来ている、と自分の心で決めた。そう、自分としては、そんなものは感じない、少しも、ほんのちょっぴりだって……すると、カン、カン、カンと木槌《きづち》の音が聞えてきた。ある者は口笛を吹き、ある者は「そこ、いいかい、きょうだい？」と呼びかけた。「きょうだい？」その言葉の親しさ、その、なんというか——あのう——そこで、自分がどんなにうれしいかを示すために、どんなに心安く感じているか、どんなに自分がくだらない因襲というものを軽蔑《けいべつ》しているかを示すために、ローラは職人の描いた小さな図をじっと見ながら、バタつきパンをパクリと大口にかじった。彼女は、自分が娘の労働者になったような気持になった。

「ローラ、ローラ、どこにいるの？　電話よ、ローラ！」家の中から大きな声がした。

「いま行くわ！」彼女はいそいで走り、芝生を横ぎり、径を通り、踏石を上って、ヴェランダを通って、玄関口に入った。玄関のところで、父と兄のローリーが、これから会社へ出かけようとして、帽子にブラッシをかけているところだった。

「あのね、ローラ」とローリーは口ばやに、「きょうの午後までに、ぼくの上衣《うわぎ》をちょっと見ておいてね、プレスしなければならないかどうか」

「ええ、見とくわ」と彼女は言ったが、急に自分をとめることができなかった。彼女はローリーのところへ走りよって、すばやくちょっと抱きしめた。「あたし、パーティーは大好きよ、お兄さまは？」と息をはずませて言った。

「もちろん、好きだとも」とローリーは温かい、少年じみた声で言って、彼もまた妹を抱きしめた、そして彼女を柔らかく押して、「早く電話のところへ行っておいで」

電話。「ハイ、ハイ、ええそうです。キティー？　おはよう。お昼ご飯にいらっしゃる？　いらっしゃいよ。もちろん、うれしいわ。ほんのもうお粗末な食事なのよ——サンドイッチをつくったあとのパンの堅いきれはしとメレンゲ（訳注　卵白と砂糖をまぜて軽焼きにしたもの）の外皮、みんな残りものばっかりなのよ。そう、いい朝だことね？　あなたの白い服？　ええ、そうなさいよ。ちょっと待って——電話きらないでね。母が何か言ってるの」ローラは体をうしろへそらせた。「なあに、お母さま？　聞えないわ」

シェリダン夫人の声が階段の上からひびいてきた。「前の日曜日にかぶってきた、あのかわいらしい帽子をかぶってらっしゃいと言いなさい」

「母がね、前の日曜日にかぶってらっしゃった、かわいらしい帽子をかぶっていらっしゃいって。ええ、いいわ。一時よ。バイ、バイ」
ローラは受話器をおくと、両手を頭の上へふり上げて、深い息をし、両手をのばしてからおろした。「フッ」と溜息《ためいき》をもらすと、そのあとですばやく立ちあがった。彼女はじっと耳をすました。家の中のドアが全部開くようにおもわれた。家は、低い、小刻みの足音と高くひびく声で活気づいていた。台所の部分に通じる、緑いろの粗羅紗《ベイズ》を張ったドアは、パッと開いて、こもった音とともに閉じた。それからいま、長い、クスクス笑いのような、へんてこな音が聞えてきた。それは、重いピアノがその動きの悪い脚車によって押し動かされているのだった。それよりも、この空気！　ちょっと注意してみると、いったい、空気はいつもこんなかしら？　あるともない微風が、窓の上のところや、外のドアのところで、追いかけっこしていた。また、二つの小さな、日光の点が落ちていた、一つはインク壺《つぼ》に、一つは写真を入れた銀の額ぶちに、やはり、たわむれ動いていた。かわいらしい二つの点。特に、インク壺の蓋《ふた》にあるのは。それは非常に温かい。温かい、小さな、銀の星。それに接吻《せっぷん》してみたくなった。
玄関のドアのベルがけたたましく鳴った、そして、階段にセーディのプリント模様スカートのさやぐ音がした。男の声が何か言っていた。セーディがむぞうさに答えた
――「あたしは何も存じません。待ってくださいい。奥さまにきいてみます」

「何なの、セーディ？」ローラは玄関の間に出てきた。

「花屋さんですの、ローラお嬢さま」

たしかに、そうだった。ドアのすぐ内側のところに、ピンクいろの百合の鉢をいっぱいのせた、大きな、浅い盆がおいてあった。ほかの花は何もない。百合ばかり――カンナ百合で、大きなピンクいろの花、大きく開いて、眩《まば》ゆいばかり、つややかな真紅の茎に、ほとんど恐ろしいくらいにいきいきしていた。

「まあ、これ、セーディ！」とローラは言った、その声は小さな呻《うめ》きのようだった。彼女は、カンナ百合の燃えたつ熱で自分を温めようとするかのように、そこへしゃがみこんだ。それらの百合が自分の胸の中に生えて、指に、唇にあるように感じた。

「何かの間違いだわ」と彼女は力ない声で言った。「だれもそんなにたくさん注文したひとないんですもの。セーディ、行って、お母さまを見つけてきて」

だが、ちょうどそこへ、シェリダン夫人が出てきた。

「いいのよ、それで」と夫人は静かな調子で、「ほんとに、わたしが注文したんですよ。きれいじゃないの？」彼女はローラの腕をおさえた。「きのう、花屋さんの前を通ったとき、飾り窓にあるのを見たんですよ。そして、ふと、一生に一度だけ、カンナ百合をうんと買いましょうと思いついたの。園遊会《ガーデン・パーティー》はいい口実になると思ってね」

「でも、お母さまは何も手を出さないつもりだっておっしゃったでしょう」とローラ。セーディはいなくなっていた。花屋の男は、まだ彼の荷馬車のそばに立っていた。ローラは、母の頸《くび》に手を巻きつけて、そっと、ほんとうにそっと、母の耳を嚙《か》んだ。

「あんたはね、なんでも理詰めにやるお母さんなんて好きじゃないでしょう？　そんなことするんじゃありません。花屋さんがいるじゃないの」

花屋の男は、さらにもっと百合を運んできた、もう一つの盆にいっぱい。

「それをドアの内側、玄関口の両側に重ねてならべてくださいな」とシェリダン夫人、「それがいいでしょう、ローラ？」

「ええ、いいわ、お母さま」

応接間ではメッグとジョーズと人のよい小男のハンスが、とうとうピアノの移動をうまくやってのけたところだった。

「さあここで、チェスターフィールド（訳注　まっすぐな肘かけがついた長椅子の一種）を壁ぎわにつけて、椅子《いす》のほかは全部、この部屋から出したらどうかしら？」

「いいわね」

「ハンス、このテーブルをみんな喫煙室へ運び出して、絨毯《じゅうたん》に残っている埃《ほこり》を取るのに、箒《ほうき》をもっておいで――ちょっと待って、ハンス――」ジョーズは、召使たちに命令を出すのが好きだったし、また召使も、彼女の言うことによく従った。ジョーズはいつも、召使たちに、何か芝居に自分が加わっているように思わせるのであった。「お母さまとローラに、すぐここへくるように言っておくれ」

「かしこまりました、ジョーズお嬢さま」

彼女は、メッグのほうへむいた。「ピアノの調子、どんなか聞いてみたいわね、きょうの午後、歌をうたわされるといけないから。ちょっと『この世は悲し』をやってみましょうよ」

ポーン！　タタタ、タッ、ボン！　ピアノはひどく情熱的に鳴りだしたので、ジョーズの表情が変った。彼女は両手を握りあわせた。母とローラが入ってくると、ジョーズは二人を愁《うれ》わしげに、また不思議そうに見た。

この世は悲し、
涙と――ためいき、
恋はむなしく、
　この世は悲し、

涙と——ためいき、
恋はむなしく、
いざ……さらば！

だが、その「さらば」というところで、ピアノはいっそう絶望的にひびいたのだが、彼女の表情は、この情緒とまったく反対の輝く微笑にほころびてしまった。「あたしの声、いいでしょう、お母さま」と彼女はにっこりと笑った。

この世は悲し、
希《のぞ》みはついにつき果てる、
夢か——うつつよ。

ところがそこへ、セーディが入りこんできた。「なあに、セーディ？」「あのう、奥さま、料理番がサンドイッチにつける旗をおもちですかって」「サンドイッチの旗？」とシェリダン夫人はぼんやり夢みているように、おうむがえしに言った。子供たちは、その顔つきで、母が旗をもっていないことを察した。「そうねえ」そして、彼女はセーディにきっぱりと言った、「料理番に、十分たったらわたしがとどけますと言っておくれ」

セーディは出ていった。

「さあ、ローラ」と母は口ばやに、「わたしといっしょに喫煙室へ来てくださいね。何か封筒の裏にでもサンドイッチの種類の名をしるしておいたはずだから、あんたにそれを書きうつしてもらわなくちゃ。メッグはすぐ二階へ行って、頭に巻いた濡《ぬ》れたものを取っていらっしゃい。ジョーズは、大いそぎで行って、着がえをすること。いいですか、わたしの言うことわかった？　そうでないと、お父さまが今晩お帰りになったとき、言いつけますよ。それから――それからジョーズ、もし台所へ行ったら、料理番をうまくなだめておいてね。けさはわたし、あの人にびくびくものなのよ」

封筒は、やっと食堂の時計のうしろにあるのが見つかった、だが、どうしてそんなところにまぎれこんでいたか、シェリダン夫人には覚えもなかった。

「子供たちのだれかがわたしのバッグから取っていったんでしょうよ、わたしはちゃんと覚えているんですから――クリーム・チーズとレモン・カード（訳注　カードは凝乳の一種）。それはもう書いちゃったの？」

「ええ」

「卵と――」シェリダン夫人は封筒を身からはなして見ていた。「鼠《ねずみ》という字みたいね。鼠ではね、どうも」

「橄欖《オリーブ》よ」とローラは、肩ごしにそれを見て言った。

「そうそう、橄欖だわね。鼠だったらまったくとんでもない組合せになるわね。卵と橄欖なんて」

とうとうその仕事をおえたので、ローラは旗を台所へもっていった。そこにはジョーズがいて、もう料理番のごきげんをとりなしていたので、彼女はすっかりおだやかになっているようだった。

「あたし、こんなみごとなサンドイッチは見たことないわ」とジョーズはとてもうれしそうな声で言った。「あんた、幾種類あるって言ったっけ？　十五種類？」

「十五種類ですよ、お嬢さま」

「まあ、料理番、ほんとうにお礼を言うわ」

料理番は、サンドイッチ用の長い包丁でパンの端をはらいのけて、顔いっぱいにほほえんだ。

「ゴッドバーの店の者が来ましたよ」とセーディが食料室から飛び出して告げた。彼女はその男が窓のところを通るのを見たという。

それは、クリームパフ（訳注　シュークリームに似たもの）が来たということであった。ゴッドバーはそのクリームパフで有名だった。それをうちで作ろうなどと、だれも考える者はない。

「それ、こっちへもってきて、テーブルの上においてくださいよ」と料理番が命じた。

セーディは運び入れると、また戸口へもどっていった。もちろん、ローラとジョーズは、もう大きくなっているので、こういうものを、心からほしいと思うことはなかった。それにしてもやっぱり、クリームパフがとてもおいしそうにみえることはみとめないわけにはいかなかった。とてもおいしそう。料理番はその形をととのえて、それにおまけの砂糖をふりかけた。

「クリームパフはひとにパーティーのことを思い出させるのじゃないかしら？」とローラ。「思い出させると思うわ」と実際的で、過去を思い出すことなんかきらいなジョーズが言った。

「きれいで、ふんわりと軽そうにみえるわね、ほんとうに」

「お嬢さま、一つずつ召しあがれ」と料理番はきげんよく言って、「お母さまにはわかりませんよ」

まあ、そんなことできやしない。朝ご飯のすぐあとにクリームパフを食べるなんて。そう考えただけでもこわくて身ぶるいがするくらい。それでも、二分後にはジョーズとローラは指をなめていた、泡だたせたクリームを食べるときにだけする、あのうっとりと心をうばわれている表情で。

「庭へ行ってみましょうよ、裏口から出て」とローラが言いだした。「職人たちが天幕をどんなふうにしているか、ちょっと見たいわ。あの人たち、とってもいいひとよ」

　ところが裏の戸口は、料理番、セーディ、ゴッドバーの店の者、それとハンスの四人で、ふさがれていた。

　何か出来事があったのだ。

「トッ、トッ、トッ」と料理番は興奮した牝鶏《めんどり》のような声を出した。セーディは、まるで歯痛《はいた》に悩んでいるように、頬に手をぴたっとあてていた。ハンスの顔は、ことをよく知ろうと、緊張してゆがんでいた。ただゴッドバーの男だけが自分で面白がっているようだった、話は彼だけが知っているものだった。

「どうしたの？　何かあったの？」

「大変な事件なんですよ、男のひとが殺されたんですよ」と料理番が言った。

「男のひとが殺されたって？　どこで？　どうして？　いつ？」

　ところで、ゴッドバーの男は、自分のもってきた話を、眼の前で、ほかの者に横どりされたくはなかった。そこで――

「このすぐ下に、ごちゃごちゃ小さな家があるのご存じでしょう、お嬢さん？」ご存じでしょう？　もちろん、知っているわ。「そう、あそこに、スコットという名の若い男がいるんですよ、荷馬車屋でしてね。その馬がけさホーク通りの角で、道路機関車におびえてあばれ、男はあおむけに投げ出されて頭を打ったんですよ、即死です」

「死んじゃったの！」ローラはゴッドバーの男をじっと見た。

「人々が男を救《たす》けおこしたときは、もう死んでいたんです」とゴッドバーの男は話に味をつけた。「わたしがここへくるときは、死骸《しがい》をうちへ運んでいくところでしたよ」それから料理番にむかって、「あとに細君と五人の小さい子供が残っているんだよ」

「ジョーズ、こっちへ来て」ローラは姉の袖《そで》をつかむと、台所から緑の粗羅紗《ベイズ》を張ったドアの向う側まで引っぱっていった。そこで止ると、ドアによりかかった。「ジョーズ！」とローラは恐怖にかられた様子で、「いったいどうしたら、何もかもやめられるでしょうね？」

「何もかもやめるって？　ローラ！」ジョーズはびっくりして叫んだ。「どういう意味なの？」

「園遊会《ガーデン・パーティー》をやめるのよ、もちろん」ジョーズはなぜわからないふりをするのだろう？

だが、ジョーズは、いよいよ驚くばかりであった。「園遊会《ガーデン・パーティー》をやめるって？まあ、ローラ、馬鹿《ばか》なこと言わないで。もちろん、そんなことできないわ。だれだって、あたしたちがやめるなどとは思わないでしょう。そんな気狂《きちが》いじみたことしないで」

「だって、表門のすぐ外に死んだ人があるというのに、園遊《ガーデン・パーティー》会をするなんていうこと、どうしたってできないわよ」

それこそ、まったく気狂いじみている、その小さな家々は、邸《やしき》のところへ出る急な坂の下で、それだけ一かたまりになって、小路《こうじ》にあるのだから。実際、その家々はあまりに近いのだ。ひどく目ざわりで、ほんとうはこの近辺にあるべきものではないのだ。チョコレートいろに塗った、小さなみすぼらしい住宅だった。その庭ときたら、キャベツの株と病気の鶏とトマトの空罐があるぐらい。その煙突から出る煙まで、いかにも貧しかった。きれぎれのほんのちょっぴりした煙で、シェリダン家の煙突から立ちのぼるもくもくとした、銀いろめいた煙とはまったく違っていた。その小路には、洗濯女や、煙突掃除夫や、靴直しや、また家の正面にちっちゃな鳥籠《とりかご》をいっぱいぶら下げた男などが住んでいた。子供たちがうじゃうじゃいた。シェリダンの子供たちが小さかったときは、そこに足をふみ入れることは禁じられていた、言葉が悪いのと、どういう病気をうつされてくるかわからないからであった。だが、彼らが大きくなってからは、ローラとローリーはぶらぶら歩きに出たとき、ときにそこを通ることがあった。胸がむかつくほど、汚ならしかった。二人はおぞ気をふるいながら、帰ってきた。しかし、ひとはどこへでも行かなければならない、どんなものでも見なければならない。それで、彼らはそこを通りぬけた。

「それに、バンドの音楽がその気の毒な女のひとに、どんなにひびくか考えてみたら」とローラ。

「まあ、ローラったら！」ジョーズは本気でいらだってきた。「あんた、だれかに不幸なことがおきるごとに、バンドの演奏をとめるとしたら、これからずいぶん大変な一生を送ることになるわよ。そりゃあ、あたしだってあんたと同じように、ほんとうにお気の毒なことだと思うわ。同じように同情はしてよ」彼女の眼はきびしくなった。二人が小さいころ、喧嘩《けんか》したときによくそうしたように、妹のほうをじっと見すえた。「センチメンタルになったところで、それで酔っぱらった労働者をもう一度生きかえらすことできないじゃないの」

「酔っぱらった！　だれが酔っぱらったって言った？」ローラは憤然としてジョーズ

のほうへむいた。こういう場合、いつもそうだったのだが、彼女は、「お母さまのところへすぐ行って、言ってくるわ」と言った。

「ええ、そうなさいよ」とジョーズはやさしく言った。

「お母さま、お部屋に入ってもいい？」ローラはドアの大きなガラスの把手《とって》をまわした。

「いいですとも。まあ、どうしたの？　なんで、そんな興奮した顔しているの？」そう言って、シェリダン夫人は化粧台のところからぐるりとむき直った。彼女はいま新しい帽子をかぶってみているところだった。

「お母さま、男のひとが死んだんですよ」とローラが話し始めた。

「まさか、うちの庭ではないでしょう」と母がさえぎった。

「ええ、もちろんよ！」

「まあ、あんたはなんてびっくりさせるんでしょう！」シェリダン夫人は、ホッとしたように溜息《ためいき》をつき、大きな帽子をとって膝《ひざ》の上においた。

「でもね、あのね、お母さま」とローラは言って、息をきらし、半ば喉《のど》をつまらせながら、恐ろしい話を告げた。「もちろん、うちで園遊会《ガーデン・パーティー》をひらくことはできないでしょう？」と彼女は説きつけるように、「バンドも、お客さまも、みなやってくるでしょう。そうすると、向うへ聞えることになるわ、お母さま、ほとんどお隣りと言っていいくらいですもの！」

ローラの驚いたことには、母の態度もジョーズと同じであった。それに、母は本気に考えていない様子なので、ますますがまんがならなかった。ローラのことを真面目《まじめ》に取ろうとしないのだ。

「ですけどね、あんた、常識で判断してくださいよ。わたしたちは、たまたま偶然に、それを知っただけなのよ。もしあそこの人が普通に死んだのなら——ああいう狭苦しい小さなところに、どうして生きていかれるか、わたしには実際ふしぎでならないの——うちではやっぱり、そのまま園遊会《ガーデン・パーティー》をやるでしょうね？」

ローラはこれにたいして、「ええ」と言わなければならなかった。だが、これはみな間違っていると、心では思っていた。彼女は母のソファに腰をおろして、ソファのふち飾りをつまんだ。

「お母さま、そういうことはあたしたちがとても非人情だということになりませんか？」と彼女はきいた。

「あのね、ローラ！」シェリダン夫人は立ちあがって、帽子をもって彼女のところに近づいた。ローラがとどめる間もなく、母は彼女に帽子をかぶせてしまった。「そうらね！」と母は言って、「その帽子はあんたのよ。あんたにあつらえむきよ。わたしには派手すぎるの。あんたがそんなにきれいにみえるの、これまで見たことないわ。自分で見てごらんなさい！」そして、シェリダン夫人は手鏡をさし上げた。

「だって、お母さま」ローラは、また言いかけた。自分の姿など、見る気にならなかった、彼女はわきへむいてしまった。

こんどは、シェリダン夫人がジョーズと同じように、かんしゃくをおこすことになった。

「あんたはまったくとんでもないことを言っているのよ、ローラ」と夫人は冷たく言って、「ああいう人たちはわたしたちが犠牲的なことをするなんて、ちっとも当てにしてはいませんよ。それに、あんたがいまやろうとしているように、すべての人にとって楽しいことを台なしにしてしまうのは、それこそ、思いやりのあることじゃないわね」

「あたし、わからないわ」とローラは言って、あわてて部屋から出ると、自分の寝室に入った。ところが、そこで、ふと彼女が最初に眼にしたのは、鏡に映った、美しい少女の姿だった――金いろのヒナギクと長い黒びろうどのリボンで飾った、黒い帽子をつけている。自分がそんなにきれいに見えるなどとは、思ったこともなかった。お母さまの言うことは、正しいのかしら？　彼女は思った。そしていま、お母さまが正しいのであればよいと思った。あたしはとんでもないことを考えているのかしら？　たぶん、あたしの考えはとんでもないことなのだろう。そのとき、あの気の毒な婦人と五人の小さな子供と、その家に死骸が運びこまれている光景がチラッと頭にうかんだ。だが、それはすべておぼろで、現実的でないようにおもわれた、ちょうど新聞に出る写真のように。パーティーがすっかりすんだら、もう一度考え直してみよう、彼女はそう心で決めた。どうやら、それが一番いい策のようだ……

お昼ご飯は、一時半までに終った。二時半までには、すっかり大さわぎの用意がととのっていた。緑の上衣《うわぎ》をつけたバンドがやって来て、テニスコートの一隅に陣どった。

「あら、まあ！」とキティー・メイトランドがはしゃいだ言い方で、「あのバンドは蛙《かえる》そっくりじゃない？　いっそのこと、池のまわりにぐるりとならべて、指揮者をまんなかの葉っぱの上にのせたらよかったのに」

ローリーが帰ってきて、着がえにいく途中で、妹たちに声をかけた。ローリーの姿を見ると、ローラはまた、さっきの出来事を思い出した。兄に話したいと思った。もし兄もほかの人々と同じ意見だったら、それならばすべて正しいとしなければならない。そこで、ローリーのあとを追って、玄関に入った。

「ローリー！」

「よう！」彼は階段の中途にいたが、こっちをむいてローラを見たとき、突然頰っぺたをふくらませ、眼をぐるぐるとむいて、彼女を見た。「やあ、ローラ！　すてきだよ」と言い、「まったくすばらしい帽子だな」

ローラは気ぬけしたように、「そう？」と小さく言って、ローリーを見あげて笑った。そして、結局何も言わずにしまった。

それから間もなく、人々がぞろぞろとやって来た。バンドが演奏を始めた。外からやとった給仕人が、家から天幕へと走った。どこを見ても、男女一組ずつのお客がさまよって、花のほうへ身をかがめたり、挨拶《あいさつ》をかわしたり、芝生の上を歩いたりしていた。彼らは、シェリダン家の庭にきょうの午後だけ降りてきた、華やかな鳥のようだった、途中の道よりに——だが、行く先はどこだろう？　ああ、みんな楽しそうに、手を握り合い、頰をつけあい、眼と眼でほほえみあう人々といっしょにいることは、なんてうれしいことだろう。

「ローラさん、なんて晴々しい顔してるんでしょう！」

「まあ、なんてよく似合うお帽子ですこと！」

「ローラ、あんたはスペイン人みたいだわ。あんたがそんなにすばらしく見えること、知らなかったわ」

そして、ローラは上気しながら、やさしく応じた――「お茶は召しあがりましたか？　アイスクリームはいかが？　トケイソウの実が入ったアイスクリームは特別製なんですよ」彼女は、父のところへ走っていって、「バンドのかたに何か飲物をさしあげたら？」と頼んだ。

こうして、その午後はゆっくりと熟していき、ゆっくりと色あせて、ゆっくりとその花びらをとざした。

「こんな愉快な園遊会《ガーデン・パーティー》は初めてですわ……」

「この上ない大成功……」「まったくこれまでにない……」

ローラは、お客を送るのに母を助けた。二人は玄関口にならんで、すっかり終るまで立っていた。

「さあ、すんだわ、すっかりすんだわ、うれしいこと」とシェリダン夫人は言った。

「ほかの人たちを集めなさい、ローラ。行って、コーヒーを飲みましょう。わたしはくたくたよ。ほんとうに、とてもうまくいったわね。でも、こういうパーティーは、こういうパーティーって大変なのよ！　あんた方子供たちは、どうしてパーティー、パーティーというんでしょうね!」それから、みんなは人のいなくなった天幕の中に腰をおろした。

「お父さま、サンドイッチを召しあがれ。この旗の文字はあたしが書いたのよ」

「ありがとう」シェリダン氏は一口にがぶっと頰ばり、それでもう、サンドイッチはなくなっていた。彼はもう一きれ取った。「きょう起った、ひどい事故のこと聞いてないんだろう?」と彼は言った。

「あなた」とシェリダン夫人は、片手をあげて、「聞きましたわ。それで、パーティーはお流れになるところだったんですよ。ローラが延期しようと言ってきかなかったんですの」

「あら、お母さま!」ローラは、このことでからかわれるのはいやだった。

「なんにしても、悲惨な話だ」とシェリダン氏、「おまけに男は世帯もちなんだ。すぐ下の小路に住んでいて、細君と子供が五、六人あるということだよ」

ちょっと気まずい沈黙があった。シェリダン夫人は、コーヒー碗《カップ》を持ちながら、もじもじしていた。実際、お父さまは気がきかなすぎる……

ふと、夫人は顔をあげた。そこのテーブルの上に、サンドイッチやケーキやクリームパフが手をつけないままのっていたが、これはみんなむだになってしまう。彼女には、うまい考えが一つ思いうかんだ。

「いいことがあるわ」と彼女、「贈りもののバスケットをつくりましょうよ。その気の毒なひとに、このとてもよくできたごちそうをあげましょう。とにかく、小さい子供には大のごちそうでしょうよ。それはどう？　きっと近所の人がたくさんやってくるんでしょう。そのとき、ちゃんとごちそうができてるなんて、そんな都合のいいことないでしょうから。ローラ！」ローラは飛びあがった。「階段の下の戸棚から、大きなバスケットをもっていらっしゃい」

「でも、お母さま、ほんとうにそれがよい考えだとお思いになる？」とローラ。

またここで、奇妙なことにも、自分はみんなと違っているようにおもわれた。園遊会《ガーデン・パーティー》の残りものをもっていくということ、その気の毒な婦人がはたしてそれを喜ぶだろうか？

「もちろんですよ！　あんた、きょうはどうしたの？　一、二時間前には、わたしたちに思いやりがなくてはいけないと言ったでしょう、それなのにこんどは――」

ああ、いいわ！　ローラはバスケットを取りに走った。バスケットは母の手で詰められ、ごちそうをうんと入れた。

「あんたがそれをもっていくのよ」と母は言った。「大いそぎで走っていきなさい。

あの、ちょっと待って、このカイウの花も持っていきなさい。あの階級の人たちはカイウの花を見たら、とても喜ぶでしょうよ」

「花の茎がレースの上衣を台なしにするわ」と実際的なジョーズが言った。

そうかもしれない。よい時に気がついた。「そんなら、バスケットだけにして、それから、ローラ！」――母は、ローラのあとから天幕を出て――「あの、どんなことがあっても――」

「なあに、お母さま？」

いや、こういう考え方は子供の頭に入れないほうがいい！「なんでもないのよ、いそいでいってらっしゃい」

ローラが庭の戸をしめて出ると、もう暗くなりかかっていた。大きな犬が影のように走りすぎた。道路は白くうす光りし、ずっと下の窪地《くぼち》には、小さな家々が深い影につつまれていた。きょうの午後のあとで、なんと静かにおもわれるんだろう。いま、ここの坂をおりて、一人の男が死んで横たわっているどこかの家に、自分は行こうとしているのだ、彼女はそれがほんとうとは思えなかった。なぜ、そう思えないんだろう？　彼女はちょっと立ちどまった。すると、さっきの、接吻《せっぷん》や、いろんな声や、澄んだスプーンの音や、笑い声や、ふみたおされた草の匂《にお》いなどが、自分の内部に残っているようにおもわれるのであった。何もほかのものが入ってくる余地がないのだ。なんて奇妙なことだろう！　うす青い空を見あげて、彼女が思うことはただひとつ、「そう、きょうのパーティーはこの上ない大成功だったわ」

やがて、幅ひろい道路がわかれるところへ来た。小路に来た、煙っぽくて暗い小路。ショールをかけた女や、ツウィード地の鳥打帽をかぶった男がいそいで通っていた。男たちが柵《さく》にもたれていた。子供たちは戸口で遊んでいた。みすぼらしい小さな家から、低い人声が聞えてきた。ある家には灯がゆらめき、影、蟹《かに》のような影が窓を過《よ》ぎった。ローラは頭をさげて、道をいそいだ。いまここへくると、彼女は、上衣を着てくればよかった、と思った。自分のフロックがなんと派手に輝くことだろう！　それからまた、びろうどの長いリボンがついた大きな帽子も――もっと別な帽子だったのなら！　人々が自分のことを見ているかしら？　そうに違いない。ここへ来たのは、間違いだった、たしかに間違いだと、初めっからわかっていたのだ。いまからでも、もどったほうがいいのじゃないかしら？

いや、もう遅すぎる。ここがその家だ。それに違いない。人々の黒い一かたまりが外に立っていた。門のそばに、非常に年とった婦人が松葉杖《まつばづえ》をもって椅子《いす》に腰かけ、見張っていた。その婦人は足を新聞紙の上にのせていた。ローラが近づくと、人の声がやんだ。一団がわかれた。その様子は、まるで彼女がくるのを待っていたようであり、彼女がやってくるのをもう知っていたかのようだった。

ローラはひどく怯気《おじけ》づいた。びろうどのリボンを肩の上でゆさぶるようにして、そばに立っている女のひとに、「スコットさんのおうちはここですか?」と言うと、その女のひとは、妙なうす笑いをしながら、「そうだよ、娘さん」と言った。

ああ、ここから抜け出られるように! 小さい径《みち》をいき、扉をノックしながら、彼女は実際、「神さま、お救《たす》けください」と言った。あのじっと見すえている眼から脱《のが》れるのに、なんでもよい、あの婦人たちのショールのどれか一つでもよい、身を包みかくすために。ただバスケットをおいて、すぐ行こう、と彼女は決心した。バスケットの中身をあけるまで、待つのもよそう。

すると、戸があいた。黒い着物の小柄な女が暗がりに姿をあらわした。

ローラは、「スコットさんの奥さんですか?」と言った。彼女が慄然《りつぜん》としたことには、その女は、「お入りなさい、どうか、お嬢さん」と答えて、廊下に入れられてしまった。

「いえ、あたしは上がらないんです」とローラは言って、「ただ、このバスケットをおいていきたいんです。母がさしあげてくださいって――」

暗い廊下にいる小さい婦人は、ローラの言うことが聞えないらしかった。「こちらへ、どうぞ、お嬢さん」と彼女はなめらかな口調で言った、ローラは彼女のあとに従った。

すると、汚ならしい、小さな、低い台所に案内され、そこには煤《すす》っぽいランプがともっていた。炉の前に一人の婦人が腰かけていた。

「エム」と彼女を導いてきた小柄な婦人が言って、「エム！　若いお嬢さんだよ」彼女はローラのほうをむいた。そして、意味ありげに、「わたしはこの姉なんです、お嬢さん。このひとのご無礼はかんべんしてくださいね？」

「まあ、そんなこと！」とローラ、「どうか、どうか、そのかたはそのままにして。あたしは――あたしはただバスケットを――」

ところがそのときに、炉のところにいる婦人がこちらをむいた。その顔は、ふくれあがって、赤く、腫《は》れた眼に腫れた唇をして、ひどく醜くみえた。その女は、なぜローラがそこに来たのか、わからないという様子だった。これはどういう意味だろう？　この見知らぬ人は、なぜバスケットなんて持って台所に立っているんだろう？　いったい、これはどういうことなのだろう？　そんなふうに、そのあわれな顔は再びゆがむのであった。

「いいわよ、ねえ」と小さい婦人のほうが言って、「わたしから、このお嬢さんにお礼を言っとくから」

そして、彼女はまた言うのであった——「このひとのご無礼はかんべんしてくださるでしょうね、お嬢さん」そして、これもやはり脹れている彼女の顔は、機嫌をとるようなつくり笑いをした。

ローラは、ただここから出たい、ここから去りたいと思った。彼女は廊下にもどった。ドアがあいた。彼女は、死人が横たわっている寝室へまっすぐに入ってしまった。「あれをちょっとごらんになりますか?」とエムの姉は言って、ローラのそばを通りすぎると、ベッドのところへ行った。「こわいことないですよ、お嬢さん」——いまそう言う声は、とてもやさしく、またしのびやかな調子に聞えた、そして、彼女はいとしげに、掛布を取った——「絵のようにきれいな顔ですよ。お目にかけるようなものは何もないですけれど。来てごらんなさい、ねえ」

ローラは近よった。

そこに、若い男が横たわっていた、ぐっすりと眠って——ぐっすりと、ふかぶかと眠っていて、そこにいる二人からはるかに離れているようだった。おお、なんと遠く、なんと静かに。彼は夢みている。彼の眠りをさましてはいけない。その頭は枕《まくら》にうずまり、その眼はとじている。眼はとじられた瞼《まぶた》の下で、何も見えない。彼は自分の夢にゆだねられている。園遊会《ガーデン・パーティー》や、バスケットや、レースをつけたフロックなど、彼に何の意味があろう？　そういうものすべてから、遠く離れているのだ。彼はすばらしい、美しい。あの人々が笑いあっている間に、バンドが演奏をしている間に、この驚異が小路にあらわれていたのだ。幸福な……幸福な……すべてはよし、とその眠っている顔が言っている。これは当然のことだ、わたしは満足している、と。

だが、やはりひとは泣かないではいられない、何か彼に言わないでは、この部屋から出ることができない。ローラは、子供のような高いむせび泣きをした。

「あたしの帽子、失礼をお許しください」と彼女は言った。

そしてこんどは、エムの姉という人を待つことはなかった。彼女は自分で戸口を出て、径を歩き、あの黒い人々を通りすぎた。小路の角のところに、ローリーが来ていた。

ローリーは、物かげから出てきた。「ローラかい？」

「ええ」

「お母さんが心配していたよ。なんでもなかったかい？」

「ええ、大丈夫よ。ああ、ローリー！」彼女はローリーの腕をとった、自分の体を彼に押しつけた。

「おい、泣いているんじゃないだろうな？」と兄がきいた。

ローラは頭をふった。彼女は泣いていたのだ。

ローリーは腕を彼女の肩にまわした。「泣くんじゃない」と温かい、やさしい声で言った。「こわかったのかい？」

「ううん」とローラはすすり泣いた。「ただ、すばらしかったのよ。でも、ローリー――」彼女は立ちどまって、兄を見あげた。「人生って」と彼女は口ごもって、「人生というものは――」だが、人生とは何か、彼女には説明できなかった。それでもかまわない。ローリーはよくわかってくれた。

「そういうものだろうね」とローリーは言った。

パーカーおばあさんの人生

Life of Ma Parker

パーカーおばあさんが木曜日ごとに掃除にいく、その部屋の主人の著述家は、その朝、彼女のために入口の戸をあけると、お孫さんはどうかときいた。パーカーおばあさんは、暗い、小さな玄関の内側のドアマットの上に立って、手をのばしてご主人が戸をしめるのを手つだうと、それから答えて、「ゆうべ、埋葬をすませました」と静かに言った。

「えっ、そうなのかい！　そりゃあ、お気の毒なことだ」著述家は、驚いた口調で言った。彼は朝ご飯の途中だった。非常に古ぼけた部屋着をつけて、片手にくしゃくしゃに折った新聞を持っていた。だが、彼は気まずい感じがした。何か——何かもう少し言わないと、そのまま温かい部屋にもどっていけそうもなかった。そこで、こういう人々は葬式を重んじるだろうからと、「お葬式はよくいったんだろうね」とやさしく言った。

「あの、なんでございましょうか？」とパーカーおばあさんはしゃがれた声で言った。かわいそうな年よりだ！　彼女は悄然《しょうぜん》とした顔つきだった。「お葬式は、さ、さ、さかんだったんだろうね」と彼は言った。パーカーおばあさんは何も返事しなかった。頭をたれて、ひょこひょこと台所へ歩いていき、彼女の掃除道具が入っている、古い網袋をつかみ、エプロンとフェルトの靴を手にした。著述家は眉《まゆ》をあげてあきれた表情をすると、また朝飯を食べ始めた。

「参っているんだろう」彼はマーマレードを取りながら、大きな声で言った。

パーカーおばあさんは、頭の小さな帽子から二本の黒玉のついたピンを取って、小さい帽子をドアのうしろにかけた。くたびれたジャケットのホックをはずすと、それもかけた。それから、エプロンをつけて、深靴をぬぐために腰をおろした。靴をぬいだり、それをはいたりすることは、彼女の大きな苦しみだった。それも数年来の苦しみだった。実際のところ、彼女はその痛みになれているので、靴の紐《ひも》もまだとかないうちから、もう痛みうずくのを覚悟して、顔はひきつりゆがんでいた。やっとそれもすんだ、彼女は、ほっと吐息をついてうしろへよりかかり、そっと膝《ひざ》をなでた……

⁂

「おばあちゃん！　おばあちゃん！」小さな孫息子は、ボタンどめの深靴のまま、彼女の膝の上に立った。外の遊びから帰ったばかりだった。

「これ、おばあちゃんのスカートが台なしになっちゃうじゃないか——いけない子だね！」

だが、孫は彼女の首に手を巻きつけて、頰を彼女の頰にすりつけた。

「おばあちゃん、一ペニーちょうだい！」とねだった。

「あっちへいきなさい、おばあちゃん、お金なんかもってないよ」

「うそ、もってるよ」

「いえ、もってません」

「うそ、もってるよ、一ペニーちょうだい！」

もうそのとき、彼女は古い、ぐにゃぐにゃになった、黒い革財布をまさぐっていた。

「それなら、お前はおばあちゃんに何をくれる？」

彼は、ちょっと羞《は》ずかしそうな笑い声をたて、いっそう近くくっついてきた。その瞼《まぶた》がふるえながら、彼女の頰にあたるのを感じた。「なんにも、もってないもの」と彼は小さな声で言った。

＊＊＊

老婆《ろうば》は飛びあがって、鉄の湯わかしをガスストーブから取って、流しへ持っていった。湯わかしを打つ水の音が、彼女の苦悩をまぎらすようにおもわれた。それから、桶《おけ》をみたし、洗い桶もみたした。

その台所の状態を記すならば、まさに一冊の本になるだろう。前の一週間、この著述家が「ひとりでやった」のだ。つまり、茶がらを何度となく、そのためにおいてあるジャム壺《つぼ》の中にあけ、また、きれいなフォークがなくなると、その一つ二つを回転タオルで拭《ふ》いた。その他のことでも、彼が友人たちに説明したように、彼の「方法」なるものはきわめて簡単で、なぜ人々が家事にあんな大さわぎをするのか、自分でふしぎに思うと言うのであった。

「置いてあるものを全部汚してさ、一週に一度婆《ばあ》さんに掃除に来てもらう、それで片づくじゃないか」

その結果、あたりはまるで巨大なごみ捨て箱のようになった。床までにパン屑《くず》や封筒や煙草《たばこ》の吸殻などがちらかっていた。だが、パーカーおばあさんは、彼に悪意などもたなかった。自分の身のまわりを世話する人がいない、その著述家を気の毒とあわれんだ。小さな、すすけた窓からは、悲しげにみえる空の大きなひろがりが見える、そして、空に雲があるときは、その雲も、端がすり切れ、いくつも穴があったり、お茶のような黒いしみがあったりして、非常にくたびれた、古い雲のようにみえた。

お湯をわかしている間、パーカーおばあさんは床を掃除していた。「そう」箒《ほうき》がぶつかると彼女は考えて、「あれやこれやで、わたしも世の中の苦労を味わった。つらい暮しをしてきたもんだ」

近所の人々も、彼女のことをそういうふうに言った。網袋をもって、びっこをひきながら家に帰るとき、町角に立ったり、地下室の入口に近い鉄柵《てつさく》によりかかりながら、人々がたがいにこう言っているのを幾度か聞くのだった。「つらい暮しをしているね、パーカーおばあさんも」それはたしかにそうなので、彼女はそれを誇りに思うことなどなかった。まあ、おばあさんは二十七番地の地下室の奥に住んでいる、というのと同じだった。つらい暮し！……

⁂

彼女は、十六のときストラットフォードを出て、ロンドンに来て台所女中になった。そうですね、彼女はストラットフォード・オン・エイヴォン（訳注　イングランド中部の町、シェイクスピアの生地として有名）で生れた。シェイクスピアでございますか？　いいえ、存じません。人々はいつも彼女にシェイクスピアのことをきいた。だが、芝居にいって知るまでは、シェイクスピアの名前はきいたこともなかった。

ストラットフォードについては、何も記憶に残っていなかった。「夕方など煖炉《だんろ》の中に坐《すわ》っていますと、煙突を通して星が見えたんです」とか、「母はいつも天井にベーコンの脇腹肉《わきばらにく》を吊《つる》しておきましたっけ」ということぐらい。それと、なんの木か――灌木《かんぼく》だった――が戸口にあって、とてもいい匂《にお》いを放った。だが、その灌木のこともおぼろであった。重い病気にかかって病院に入ったとき、ほんの一、二度それを思い出したことがあるだけだった。

そこはひどいところだった――最初に勤めたところは。絶対に外へ出られなかった。朝と晩にお祈りするほかは、二階へ行ったことがなかった。まったくの穴蔵みたいに暗かった。それに、料理番というのが、邪慳《じゃけん》な女だった。故郷から来た手紙を、こっちが読まないうちにひったくって、かまどに投げ入れてしまった。そういう手紙を読むと、家のことなど考えてぼんやりするから、というのだ……それから、アブラムシ！　ほんとうと思いますか？　ロンドンへくるまで、アブラムシを見たことがなかったんですよ。ここで、パーカーおばあさんはいつもちょっと笑うのだ。まるで――アブラムシを一度も見たことがないなんて――そうですね、自分の足を見たことがないと言うのと同じでしょうね。

その家が破産して競売になったので、彼女は医者のところへ「手つだい」として入った。そこで二年間、朝から晩まであくせくと働いたあとで、結婚した。夫はパン屋であった。

「パン屋かい、パーカーおばあさん！」と著述家は言うのであった。折々彼は、自分の大きな本を横へおいて、この「人生」ともいうべき老婆の経験に耳をかすこともあったのだ。「パン屋と結婚するなんて、いいじゃないか！」

パーカーおばあさんは、それほどには思っていない様子だった。

「とても清潔な商売だからね」

パーカーおばあさんはどうも納得がいかないようだった。

「できたてのパンをお客にわたすのは面白くなかったかい？」

「そうですねえ」とパーカーおばあさん、「わたしは店のほうにはあまり出られませんでしたよ。子供が十三人あって、そのうち七人なくしたのですから。うちは病院と言えないのでしたら、まあ、診療所みたいだったんですよ！」

「そりゃあ、まったくそうだろうねえ！」著述家はそう言って、身をふるわせ、またペンをとった。

そう、七人の子供がなくなったのだ、それに、六人がまだ小さいときに、夫が肺病になった。肺にメリケン粉が入ったのだと、そのとき医者が言った……夫はベッドに体をおこし、シャツを頭の上までまくり上げた、その背中のところに、医者は指で円を描いた。

「だから、ここんところを切り開いてみたら、おかみさん、肺に白い粉がいっぱい詰っているのがわかりますよ」と医者は言って、「さあ、ひとつ息をして！」そのとき、パーカーおばあさんは、病んでいる夫の口から、白い粉の煙がひろがって出てくるのをほんとうに見たのか、それともあれは錯覚で見たと思ったのか、自分ではっきりわからないのだった……

それにしても、この六人の小さい子供をそだて、他人のやっかいにもならず自分ひとりでやっていくその努力といったら、それは大変なものだった！　やがて子供たちが学校へ行くようになったとき、夫の妹が手つだいするからと言って、いっしょに住むようになった。だが、妹は二カ月もたたないうちに、階段から落ちて、背骨を悪くした。それから五カ年の間、パーカーおばあさんはもう一人の赤ん坊――ひどく泣き虫の赤ん坊――を世話しなければならなかった。それから、若いモーディが悪いほうへそれたので、妹のアリスをひき取った。二人の男の子は他国へ出かせぎに行って、若いジムは軍隊に入ってインドへ行き、末っ子のエセルはぐうたらな小男の給仕人と結婚した。が、彼は男の子のレニーが生れた年に、潰瘍《かいよう》で死んだ。それでいま、レニー坊――孫息子は……

汚れた碗《カップ》、汚れた皿の山を洗って乾かした。まっ黒になっていたナイフの類《たぐ》いは、じゃがいものきれはしでみがき、コルクのかけらで仕上げをした。テーブルをこすり、調理台や、鰯《いわし》のしっぽが浮いている流しも……

レニーは決して丈夫な子供でなかった――もう最初から。だれも女の子と間違えるような、色白の赤ん坊だった。銀いろめいた髪で、青い眼、鼻の片側にあったダイヤモンドのような小さいそばかす。あの子をそだてるのに、自分とエセルがつくした骨折りといったら！　新聞に出ているのを見つけて、二人がいろいろやってみたことはどのくらいあったろう！　日曜の朝ごとに、パーカーおばあさんが洗いものをしているときに、エセルは大きな声で読んでくれたものだ。

「拝啓――一筆お知らせ申し上げます、私の子供のマートルは重い病気でもう死を待つばかりとあきらめていましたところ……四壜《びん》服用いたしましたら……九週間に、八ポンド体重が増し、いまもどんどん増えております」

⁂

すると、インクを入れたゆで卵カップを調理台からもち出して、手紙が書かれた、そして、おばあさんは仕事に行く途中で郵便為替に組んだ。だが、そんなことも駄目だった。どんなことをしても、レニーは決してふとらなかった。墓地へ遊びにつれていっても、血色は少しもよくならなかったし、バスに乗せてがたがた揺すられても、食欲がつくこともなかった。

だが、彼はおばあさん子だった、初めから……

「お前はだれの子だい？」パーカーおばあさんは、ストーブのところから体をおこして、すすけた窓のほうへいきながら、自分で言ってみた。すると、小さな声、温かい、すぐそばで聞える声は、彼女の息を半ば詰らせた――それは胸の中、心臓の下にあるようだった――それから笑ってこう言った、「ぼく、おばあちゃんの子だい！」

そのとき、足音がして、散歩の身仕度をした著述家があらわれた。

「ねえ、パーカーさん、ぼくは出てきますよ」

「どうぞ、だんなさま」

「あんたにあげる半クラウンはインク壺の台にあるよ」

「どうもありがとうございます」

「それからついでだが、パーカーさん」と著述家は口ばやに、「この前来たとき、ココアを捨てなかったかね？」

「いいえ、そんな」

「そりゃおかしいな。たしかに罐の中にまだ一さじ分ぐらいはあったはずなんだがね」彼はここで黙った。それからおだやかに、きっぱりと、「物を捨てるときには、かならずぼくに言ってください——いいかね、パーカーさん？」そして、自分が表面は大ざっぱにみえても、女に劣らないくらいに油断なく気をくばっていることをここで示しえたと思って、大いに満足して出ていった。

戸がバタンと鳴った。彼女はブラッシと雑巾《ぞうきん》を持って、寝室へ入っていった。だが、ベッドをなでたり、ひっぱったり、叩《たた》いたりしてととのえ始めると、レニーのことが思い出されてもう堪えられなくなった。あの子は、どうしてあのように苦しい目にあわなければならなかったのだろう？　それが彼女にはどうしても納得できなかった。かわいい天使のような子供が、なんだって苦しい呼吸のために、懸命な努力をしなければならないのだろう？　小さい子にあんな苦しみをさせるなんて、なんの意味もないではないか。

……レニーの小さな胸の箱からは、何かぐつぐつ煮えているような音がした。その胸には、どうしても自分で除くことのできない、何かごぼごぼあふれるものの、大きなかたまりがあった。咳《せき》をすると、汗が額に滲《にじ》み出た。彼の眼は飛び出し、両手を空《くう》にふり、例の大きなかたまりはじゃがいもが鍋《なべ》の蓋《ふた》を叩くように音をたてた。だが、何よりもやりきれないのは、咳をしないときに、枕《まくら》によりかかったまま、一言もしゃべらず、返事もせず、また、こちらの言うことは聞える様子さえしないことであった。ただ、彼は怒ったような顔つきをしていた。

「坊や、おばあちゃんのせいじゃないんだよ」とパーカーおばあさんは、彼の小さな、真っ赤になっている耳から濡《ぬ》れた髪をかき上げてやりながら言った。ところが、レニーは頭を動かして、向うへ少し退《の》いた。おばあさんのことをひどく怒っているようだった――そして、きびしい顔つきをした。頭を曲げて斜めに彼女を見た、まるでおばあさんのことを信じられないというように。

だが、最後のときには……パーカーおばあさんは掛ぶとんをベッドにかけた。いや、あのことは思ってもやりきれない。あまりにひどすぎる――これまで彼女は、ずいぶんつらい目にあってきた。だが、いままで懸命に堪えてきて、だれにもぐち一つこぼさず、人の前で泣いたことなど一ぺんだってなかった。どんな人の前でも。彼女の子供たちだって、母親が泣きくずれたりするのを見たことがなかった。いつも、凛《りん》とした顔をしていたのだ。だのに、いまは！　レニーはいなくなってしまった――自分は何を持っているだろう？　何もない。あの子こそ、彼女が人生から得たすべてだったのだ。それもまた奪われてしまった。こういう悪いことが、どうしてわたしに起らなければならないんだろう？　彼女は不可解に思うのだった。「わたしが何をしたというのだろう？」パーカーおばあさんは言った。「わたしが何をしたのだろう？」

こう言いながら、彼女はふいにブラッシを手から落した。彼女は台所にもどっていた。あまりに悲しい、みじめな思いにかられて、帽子をかぶってピンをさし、ジャケットを着ると、夢遊病者のように外へ出ていった。彼女は自分のしていることがわからなかった。できごとの恐ろしさに度を失って、その場から立ち去る——どこへでも、そこから立ち去ることによって、とにかく脱《のが》れることができるかのように……そういうようであった。

＊＊＊

外の街は寒かった。氷のような風が吹いていた。人々はみな足ばやに、通りすぎていった、男は鋏《はさみ》のようなかっこうで歩いた。女は猫のような歩き方で。そして、だれも知らない——だれも気にかけてくれない。もし彼女が泣きくずれても、この永い年月のあと、ついに彼女が泣きだすとしても、たぶん、自分が拘置所に入れられるぐらいが精々であろう。

ところが、泣こうと思うと、孫のレニーが自分の腕に飛びこんでくるような気持になった。ああ、それこそ、わたしのしたいことなんだよ、坊や。おばあちゃんは泣きたい。いまここで、泣くことができるのだったら、長い間泣くことができたら、これまでのあらゆることに、最初に勤めたところとあの料理番の女から始まって、お医者の家のこと、それから七人の子供たち、夫の死、子供たちが彼女のもとから離れていったことや、最後はレニーにまで至る、不幸にみちた永い年月を思って、泣くことができたら。だが、これらのことすべてについて十分に泣きつくすとしたら、長い時間がかかるだろう。いずれにしろ、泣くべき時が来たのだ。これをやらなければならない。もうこれ以上のばすことはできない、これ以上待つことはできない……どこへ行ったらよいだろう？

「つらい暮しをしてきたね、パーカーおばあさんは」そう、つらい暮し、そのとおりだ！　彼女の口の下がふるえだした、もう一刻も待たれない。だが、どこで？　どこへ行ったら？

家に帰ることもできない、エセルがいるから。エセルはひどく驚くだろう。どこかのベンチに腰かけていることもできない、人々が来ていろいろ何かきくだろう。あの著述家のアパートへもどっていくこともできまい、他人の家で泣くなんていう権利はないのだから。もしどこかの家の石段のところに坐《すわ》っていたら、巡査が問いかけてくるだろう。

ああ、どこかに、身を隠し、自分ひとりだけで、だれの邪魔もせず、だれの心配もうけずに、自分の思うだけ長くいられるところはないのかしら？　この世に、彼女が大きな声で――最後に、泣けるところはないのだろうか？

パーカーおばあさんは立って、あっちこっちに眼をやった。氷のような風が彼女のエプロンに吹きこんで、風船のようにふくらました。そして、いま、雨がふりだした。どこにも行くところはなかった。

新時代風の妻

Marriage à la Mode

停車場へ行く途中、ウィリアムは、子供たちにおみやげがないことを思い出して、これはいけないといまさら胸が痛むような気持だった。かわいそうに！　子供たちにとっては気の毒なことだ。父を迎えに出てくる、子供たちが最初にいう言葉はいつも、「お父さん、おみやげ何？」ところが、何もない。停車場で何かキャンデーでも買っていかなければなるまい。だが、もう四度もつづけて土曜ごとに、これと同じことをやっているのだ。この前、例の同じ箱がまた出されたときは、子供たちの顔に失望の色がうかんだ。

それで、パッディーが言った、「ぼくはこの前、赤リボンだったよ」

すると、ジョニーが、「ぼくはいつもピンクだよ。ピンクなんて大きらいさ」と言った。

ところで、どうしたらいいだろう？　これは簡単に決められない。昔なら、もちろん、ウィリアムはタクシーを拾って、大きな玩具店に行き、五分ぐらいで、何かえらぶところだ。ところが、いまではその店に、ロシアのおもちゃ、フランスのおもちゃ、セルビアのおもちゃ——どこの国から来たかもわからないようなおもちゃだらけだった。「ひどくセンチメンタル」で「幼児の形にたいするセンスにはこの上もなく悪い」という理由で、イザベルが古い驢馬《ろば》や機関車などを棄《す》ててしまったのは、一年あまり前のことだ。

「大事なことなんですわ」と新しいイザベルは説明して、「子供たちが最初から正しいものを好むようにするのは。あとになってから、非常に役立つのよ。実際、もし小さい子供が幼年の時期にこういうひどい物を見て過したならば、大きくなってから、ロイヤル・アカデミー（訳注　ロンドンで毎年開かれる美術展覧会）につれていってくれと言うのにきまってますわ」

彼女は、ロイヤル・アカデミーを見にいくような者は、だれだって立ちどころに死んでしまうかのように言ったのだ……

「まあ、ぼくにはわからんね」とウィリアムはゆっくりと言って、「ぼくがあのぐらいの年ごろには、結び目をこしらえた古いタオルを抱いて寝たもんだよ」

新しいイザベルはウィリアムを見た、眼をほそめ、唇を開いて。

「まあ、ウィリアムったら！　あんたならきっとそうね！」彼女は新しい笑い方で笑った。

それでもやはり、キャンデーにしておかなければなるまい、ウィリアムはタクシーに払う小銭をポケットの中でさぐりながら、憂鬱《ゆううつ》ながらそう思った。そして、子供たちが箱をそれぞれ手わたしてまわす様子を思いうかべた——彼らは実に気前のよい子供だ——すると、イザベルの大事な友だち連中がおかまいなく取って食うのだ……

果物はどうだろう？　ウィリアムは、駅のすぐ中にある売店の前をうろうろした。一人ずつにメロンはどうだろう？　それでも、イザベルの友だちにおしょうばんさせなければならないだろうか？　それとも、パッドにパイナップル、ジョニーにメロンにしようか？　イザベルの友だちだって、まさか子供たちの食事のときに、子供部屋へこっそりと近づくことはできまい。それでもやっぱり、ウィリアムはメロンを買いながら、イザベルの友だちの若い詩人の一人が何かの理由で、子供部屋のドアのかげで一きれをすすりなめている、いやらしい光景を頭に描くのであった。

二つの、ぶかっこうな包みをかかえて、彼は汽車のほうへ足ばやに歩いていった。プラットホームは混雑していた、汽車が入ってきた。ドアがパッと開いて、しまった。機関車のほうからシュッ、シュッ、という音が大きくひびくので、人々はあわてた顔つきであちこちに走った。ウィリアムはまっすぐに一等喫煙車にむかい、そこでスーツケースと二つの包みを隅におくと、内側のポケットから大きな書類束を出して、片隅の席にどっかと腰をおろし、読み始めた。

「そのうえ、依頼人は強硬な態度なので……われわれは再考いたしたく……万一……」あ、このほうがいい。ウィリアムはぺったりとした髪をうしろへなでて、車の床に両脚をのばした。いつもの、胸の中にくすぶる疼《うず》きが静まった。「われわれの決定に関しては――」彼は青鉛筆を取り出して、文章の一節をゆっくりと書きとめた。

二人の男が入ってきて、彼の前を通りすぎると、もっと奥の隅へいった。若い男が網棚にゴルフ道具をほうり上げて、向い側に坐《すわ》った。汽車は軽く一ゆれして、出発した。ウィリアムは窓の外に眼をやって、暑い、明るく輝いた駅が静かにうしろへ退くのを見た。紅《あか》い顔の娘が車の中を走ってきた、手をふり、人を呼ぶその様子には、緊張した、必死に近いものがあった。「ヒステリーめいている！」ウィリアムはぼんやりと思った。するとプラットホームの端にいた、てらてらとした、黒い顔の労働者風の男が、通りすぎる汽車にむかって、にやりと笑った。「いやらしい人生！」とウィリアムは言って、また書類に眼をもどした。

再び眼をあげると、野原や、こんもりした木の下に陰を求めて立っている家畜がみえた。浅瀬で裸の子供がバチャバチャ水をはねかしている広い河が、視界に入ってきて、また見えなくなった。空はうす青く輝き、高く飛び舞っている鳥が一羽、宝石の中の黒い点のようだ。

「われわれは依頼人の書状綴《つづ》りを調査したところ……」彼が読んだ最後の文句が、頭の中でもう一度ひびいた。「われわれは依頼人の……」ウィリアムは、その文句になんとか注意をむけようとしたが、だめだった。それは途中で切れて、野原も、空も、飛んでいく鳥も、水も、みな「イザベル」と言うのだった。土曜日の午後には、いつもこうだ。イザベルに会いにいく途中、イザベルとの出会いをいろいろさまざまに想像しだすのだ。彼女は駅に来て、ほかの人からは少し離れたところに立っている。外の幌《ほろ》なしタクシーの中に坐っている、庭の入口にいる、乾ききった草の中を歩いている、戸口に、あるいは玄関の内側に。

そして、彼女のはっきりした、明るい声が言う、「ウィリアムね」とか、「まあ、ウィリアム！」とか、「あ、ウィリアム、来たのね！」とか。そのひんやりした手、ひんやりした頬にふれるのだ。

イザベルのいうにいわれぬ新鮮さ！　彼は、小さかったとき、驟雨《しゅうう》のあとで庭に走り出て、頭の上で薔薇《ばら》の木をゆするのがうれしかった。イザベルはあの薔薇の木だ、花びらのように柔らかく、きらきらしていて、ひんやりと涼しい。そして、彼はいまなお、あの少年なのだ。だが、いまは庭に走り出ることも、笑いながら木をゆすぶることもできない。胸の中のくすぶるような、しつこい疼きがまた始まった。彼は両脚をひき、書類をわきへ移して、眼をつぶった。

「これは何かい、イザベル？ 何なの？」彼はやさしく言った。二人は新しい家の寝室にいた。イザベルは、黒や赤の小箱を置きちらした化粧台の前の、塗った腰掛に坐っていた。

「何って、何、ウィリアム？」彼女は前にかがんで、その美しい明るいブロンドの髪が頬へたれ下がった。

「だって、わかっているじゃないか！」彼は、見なれぬ部屋のまんなかに立って、自分が他人のような感じがした。すると、イザベルは、くるっと体をまわして、彼のほうへむいた。

「まあ、ウィリアム！」彼女は乞《こ》い求めるように叫んで、ヘアブラッシをさし上げた。「どうか！ どうか、そんな怒った――悲痛な顔しないでくださいな。あんたは、わたしが変ったということを、いつも言ったり、そういう顔つきなさったり、ほのめかしたりしているのね。わたしがほんとうに気の合った人々とおつき合いをしたり、前より外へ出たり、ひどく熱中したりするので――なんにでも、熱中するようになったからといって、まるでわたしが――」ここでイザベルは、髪をぐっとうしろへふりあげて笑って、「あたしが二人の愛情を犠牲にしてしまったというような、そういう様子をなさるのね。まったく馬鹿《ばか》げたことよ」――彼女は唇をきっと嚙《か》んだ――「とんでもない考え方よ。この新しい家だって、召使だって、あんたはおいやなんでしょう」

「イザベル！」

「いえ、そうよ、ある意味ではそうなのよ」とイザベルは口ばやに言って、「それがまた悪い兆《きざ》しだとお思いになっているのよ。わたし、ちゃんと知っているわ」こんどはおだやかに、「いつも二階にあがっていらっしゃるときに、わたしはそれを感じるのよ。でも、あんな息のつまるような小さい穴みたいな所には、住んでいけようないじゃないの、ウィリアム。少し、実際のことを考えてくださいな！　だって、子供たちのいるところだってなかったじゃないの」

それは本当だった。毎朝彼が法学会館の事務所から帰ってくると、子供たちは奥の応接間にイザベルといっしょにいた。彼らはソファの背に掛けた豹《ひょう》の皮に馬乗りになったり、イザベルの机を帳場にしてお店屋ごっこをしたり、また、パッドが炉の前においた敷物に坐って、小さな真鍮《しんちゅう》の石炭すくいを櫂《かい》にして懸命に漕《こ》いでいると、ジョニーのほうは火ばさみを鉄砲にして海賊を射《う》っているのであった。毎晩、子供たちはそれぞれ、ふとった老婆《ろうば》のナニーのところへ行くのに、おぶさって狭い階段をあがっていった。

もちろん、狭苦しい小さな家だとは思っていた。青いカーテンをつけ、窓にペチューニヤ（訳注 ツクバネアサガオ属の花）を植えた箱のある、小さな、白い家だった。ウィリアムは、戸口で友だちを迎えるとき、「うちのペチューニヤを見たかね？ ロンドンとしては相当なものだろう？」と言った。

それにしても、イザベルが自分のように喜んでいないということに、少しも考えつかなかったのは、まったく愚かで、とんでもない間抜けだった。まったく、なんという不明だろう！ 当時は少しも気がつかなかったのだ、イザベルがあの不便な小さい家を心の底から嫌っていたことも、ふとったナニーが子供たちを悪くしていると彼女が考えていたことも、彼女がひどく寂しい思いをして、新しい人間、新しい音楽、新しい絵などをこがれ求めていたことも。もし二人がモイラ・モリソンのところのアトリエのパーティーに行かなかったならば、二人が帰るとき、モリソンが「わたしはあなたの奥さんを救い出そうと思っているのよ、利己主義屋の旦那《だんな》さん。奥さんは美しい小さなタイテーニア（訳注 シェイクスピアの『真夏の夜の夢』に出てくるオベロンの妃で、妖精の女王）みたいな人よ」と言わなかったならば――もしイザベルがモリソン女史といっしょにパリへ行かなかったならば――もしも――もしも……

汽車はまた別な駅にとまった。ベティングフォード。こりゃあ大変！　あと十分で着く。ウィリアムは書類をポケットに押しこんだ。向い側の若い男はもうとっくにいなくなっていた。こんどは例の二人も出ていった。遅い午後の太陽の光が、木綿の上衣《うわぎ》を着た女たちや、日焼けした足をむき出した小さい子供たちを照らしていた。その光は、岩石の土手に、ざらざらした葉をのばしている、黄いろの、絹のような草花にも強く射《さ》していた。窓を吹きすぎる風には、海の匂《にお》いがした。イザベルは例の週末の友人連といっしょだろうか、とウィリアムは考えた。

それから彼は、二人で過した休暇のことを思い出した、一家四人、それと子供たちの世話をする、ローズという田舎娘、イザベルは短い上衣を着て、髪を編んでたらしていた、まるで十四歳の少女のようにみえた。そして、彼の鼻の皮がひどくむけたこと。二人の食事が進む量といったら、大きな羽根ぶとんのベッドで、おたがいの脚を固く組みあわさせて、なんとよく眠ったことだろう……ウィリアムは、イザベルがいまの自分の感傷をすっかり知ったら、びっくり仰天するだろうと思うと、思わず苦笑いをするのであった。

＊＊＊

「まあ、ウィリアム！」彼女はやはり駅に来ていた、彼が想像していたとおりに、ほかの人々から離れたところに立って、そして——ウィリアムの胸は躍った——彼女は一人だったのだ。

「やあ、イザベル！」ウィリアムは眼をみはった。彼女は実に美しく見えるので、何か言わなければならない気がした。「とても涼しそうにみえるね」

「そうかしら？」とイザベルは言って、「わたしはそんなに涼しくないのよ。さあ、いらっしゃい、あのおんぼろ汽車は遅れたのよ。タクシーが外に待ってるわ」二人が改札口のところを通るとき、彼女は軽く手を彼の腕にかけた。「みんなそろって、あんたを迎えに来たのよ」と彼女、「ただボビー・ケーンだけ、お菓子屋へ残してきたの、あとでつれにいくことにして」

「あ、そうか！」とウィリアム。その瞬間、やっとこれだけしか言えなかった。

外のカッと照っているところにタクシーがいた、ビル・ハントとデニス・グリーンが片側に体をのばし、帽子を真深にかたむけていた。別の側には、モイラ・モリソンがいて、上下にゆれる、大きないちごみたいなボンネットをつけていた。

「氷ありません！　氷ありません！　氷ありません！」と彼女は陽気な声をあげた。

すると、デニスが帽子の下から、それに和した。「魚屋からもらうほかなあい」

こんどはビル・ハントが口を出してつけ加えて、「魚をみんなそれにつけて」

「まあ、うるさいわね！」とイザベルが悲鳴をあげた。彼らは彼女がウィリアムを待っている間、町じゅう氷を見つけまわっていたのだ、とイザベルは話した。「暑いのでバターはもちろん、何から何まで溶けてどんどんながれてしまうのよ」

「いまにバターでからだを浄《きよ》めなければならん」とデニス。「ウィリアム、汝《なんじ》の頭に膏《あぶら》を絶えしむるなかれ、だ」

「ちょっと待って」とウィリアム、「どういうふうに腰かけようかな？　ぼくは運転手のわきに行こう」

「いえ、運転手のそばにはボビー・ケーンがいくのよ」とイザベル、「あんたはモイラとわたしの間に坐るのよ」タクシーは動きだした。「その面白そうな包みには何が入っているの？」

「くび――がり――の――くび」と、ビル・ハントは帽子の下でわざと身ぶるいしながら、言った。

「あ、くだもの！」イザベルの声はうれしそうだった。「よく気のつくウィリアム！

メロンとパイナップル。なんてすてきなんでしょう!」

「いや、待ってくれ」とウィリアムは笑いながら言った。だが、内心は心配だった。「これは子供たちに買ってきたんだよ」

「あら、まあ!」とイザベルは笑って、手を彼の腕の間にさし入れた。「子供たちにこんなもの食べさせたら、腹痛《はらいた》をおこしてころげまわるわよ。これはやめて」――彼の手を軽く叩《たた》いて――「この次に何か別なものを買ってくるといいわ。あたし、このパイナップル手ばなすの、いやよ」

「ひどいイザベル! あたしにその匂いを嗅《か》がせて!」とモイラ。モイラはせがむように手をウィリアムのほうへさしのばした。「おお!」いちごのボンネットが前へさがって、彼女の声がかすかにした。

「パイナップルに恋する婦人」とデニスが言った。ちょうどそのとき、タクシーは縞《しま》の日おおいを出している小さな店の前にとまった。ボビー・ケーンが、小さい包みをいっぱいかかえて出てきた。

「これがよかろうと思うね。色がいいのでえらんだんだ。丸くて、実にすばらしい色のがあるよ。それから、このヌガーを見てくれ」と陶然としたような声を出して、

「ちょっとこれを見たまえ! まったく小さなバレエそのものだよ!」

だが、そのとき、店員が出てきた。「やあ、忘れた。金払ってないんだ」ボビーはひどく困った顔をして言った。イザベルが紙幣を店員にわたすと、ボビーはまたほがらかになった。「やあ、ウィリアム！　ぼくは運転手のわきに坐るよ」無帽で、白の服、ワイシャツの袖《そで》を肩までまくっている彼は、その席にとびこんだ。「アヴァンティ（訳注　イタリア語で「進め」）！」と彼は叫んだ……

お茶のあと、みんなは泳ぎに出かけたが、ウィリアムはうちにいて、子供たちと遊んで過した。そのうちジョニーとパッディーは眠ってしまい、薔薇いろの夕焼けはあせて、こうもりが飛んでいたが、それでも泳ぎに行った連中は帰ってこなかった。ウィリアムがぶらぶらと階下へいくと女中がランプを持って、玄関の間を通った。そのあとについて、居間へ入っていった。黄いろに塗った長い部屋だった。ウィリアムの真正面の壁には、だれかが描いた青年の姿があった。実物大以上で、よろよろした足つきで、若い女にひらいたヒナギクの花をささげている、女の片方の手はとても短く、もう一方の手は非常に長かった。椅子《いす》やソファには、こわれた卵みたいな大きな散らし模様を一面に描いた、黒い細長いものがいくつも下がっている、どこを見ても、煙草《たばこ》の吸殻だらけの灰皿があるようだった。ウィリアムは肘《ひじ》かけ椅子の一つに腰をおろした。いまでは、片手を椅子の横に下げてさぐっても、三つの脚の羊とか、角《つの》を一本なくした牛とか、ノアの箱舟から出た丸々とふとった鳩《はと》といった、子供のおもちゃに触れることはない。ただ、うす汚ない詩を印刷した、小さな紙装の本が出てきた……彼はポケットの書類束のことを思い出したが、腹がへり、疲れているので、読む気がおこらなかった。ドアがひらいていた。台所のほうから物音が聞えた。召使たちは、まるで家にいるのは自分たちだけだというようにしゃべっていた。突然、かん高い笑い声がすると、それと共に「シッ！」という同じように高い声がした。召使たちはウィリアムがいることを思い出したのだ。ウィリアムは立ちあがって、フランス窓から庭へ出ていった。そして陰のところに立っていると、泳ぎに行った連中が砂地の道をのぼってくる物音が聞えた、彼らの声が静けさの中からひびいた。

「ひとつ、モイラがその手練手管を使うんだな」

おどけた、悲しげな呻《うめ》き声を、モイラがもらした。

「週末の休みには例の『山の娘』をやった蓄音機がほしいわね」

「まあ、いけないわ、そんなこと！」とイザベルの高い声、「そりゃあ、ウィリアムに悪いわ。あのひとにはやさしくしてあげてね！　明日の夕方までしかここにいないんですもの」

「ウィリアムはぼくにまかしとけよ」とボビー・ケーン、「ぼくは人を扱うのはとてもうまいんだぜ」

門がギーとひらいて、またしまった。ウィリアムはテラスのほうへ出た、みんなは彼の姿を見つけていた。「やあ、ウィリアム！」ボビー・ケーンはタオルをふりながら、乾ききった芝生の上で跳ねて、くるっと足先で身をまわした。

「ウィリアム、来ないで残念でしたね。水はすてきだったよ。あとでみんな、小さい酒場へ行ってスロー・ジン（訳注 リンボクの実が入ったジン酒）をやってきたんだ」

あとの連中も家に入ってきた。「ねえ、イザベル」とボビーは呼びかけ、「今晩はぼく、ニジンスキー（訳注 有名なロシアのバレエ舞踊家。一八九〇―一九五〇）風の服を着たほうがいいかね？」

「いえ」とイザベル、「だれも着がえなんかしないのよ。わたしたち、お腹《なか》がぺこぺこなんですもの。ウィリアムだって、お腹すいてるわ。さあ、いらっしゃい、お友だち《メザミ》、鰯《いわし》の鑵詰で始めましょう」

「鰯を見つけたっと」モイラが言って、玄関の間《ま》へ、箱をたかくさし上げながら走っていった。

「鰯の箱を持つ婦人」とデニスが真面目《まじめ》な調子で言った。

「そこで、ウィリアム、ロンドンはどうですか？」ビル・ハントがウィスキーの壜《びん》からコルク栓を抜きながら、きいた。

「ああ、ロンドンは相変らずだね」とウィリアムは答えた。

「なつかしのロンドンか」と、鰯を突き刺しながら、ボビーが陽気に言った。

だが、すぐそのあとには、ウィリアムのことは忘れられていた。モイラ・モリソンは、いったい脚は水の中でどんな色かときき始めた。

「あたしのは、とてもうすい、茸《きのこ》いろよ」

ビルとデニスは、もりもり食べた。イザベルは盃《さかずき》に酒をつぎ、皿をかえ、マッチを見つけてやり、始終にこにこして、この上なく楽しそうだった。ふと、彼女は「ビル、あなたが描くといいと思うわ」

「描くって、何を?」ビルは、口にパンを頬ばりながら、大きな声で言った。

「わたしたち、テーブルをかこんでいるところを」とイザベル、「二十年たったら、その絵はなかなか面白いものになるわよ」

ビルは眼を吊《つ》りあげるようにして、噛《か》んでいた。「光線が悪い」と彼はぞんざいに言って、「あんまり黄いろすぎる」そう言って、また食べだした。そういうのがまた、イザベルにとって魅力があるらしかった。

だが、夕食がすむと、彼らはみなとても疲れていて、寝にゆく時間まで、ただあくびばかりしていた……

次の日の午後、帰るタクシーを待つときになって、ウィリアムは初めてイザベルと二人になることができた。彼がスーツケースを玄関までもち出してから、イザベルが客のところを離れて、彼のほうへやって来た。彼女はかがんで、スーツケースを取り上げた。「まあ、重いこと！」と彼女は言って、ちょっとぎごちない笑い声をたてた。「わたし、運ぶわ！　門まで！」

「いや、そんなこと」とウィリアム、「いいよ、ぼくによこしなさい」

「まあ、わたしに運ばせてよ」とイザベルは言って、「わたし、そうしたいんだから、ほんとうに」二人は黙って、いっしょに歩いた。いまは何も言うことがない、とウィリアムは思った。

「さあ」とイザベルは勝ちほこったように言って、スーツケースをおろし、待ちかねる様子で砂地の道のほうに眼をやった。「こんどは、二人きりになることがないようだったわね」と彼女は息ぎれの中で言った。「あんまり短かったんですものね、いらっしゃったばかりみたいな気がするのに。この次には……」タクシーがあらわれた。「ロンドンの人たち、あなたをよく面倒みてくれるんでしょうね。子供たちが、朝から出ているのでお気の毒ですけど、ミス・ニールがそうしちゃったんですの。子供たちが帰ったら、パパがいないのを寂しがるでしょう。ウィリアム、おかわいそうに、ロンドンへ帰るのね」タクシーが回った。「さようなら！」彼女はすばやく軽い接吻《せっぷん》をして、そして立ち去った。

野原や、木々や、生垣が流れていった。車は、がらんとした、空虚にみえる、小さい町をゆれながら通り、急な傾斜を骨折り登って、駅に着いた。汽車は入っていた。ウィリアムは、一等喫煙車のほうにまっすぐいくと、隅にどっかりと坐《すわ》りこんだ、がこんどは書類を出さなかった。彼は例のくすぶるような、しつこい疼《うず》きをこらえて、腕をくんだ、そして、心の中で、イザベルに書く手紙の文句を考え始めた。

⁂

郵便はいつものように遅かった。みんなは家の外で、色鮮やかなパラソルの下の籐《とう》の長椅子に腰かけていた。ただボビー・ケーンだけは、イザベルの足もとの芝生に寝ころんでいた。ものうく、むし暑い。旗のように重くたれた日だ。

「天国にも月曜日というものがあるんかね？」とボビーが子供じみた質問をした。するとデニスがつぶやいた、「天国は長い月曜日の連続だろうよ」

だが、イザベルは、昨夜みんなで食べた鮭《さけ》はどうなったろう、と考えないわけにはいかなかった。昼食には、フィッシュ・マヨネーズにしたいと思っていた、それから……

モイラは眠っていた。眠りは彼女の最近の大発見なのだ。「これはとってもすばらしいことよ。ただ、眼をとじるだけ、それでいいのよ。とっても気持がいいわ」

年とった赤ら顔の郵便配達夫が、三輪車で砂地の道をがらがらやってきた、いっそのこと、そのハンドルはオールにしたらよいのに、と思うようなかっこうだった。

ビル・ハントが本を下においた。「手紙だ」と彼は悦に入った、みんなで待った。だが、無情な郵便屋――ああ、なんという意地の悪い世の中！　手紙はたった一通、イザベル宛《あて》の厚い手紙だけで、新聞一つなかった。

「だって、わたし宛のはウィリアムからのだけよ」とイザベルはがっかりしたように言った。

「ウィリアムから――そんなに早く？」

「ウィリアムはおだやかな警告として、結婚証明書を返してきたんだろう」

「結婚証明書というものは、だれでも持っているものかい？　そういうのは、召使だけに必要なものと思っていたよ」

「何枚も何枚も！　イザベルをごらん！　手紙を読む婦人」とデニス。

「大好きな、かわいいイザベル」何枚も何枚も、書いてあった。イザベルは読んでいくうちに、おどろきの感じが、息づまるような気持に変った。いったい、何からウィリアムはこのように……？　なんて途方もない……いったい、何があの人をこんなに……？　彼女はめんくらって、だんだん興奮し、恐ろしくなってきた。いかにもウィリアムらしい。そうかしら？　馬鹿《ばか》げている、もちろん、馬鹿げているし、滑稽《こっけい》ではないか。「ハ、ハ、ハァ！　まあ、いやだ！」どうしたらいいだろう？　イザベルは、椅子のうしろへ反って、笑いに笑い、笑いがとめられなくなってしまった。

「どういうんです、聞かせてください」とみんなは言った、「ぜひ聞かせてください」

「わたしも聞かせたいのよ」とイザベルは喉《のど》の奥で言った。彼女はおきなおって、手紙をまとめ、それをみんなに振ってみせた。「まわりに寄ってよ」と彼女、「さあいいこと、とてもすばらしいのよ。ラブレターよ！」

「ラブレターだって！　そいつはすてきだ！」大好きな、かわいいイザベル。だが、彼女が読み始めるや否《いな》や、彼らのどっという笑い声がそれを中断させてしまった。

「その先を、イザベル、とてもすてきよ」

「最もすばらしい掘出し物」

「さあ、先を読みたまえ、イザベル！」

愛するものよ、神に誓って、僕は君の幸福を邪魔するようなことはしない。

「おう！　おう！　おう！」

「シッ！　シッ！　シッ！」

イザベルはなお読みつづけた。最後までくると、一同はもうヒステリーの興奮状態になっていた、ボビーは芝生の上をころげて、まるで息がつまりそうに笑いこけていた。

「そっくりそのまま、こんど書く本に使わしてもらいたいな」とデニスが真面目な顔で、「それに一章全部を当てよう」

「ねえ、イザベル」とモイラは呻くように言って、「あんたを両腕に抱くというところのすばらしさったら！」

「離婚訴訟のときの、ああいう手紙はわざとでっちあげるんだと、ぼくはいつも思っていたがね。ああいうのもこれには及ばないよ」

「ぼくに貸してくれ、それを自分で読みたいんだ」とボビー・ケーンが言った。

ところが驚いたことに、イザベルは手紙を手の中でくしゃくしゃに握りつぶしてしまった。彼女はもう笑っていなかった。彼らを一わたりずっと見た。彼女はすっかり疲れたような様子だった。「いや、いまはいやよ。いまはね」と彼女は口ごもりながら言った。

そして、一同が平静にもどる前に、彼女は家の中へ走りこみ、玄関の間《ま》を通って、階段をあがり、寝室へ入っていった。ベッドの横に腰をおろした。「なんてまあ、ひどく下劣で、いやらしいんだろう」とイザベルはつぶやいた。彼女は、手の甲で眼をおさえて、体をゆすぶった。するとまた、彼らの様子が眼にうかんできた、四人ではなく、四十人もの一団が、自分にウィリアムの手紙を読ませながら、笑いながら、あざけり、さげすんでいるのだ。まあ、なんという忌《いま》わしいことをしたんだろう。どうして、あんなことをしてしまったのだろう！　愛するものよ、神に誓って、僕は君の幸福を邪魔するようなことはしない。ウィリアム！　イザベルは顔を枕《まくら》に押しつけた。だが、この静かな寝室でさえも、自分がどういう人間か知っているようにおもわれた。浅はかで、おしゃべりの、虚栄が強い自分……

やがて、下の庭から声が聞えてきた。

「イザベル、泳ぎにいくわよ、いらっしゃい！」

「来たれ、汝《なんじ》ウィリアムの妻よ」

「去る前にもう一たび呼ぶべし、いま一たび！（訳注　英国詩人マッシュー・アーノルドの詩「寂しき人魚の男」の中の一句）」

イザベルは身をおこした。さあ、いまだ、いまこそ心を決めなければならない。みんなといっしょに出かけようか、それとも、ここにいて、ウィリアムへ手紙を書こうか。そのどっち、どっちにしたらよいか？　「あたしは心を決めなければならない」そこに疑問の余地はない！　もちろん、家にいて、手紙を書こう。

「タイテーニア！」モイラの高い声がした。

「イザーベール？」

いや、これはむずかしいことだ。「わたしは――わたしはいっしょに行こう、そしてあとでウィリアムに手紙を書こう、別なときに。あとで。いまじゃなく。だが書くことは、きっと書く」イザベルは急いでそう考えを決めた。

それから、例の新しい笑い方をしながら、階段を駆けおりていった。

理想的な家庭

An Ideal Family

その夕方、老ニーヴ氏は、開閉ドアを押して、三つの広い踏段をおり、舗道に出たとき、彼の生涯で初めて、自分が春を迎えるには年とりすぎていることを感じた。春――温かくて、熱っぽく、落ちつかない――がそこに、金いろの光の中に待っていた、だれの前にも走りよろうとかまえ、また彼の白いひげに風を吹きつけ、彼の腕を快くひっぱろうとして。しかも、彼はその春を迎えることができなかった、もう一度新規まき直しをやって、青年のように軽快に闊歩《かっぽ》していくということができなかった。彼は疲れていた、そして、午後遅い太陽がまだ照ってはいたが、妙に寒く、全身がかじかむような感じがした。まったく急に、精気を失ったのだ、こういう華やかで明るい動きには、これ以上堪える気力がなくなった。これは彼を困惑させた。立ちどまって、ステッキではらいのけ、「どっかへ行っちまえ！」と言いたかった。突然だが、いつものように――ステッキで広ふちの中折帽をかたむけ、自分が知っているすべての人々、友人や、知己や、店員や、郵便配達夫や、運転手などに挨拶《あいさつ》することが、とてもつらく感じられた。だが、あの身ぶりにともなう陽気な眼つき、「わしはあなたがたのだれにも負けないよ、いや、それ以上だ」と言うようにみえるやさしい眼の輝き――あれは老ニーヴ氏はなんとしてもできないのだ。彼は膝《ひざ》をあげて、とぼとぼと歩いていった、まるで空気がどうかして重くなり、水のように抵抗を感じる中を歩いていくようだった。家路に向う群衆がいそぎ足ですぎ、電車がごうごう走り、軽い荷車がガタガタ通り、重い、ゆれうごく馬車が、あの、われわれがただ夢の中だけで経験するような、乱暴な、傍若無人の冷淡さで疾走していった……

その日、事務所はいつもと変りなかった。特別なことは、何もなかった。ハロルドは、昼飯に外へ出て、四時近くまで帰ってこなかった。どこへいっていたんだろう？何をしていたんだろう？　彼は自分の父親には、それを知らせようとしないのだ。老ニーヴ氏はちょうど入口の部屋にいて、訪問者にさよならを言っているときだった。そこへハロルドがぶらりと入ってきた。いつものようにまったく落ちつきはらって、おだやかに、女たちにはひどく魅力的な、あの特有の、半ば微笑に近い表情をうかべて。

ああ、ハロルドはあまりに美貌《びぼう》すぎる、きわだって美貌すぎるのだ、それが以前から困っていることになっている。男というものは、あのような眼、あのようなまつ毛、あのような唇を、もつべきではない。それは、不気味なくらいだ。母親とか、姉妹とか、召使たちはといえば、彼を若い神さまのように祭りあげていると言っても言いすぎでない。彼らはハロルドを崇《あが》め、彼にはどんなこともゆるした。彼は、もう十三歳のとき、母親の財布を盗み出し、金をぬいて、それを料理番のベッドの下に隠しておいたということがあって以来、仕方なく大目に見なければならないようなことをしてきた。老ニーヴ氏は、ステッキで強く舗道のふちを打った。だが、ハロルドを甘やかしたのは、家の者ばかりでない、と彼は考えてみた、あらゆる人々がそうしたのだ。ハロルドはただ見て、笑いさえすればいい、それでみんな、彼の前にひれ伏してしまう。だから、ハロルドが会社でも、やはりそれと同じように事が運ぶと思ったって、ふしぎではないわけだ。フム、フム！　だが、それはゆるせない。どんな商売でも――成功した、すでに基礎のかたまっている、大きな、利潤のある事業にしたって――いいかげんにすることはできない。それに全精神を打ちこまなければならない、そうでなければ、自分の眼の前で、たちまち総くずれになってしまうだろう……

それにまた、妻のシャーロットと娘たちがしょっちゅう、事業のすべてをハロルドにゆずり、引退して、悠々と楽しんで暮すように彼を責めたてる。悠々と楽しむ！　官庁の建物の外にある、一群れの古いハボタン棕梠《しゅろ》の木の下で、彼は急に立ちどまった。悠々と楽しむ！　夕方の風がかさかさという軽い音をたてながら、黒い葉をゆらしていた。うちに坐《すわ》っていて、何もしないでぶらぶらし、その間に、自分の一生の仕事が、ハロルドが笑っているうちにそのきゃしゃな指のあいだからぬけ去り、くずれうせ、消えていくのを知りながら見ているなんて……

「お父さま、そう頑固になることないでしょう？　もう会社へ行くことなんか、まったく必要ないんですよ。お父さまがとても疲れたお顔をしていると人からしじゅう言われると、あたしたち困るんですよ。こういうふうに、大きな屋敷も庭もあるんでしょう。それでけっこう楽しくやっていけるんですもの——ゆっくり、ここに落ちついて、気ばらしをなされば。でなければ、何か趣味ごとでもお始めになるといいですわ」

するとと、小さいローラまでが生意気に口を入れて、「男のひとはみな、趣味をもつべきものなのよ。そういうものがないと、人生はたまらないものになってしまうわ」

よし、よし！　ハーコート通りに向う高台を骨折りのぼりながら、彼は苦笑いをしないわけにいかなかった。もし自分が趣味ごとにふけっていたら、ローラとその姉妹やシャーロットはどうなるか？　それを知りたいものだ。趣味ごとでは、町にある本邸と海岸の別荘、彼らの馬、彼らのやるゴルフ、音楽室のダンスに使う六十ギニーの蓄音機などをまかなっていくことはできないだろう。こういうものを与えることを惜しむわけではない。それどころか、娘たちはみな利口で美しいし、シャーロットはすぐれた女性だ、彼らがよい境遇にあるのもふしぎではない。実際のところ、町で彼らの家ほど人気のある家はほかにない、彼らの家ほど人をもてなすところはない。そして幾度となく、老ニーヴ氏は、喫煙室のテーブルごしに葉巻の箱を客にすすめるときに、妻や娘、また自分にたいしてまで、讃辞《さんじ》をうけるのだ。

「お宅は理想的なご家庭ですね、ほんとうに理想的なご家庭ですよ。何か小説で読むか、芝居を見るようですよ」

「いや、もうたくさんだよ、君」と老ニーヴ氏は答えるのであった。「この葉巻、一つどうです、なかなかいいですよ。それとも庭でお吸いになりたいのでしたら、たぶん、芝生に娘たちが出ているでしょうよ」

娘たちがまだ一人も結婚していないのは、そのためだ、と人が言うのである。結婚しようと思えば、どんな人ともできるのだ。ところが、うちがあまりに楽しすぎるのだ。母親のシャーロットと娘たちが、みんないっしょで楽しすぎるのだ。フム、フム！　よし、よし！　たぶん、そうだろう……

そのときまでに、彼はにぎやかなハーコート通りを端まで歩いていた、その町角の家、自分の家に来ていた。馬車門があけてあった。車道《くるまみち》には、新しい轍《わだち》があった。それから、大きな、白く塗った家の前に来た、窓があけ放ってあり、チュール地のカーテンが外のほうへふくらみなびき、広い窓しきいにはヒヤシンスの青い壺《つぼ》がおいてあった。車寄せの両側には、アジサイ――この町で有名な――が咲きかかっていた、うす紅《あか》い、また青みがかった花のかたまりが、四方にひろがった葉の間に、光のように見えた。するとなぜか、老ニーヴ氏には、この家も花も、車道の新しい轍さえも、こう言っているようにおもわれた――「ここにはいきいきした若い生命がある。若い娘たちがいて――」

玄関の間《ま》はいつものように、槲材《かしわざい》の箱の上に積んだ、外套《がいとう》や襟巻《えりまき》の類《たぐ》いやパラソルや手袋で、うす暗いくらいだった。音楽室からは、ピアノの、早調子の、高い、性急な音がひびいていた。少しあいている応接間のドアの間から、人声が聞えてきた。

「アイスクリームが出たの？」というシャーロットの声。それから、彼女の腰かけているゆり椅子《いす》のギーギーときしむ音。

「アイスクリーム！」とエセルが叫んだ。「お母さま、あんなアイスクリーム見たことないわよ。たった二種類しかないの。そして、一つは普通の店で出す、小さいストロベリーのクリームよ、びしょびしょになった紙がついていて」

「ごちそうはどれもひどいものだったわ」とマリオンの声。

に言った。

「でも、アイスクリームにはまだ時期が早いでしょう」シャーロットは何気ないふう
「だって、アイスクリームを出すのなら、やっぱり……」とエセルが言い始めた。

「まあ、そうね」シャーロットは小声でつぶやいた。

ふいに、音楽室のドアがあいて、ローラがとび出てきた。彼女は、父の老ニーヴ氏の姿を見るとびっくりして、声をあげそうになった。

「あら、お父さま！　びっくりするわ！　いまお帰りになったの？　どうしてチャールズが出てきて、外套をぬぐのに手をかさないのかしら？」

彼女の頰は、ピアノをひいていたので紅がさし、眼はきらきら光って、髪が頰のほうにたれ下がっていた。彼女は、暗いところを駆けぬけてきて、ひどく驚いたかのように、大きく息をしていた。老ニーヴ氏は、一番下の娘を眺めた、前に見たことがないもののように感じた。あれがローラか？　だが、ローラのほうは父のことは忘れているようだった、いま待っているのは、父ではないのだ。いま、彼女は、丸めたハンカチの先を嚙《か》んで、それをふきげんに強くひっぱっていた。電話が鳴った。ああ！ローラはすすり泣きのような声をあげると、彼の横を走っていった。電話室のドアがバタンと音をたてた、それと同時に、「お父さまですか？」と、シャーロットが声を

かけた。

「またお疲れになってるようね」シャーロットはなじるように言って、ゆり椅子をとめて、温かいプラムのような頬をさし出した。輝く髪のエセルが彼のあごひげにそっと接吻《せっぷん》し、マリオンの唇が彼の耳にふれた。

「歩いてお帰りになったの、お父さま?」とシャーロットがきいた。

「ああ、歩いてきたよ」とニーヴ氏は言って、応接間の大きな椅子の一つに深く腰かけた。

「でも、どうして辻馬車《つじばしゃ》にお乗りにならなかったんですの?」とエセル、「いまごろは辻馬車がいくらでも出ているでしょうに」

「あの、エセル」とマリオンは大きな声で、「お父さまがご自分でお疲れになるのが好きなのなら、何もあたしたちがかれこれ言うことないのよ」

「これ、これ、あんたがたは!」とシャーロットがなだめにかかった。

だが、マリオンはやめようとしない。「いいえ、お母さま、お母さまはお父さまに甘すぎるのよ、それがいけないんだわ。もっときびしくなさらなきゃ。お父さまはとっても悪い子なのよ」彼女はここで大きな、明るい笑い声をたてて、鏡の中の自分の姿を見ながら髪に手をやった。ふしぎだ! 彼女はまだ小さかったときには、低く、ためらいがちに口をきいたもので、どもるようなことさえあった。ところがいまは、何を言うにしても——ただ、「ジャムをください、お父さま」といったことでさえ——まるで舞台にいるように、大きくひびく言い方なのだ。

「ハロルドはお父さまより先に会社を出ましたの？」またゆり椅子を動かしながら、シャーロットはきいた。

「よくわからん」と老ニーヴ氏。

「よくわからんよ。四時からあと、会わなかったからな」

「あの子は言っていたんですが——」とシャーロットは言いかけた。

だがそのとたん、何かの新聞のページをひっくり返していたエセルは、母のところへ走っていって、その椅子のそばに腰をおろした。

「ほら、ごらんなさい」と彼女は大きな声で言った、「あたしが言うのはこれよ、お母さま。黄いろに、銀のほそい条《すじ》が入っているのよ。これ、よくない？」

「ちょっと見せてごらん」とシャーロットは言った。べっこう縁の眼鏡を取り出して、それをかけ、ふとった小さな指でページを軽く叩《たた》いて、唇をゆがめた。「とてもいいわ！」彼女はあいまいにつぶやいた。眼鏡ごしにエセルのほうを見て、「でも、裳裾《もすそ》はないほうがいいと思うわ」

「裳裾がないほうがいいの！」エセルは、世にも悲しそうな声をあげた。「だって、裳裾が、かんじんかなめのところなのよ」

「どれ、お母さま、あたしが決めてあげるわ」マリオンは新聞をシャーロットからふざけて奪いとった。「あたしはお母さまの意見に賛成よ」と勝ちほこったような声をあげた。「裳裾は重苦しい感じがするわ」

老ニーヴ氏は、すっかり忘れられて、椅子の広いくぼみに身をうずめて、居眠りしながら、彼らの声を夢の中でのように聞いていた。たしかにそうに違いない、自分はすっかり疲れている、人生のよりどころを失ってしまったのだ。シャーロットにしても、娘たちにしても、今晩はあまりにひどすぎる……彼らはあまりに……あまりに……まどろみかけている頭でやっと考えられることは――自分にとって、あまりに贅《ぜい》沢《たく》すぎる。そして、どこか、あらゆるものの奥のところで、彼は小さな、しぼんだ、非常に年とった男が、果てしなく続く階段をよじのぼっていく姿を見ていた。あれはだれだろう？

「わしは今晩、正式の服装はしないよ」と彼はつぶやいた。

「なんですか、お父さま？」

「え、何か、何かって？」老ニーヴ氏はびくりと眼をさまして、彼らのほうをじっと見た。「今晩は正式の服装はしないよ」とくり返した。

「でも、お父さま、ルーシルがくることになっていますし、ヘンリー・ダヴンポートやテッディー・ウォーカーも」

「それじゃあ、ひどく場ちがいにみえるでしょうよ」

「お気分が悪いんですか？」

「お前は何もしてくれなくてもいいよ。チャールズというものがいるじゃないか？」

「でも、あなたがもし、そういう気分にならないのでしたら」とシャーロットはためらっていた。

「ああ、よし、よし！」老ニーヴ氏は立って、さっきの、あの階段をよじのぼる老人といっしょに歩いていった、彼の着がえ室まで……

そこにチャールズ青年が待っていた。注意深く、それにすべてのことが懸っているかのように、湯たんぽをタオルで巻いていた。チャールズ青年は、まだ赤い顔の少年で、暖房用の火の係りとしてこの家に来たときから、主人のお気に入りだった。老ニーヴ氏は、窓ぎわの籐《とう》の寝椅子に体を横たえると、脚をのばして、「チャールズ、ひとつ盛装にしてくれ！」と、夕方の小さい冗談を言った。すると、チャールズは、荒い息づかいで眉《まゆ》をひそめながら、前へかがんで、彼のネクタイからピンを抜いた。

フム、フム、よし、よし！　開いた窓のそばは気持がよかった、とても気持がよかった――美しい、おだやかな夕方だった。彼らは下のテニスコートの芝生を刈っていた。草刈り機の柔らかい音が聞えた。やがてまた、娘たちはテニス会を始めるのだろう。そう思うと、マリオンの声が高くひびくのを聞くように思った――「うまいわ、あんた……ああ、いいプレー……ああ、ほんとにすてき」そのとき、シャーロットがヴェランダから呼ぶ声がした、「ハロルドはどこ？」するとエセルが「ここにはいませんよ、お母さま」すると、シャーロットの「あの子は言ったんだけれど……」とあいまいな声。

老ニーヴ氏は溜息《ためいき》をつき、立ちあがって、片手をあごひげの下におき、チャールズ青年から櫛《くし》をうけ取って、ていねいに白いひげを梳《す》いた。チャールズは彼に、たたんだハンカチや、認印《みとめいん》づきの時計や、眼鏡のケースをわたした。

「もう用はないよ」ドアはしまり、彼はうしろへもたれかかった、おれはひとりだ……

いま、あの小さな、年よりの男は、煌々《こうこう》と明るい、華やかな食堂にむかう、長い階段をおりかけていた。なんという貧弱な脚だろう！　まるで蜘蛛《くも》の脚のようだ――細くて、しなびている。

「お宅は理想的なご家庭ですね、ほんとうに理想的なご家庭ですよ」

だが、もしそうならば、シャーロットにしろ、娘たちにしろ、なぜさっき自分をとめなかったのか？　なぜ、おれはたったひとりで、階段を上ったり下ったりしているのか？　ハロルドはどこにいるのか？　ああ、ハロルドに何かを期待してもだめだ。例の小さな蜘蛛男は、下へ、下へと降りていき、それから、驚いたことには、老ニーヴ氏の眼に、彼が食堂をすり抜けて、車寄せのほうへ進み、暗い車道《くるまみち》、馬車門、それから会社の事務所へいくのが見えた。あれを捕まえろ、あれを捕まえろ、だれか！

老ニーヴ氏は飛びあがった。着がえ室は暗かった、窓はうす白く光っていた。どのくらい、眠りこんでいたのだろう？　彼は耳をすませた、大きな、風通しのよい、暗くなった家の中に、遠くからの声、遠くからの物音が入ってきた。たぶん、と彼はぼんやり考えた、長いこと眠っていたのだろう。自分は忘れられてしまっている。これらすべてが、自分になんの関係《かかわり》があろう――この家やシャーロット、娘たちやハロルド――彼らについて、自分が何を知っているだろう？　彼らは自分にとって、みな他人だ。人生は彼を通りすぎてしまった。シャーロットは自分の妻ではない。自分の妻は！

……トケイソウの蔓《つる》で半分隠されている暗い玄関口、その蔓は、何かを知っているように、悲しげに、愁《うれ》わしげにたれ下がっていた。小さな、温かい腕が彼の首に巻きついていた。彼のほうにむかって上げられた、小さな青白い顔、一つの声がかすかにささやいた、「さようなら、好きなひと」

好きなひと！「さようなら、好きなひと！」あれはどっちが言ったのだろう？ どうして、さようならと言ったのだろう？ 何かたいへんな間違いがあったのだ。あのひとこそ、自分の妻だ、あの小さな青白い少女が、そして、彼のあとの人生はすべて夢のような空白になってしまった。

そのときドアがあいて、チャールズ青年が明るいところに立ち、両手をわきにのばして、若い兵士のように大声で言った、「ご飯のお仕度ができております！」

「いまいく、いまいくよ」と老ニーヴ氏は言った。

声楽の授業

The Singing Lesson

絶望――冷たく、鋭い絶望――を残酷なナイフのように胸深くひそめて、ミス・メドウズは、学校職員の帽子をかぶりガウンをつけて、小さなタクトをもって、音楽堂へつづく寒い廊下をふんでいった。さまざまな年齢の少女たちが、外気にあたった薔薇《ばら》いろの頬をし、秋の晴れた朝に、学校へ駆けてくる、あの楽しげな興奮のためにさわぎながら、小走りに、飛びはねて、バタバタと通っていた。空洞のような教室から、きんきんするおしゃべりの声がひびいた。ベルが鳴った。一つの声が小鳥のように、「ミューリエル」と呼んだ。それから、階段のほうから、ドシン、ガタン、ドシンというひどく大きな音が聞えた。だれかが鉄唖鈴《てつあれい》を落したのだ。

理科の教師がミス・メドウズを呼びとめた。

「おはよう――」と彼女は、甘い、気取った、長くひっぱる言い方で、「寒いじゃないの、冬みたいだわね」

ミス・メドウズは、例の絶望というナイフを胸に、憎悪《ぞうお》をもって理科の教師をにらんだ。彼女のもっているすべてのものが、甘く、青白く、蜂蜜《はちみつ》のようだ。蜜蜂があの黄いろい髪のもつれに飛びこんでひっかかるのを見たって、ひとはべつに驚くこともないと思われるくらいだった。

「肌にしみるようだわ」とミス・メドウズは、きびしい調子で言った。

相手はその甘ったるい笑い方をした。

「あんたは凍っているようだわ」と彼女。彼女の青い眼が大きくひらいた、そこには、あざけりの色があらわれた。（このひとは何か気づいているのかしら？）

「いいえ、それほどでもないのよ」とメドウズ女史は言って、理科の教師に、その微笑にたいして急に渋面をつくって先へ歩いていった……

四年、五年、六年の三クラスが音楽堂に集まっていた。その喧騒《けんそう》はすさまじかった。教壇のピアノのそばに、メリー・ビーズレイが立っていた、ミス・メドウズのお気に入りで、伴奏をひいてくれる生徒であった。彼女は、ピアノの腰掛を回していた。ミス・メドウズの姿を見ると、大きな声で、「みんな、シッ、シッ！」と警告を発した。メドウズ女史は、タクトをわきにはさみ、両手を袖《そで》に突っこんで、中央の通路を大またに歩み、踏段をのぼって、急にむき直って、真鍮《しんちゆう》の楽譜台をつかむと、それを自分の前におき、カンカンとタクトで軽く二つ叩《たた》いて、静粛の合図をした。

「静かにしなさい！　早く！」そして、だれのほうも見ず、彼女の視線は、色とりどりのブラウスに、動いている桃いろの顔と手、ゆらいでいる蝶《ちょう》のようなリボン、ひろげた楽譜などの、あの一面のひろがりを一わたり見わたした。生徒たちがどういうことを考えているか、彼女にはよくわかっていた。「メドちゃん、ごきげん斜めだな」よろしい、勝手にそう思うがいい！　彼女の瞼《まぶた》はふるえた、彼らを無視して頭をぐいと上げた。こういう生徒どもの考えることなど、いったいなんの意味があろう、あのような手紙のために、致命的な傷をうけ、心臓まで、心臓まで刺しぬかれて、血を流して立っている者にとっては――

……「二人の結婚は失敗になるだろうと、ぼくはだんだん強く感じています。あなたを愛さないからではないのです。ぼくは自分として女を愛しうる最大限度まで、あなたを愛しています。だが、本当のことを申し上げると、ぼくは次のような結論に達したのです、自分は結婚して一家を持つような男ではないと、そして、そういうふうに落ちつくということを考えても、ぼくの心におこるものは、ただ――」そこに、「嫌悪」という文字があっさり消されてあって、その肩に「悔恨」という文字が書いてあった。

バジル！　ミス・メドウズはピアノのところへ歩いていった。そして、このときを待ちかまえていたメリー・ビーズレイは前にかがんだ。そして「メドウズ先生、おはようございます」とささやくと、彼女の巻毛が頰にかぶさった。それから彼女は、先生のほうに身ぶりで合図するようなかっこうで、美しい黄菊をわたした。この花をささげる小さな儀式は、ずいぶんと長い間、一期半もの間おこなわれてきたのであった。これは、ピアノの蓋《ふた》をひらくと同じくらい、声楽の授業の欠くべからざる要素になっていた。いつもは、ミス・メドウズはメリーのほうへかがんで、「どうもありがとう、メリー。まあ、きれいなこと！　三十二ページをあけて」と言って、それをうけ取り、ベルトの間にさしこむのだが、けさはメリーの驚いたことには、メドウズ先生は菊の花を黙殺し、彼女の挨拶《あいさつ》にも答えずに、氷のような声で、「十四ページあけて、強部《アクセント》によく注意すること」と言った。

驚き、呆然《ぼうぜん》とした瞬間！　メリーは顔を赤らめ、眼には涙がうかんだが、ミス・メドウズはもう楽譜のところへもどっていた。彼女の声が音楽堂にひびきわたった。

「十四ページ。十四ページから始めます。『悲歌』ですよ。みなさん、これはもういままでにも知っておくべき歌だったのです。初めに全体を歌ってみましょう、高音低音に分けないで、全体を。そして感情は入れないで。さあ、歌ってごらんなさい。しかし、ごくあっさりと、左手で拍子をとって」

彼女はタクトをあげて、楽譜台を二度叩いた。まずメリーがピアノで最初の和音をひきだした、すべての左手がいっせいに空《くう》を打った、そして若い、憂愁にみちた声々がひびいた――

ああ早く、あまりに早く
喜びの薔薇は色あせ、
秋去りて寂しき冬ぞ。
ああ、疾《と》くに、楽しき調べ
速やかに耳より消ゆる。

なんと、この悲歌ほど悲痛なものがあろうか！　調べのひとつびとつが溜息《ためいき》であり、むせび泣きであり、悲哀にみちた呻《うめ》きである。ミス・メドウズはゆるやかにガウンの下の腕をあげて、両手で指揮を始めた。「……二人の結婚は失敗になるだろうと、ぼくはだんだん強く感じています……」彼女は打ちおろした。すると声々が高まった、「ああ、はやく、あまりにはやく」なんだって、あの人はこんな手紙を書く気になったんだろう！　いったい、どうしてそういうことになったんだろう！　原因は何もない。この前の手紙は、彼が「二人の」書物を入れるのに買ったという黒いぶしの槲材《かしわざい》の本箱のことや、彼が見た「気のきいた小さな玄関用衝立《ついたて》」のことばかりで、「とてもしゃれたもので、腕金のところに彫りもののふくろうがついており、その足爪《あしづめ》に三つの帽子ブラッシがかかるようになっています」などと書いてあった。彼女はそれを読んで笑ってしまった！　帽子ブラッシが三つも要ると思うなんて、いかにも男の考えだ！

「もう一ぺん」「すみやかにみみよりきゆる」と一同の声が歌った。

「もう一ぺん」とミス・メドウズは言った、「こんどは高音低音に分けて。やはり感情を入れないで」

「ああ、はやく、あまりにはやく」低音部の暗鬱《あんうつ》さが加えられて、なんだか身ぶるいを感じるような重苦しさ。「よろこびのばらはいろあせ」この前会いに来たとき、バジルは胸のボタン穴に薔薇をつけていた。明るいブルーの洋服に、あの濃い紅の薔薇をつけた彼は、とてもきれいにみえた。彼は自分でもそれを意識していた。意識しないわけにはいかないのだ。まず頭の髪をなで、それから口ひげをなでた。笑うと、歯が白く光った。

「校長の奥さんがいつも晩ご飯を食べにきなさい、と言ってしようがないんだ。迷惑千万なんだがね。あそこでは一晩だって自分の自由になりゃしない」

「だって、ことわれないの？」

「でもねえ、ぼくのような地位の人間では、人の気を悪くするのは損だからね」

「たのしきしらべ」と声々が泣くように歌った。高い、細長い窓の外の柳の木が、風にゆれた。柳はもう大半葉が落ちていた。まだくっついている小さな葉は、釣糸にかかった魚のように身をくねらした。「……自分は結婚して一家を持つような男ではない……」歌声はやんだ。

「大変けっこう」とミス・メドウズは言ったが、それはまだよそよそしい、冷酷な調子だったので、若い女生徒たちはほんとうに恐れを感じだした。「さあ、これでわかったでしょうから、こんどは感情を入れてみましょう。できるだけ多く、感情をこめるんですよ。言葉の意味を考えて、あなたがたの想像力を用いることですね。ああ、はやくあまりにはやく」ミス・メドウズは大きな声をあげた。「ここは急に出るんですね——高く、強いフォルテ——悲嘆なのです。それから次の、さびしきふゆ、このさびしきは、ちょうど冷たい風が吹きわたっていくように歌うんですよ。さびーしーき、と」ミス・メドウズがあまりに沈痛そうに言うので、メリー・ビーズレイは、腰掛の上で体をもじもじさせた。「三行目はクレセンドになるところ。ああ、とくに、たのしきしらべ。最後の行の始まりで切れて、すみやかに、と。それから、みみよりでずっと落ちて……だんだん弱く……最後の、きゆるはほんのかすかな囁《ささや》きになるように……最後の行で、できるだけゆっくりと落していいんですよ。さあ、いいですか」

　また軽く二つ叩く音、彼女はまた腕をあげた。「ああ、はやく、あまりにはやく」「……そういうふうに落ちつくということを考えても、ぼくの心におこるものは、ただ――」嫌悪というのが、彼の書いた文字だったのだ。これは、二人の婚約が、はっきりと破棄されたと言ったのと同じなのだ。二人の婚約！　彼女が婚約したことは、人々に相当な驚きだった。理科の教師は初め本当にしなかった。だが、驚いたのはだれよりも自分であった。彼女は三十歳、バジルは二十五歳だった。あのまっ暗な晩、教会からいっしょに歩いて帰る途《みち》で、「あなたもわかっているでしょう、ぼくはどういうわけか、あなたがとても好きなんです」と言いだしたのは、一つの奇蹟《きせき》みたいだ、まったくの奇蹟だった、そして彼は、彼女のだちょうの羽根のボア襟巻《えりまき》の端をつかんだ。

「すみやかにみみよりきゆる」

「もう一度、くりかえして！」とミス・メドウズは言った、「もっと感情を出して！　もう一度！」

「ああ、はやく、あまりにはやく」上級の生徒たちは顔を真っ赤にしていた。下級の生徒のあるものは泣きだしかけていた。雨の大きな粒が窓に吹きつけた、柳の木々がこうささやく声を聞いた、「……あなたを愛さないからではないのです……」「だけどねえ、あなたがわたしを愛しているのなら、それはどのくらいでもいいのよ」ミス・メドウズは心の中で言った、「あなたのいいように、ほんの少しでも愛してくださいな」だが、彼女は、彼が自分を愛していないことを知っていた。「嫌悪」という文字を、彼女にわからないように、きれいに消してしまうほどの心づかいもないではないか！「あきさりてさびしきふゆぞ」自分は学校もやめなければならない。こういうことが知られたあとで、理科の教師や生徒たちに顔を合わせるのはいやだ。どこかへ行ってしまわなければなるまい。「ああ、すみやかに」一同の声は、落ちて、弱まりだした、ささやきになり……消えていく……

突然、ドアがひらいた。青い服の小さい女生徒が、頭をたれ、唇を嚙《か》み、小さな紅《あか》い手首にはめた銀の腕輪をひねりながら、中央の通路をせかせかと歩いてきた。踏段をのぼって、ミス・メドウズの前に立った。

「モニカ、なんですか？」

「あのう、メドウズ先生」とその少女は息をはずませながら、「ミス・ワイヤットが校長室で先生にお会いしたいそうです」

「そうですか」とミス・メドウズは言った。それから生徒たちに大きな声で、「わたしのいない間は、みなさんの名誉にかけて騒がないで静かにしているように」だが、生徒たちはもう沈みきっているので、何をする元気もなかった。多くは、鼻をかんでいるところだった。

廊下はしいんとして冷たく、彼女の足音が大きく反響した。校長は席に坐《すわ》っていた。ちょっとの間、校長は顔をあげなかった。いつものように、レースのネクタイにひっかかった鼻眼鏡の紐《ひも》をほどいていた。「どうか腰をおろして、ミス・メドウズ」とやさしく言った。それから彼女は、吸取り紙のところから、桃いろの封筒を取りあげた。「お呼びしたのは、この電報があなたのところへ来たからです」

「わたしに電報ですって、ミス・ワイヤット？」

バジルだ！　自殺でもしたのだ、とミス・メドウズは思いこんだ。手がさっとのびたが、ミス・ワイヤットは電報をちょっとひっこめた。「悪い知らせじゃないといいんですが」と彼女は、好意をもっている程度の調子で言った。それから、ミス・メドウズはそれを破りひらいた。

「テガミノコトシンパイスルナ、キガヘンダッタ、キョウ、ボウシカケカッタ、バジル」という文句だった。彼女はなかなか電報から眼がはなせなかった。

「非常に重大なことではないんでしょうね」とミス・ワイヤットは前に体を出して言った。

「ええ、ありがとうございます、ワイヤット先生」とミス・メドウズは顔を赤らめた。「悪いことなんかじゃありません、あの、これは」そう言って彼女は申し訳するようにちょっと笑って――「これは婚約者《フィアンセ》から来ましたので、ただ、あのう……あのう――」ここで沈黙があった。「ああ、なるほど」とミス・ワイヤットが言った。また沈黙。それから、「あなたの授業はまだ十五分ありますね、ミス・メドウズ」

「ハイ、ございます」彼女は立ちあがった。半ば走るように戸口へいった。

「ああ、ちょっと、ミス・メドウズ」とミス・ワイヤットは言った。「言っておきますが、授業時間中に、先生がたのところへ電報がくるのは、感心できないと思います、何か非常に悪い知らせでないかぎりは、たとえば、死亡とか」とミス・ワイヤットは説明して、「大きな不祥事とか、何かそんな場合のほかは。ミス・メドウズ、よい知らせというものはたいていあとでもいいものですから」

希望と愛と喜びの翼にのって、ミス・メドウズは飛ぶように音楽堂へもどって、中央通路を抜け、踏段をのぼり、ピアノのところへいった。

「三十二ページですよ、メリー、三十二ページ」と彼女は言った、そして黄菊を取りあげ、自分の微笑をかくすために、それを口もとへもっていった。それから生徒のほうへむかい、タクトでコツコツと叩いた。「みなさん、三十二ページ。三十二ページですよ」

われらは今日ここに来たれり、
あふれる花とこのみ籠《かご》、
リボンをそえて、慶《よろこ》びの
言葉ささげん……

「やめ、やめ！」とミス・メドウズは叫んだ。「それはだめですよ、それじゃあ、なっていませんよ」彼女は生徒たちにほほえみかけた。「あんたがた、どうしたんですか？　みなさん、歌っている文句のことをよく考えてごらんなさい。想像力を働かすんですよ。あふれるはなとこのみかご、リボンをそえて。それから、よろこびのことばささげんでしょう」ミス・メドウズは言葉をきった。「みなさん、そんなに沈んだ顔してはいけません。温かく、明るく、熱がこもるようにするんですよ。よろこびの……もう一ぺん。さあ、みんないっしょに。はいっ！」

そして、こんどは、ミス・メドウズの声は一同の声にまさって高くひびいた——強く、深く、喜びの熱情にあふれ輝いて。

小間使　The Lady's Maid

（十一時、ドアをノックする音）

……お邪魔ではないかと思いますが、まだ、お眠りになっていないのですね？　いま、奥さまにお茶をさしあげて、ちょうど飲みごろのが一杯余分にできましたので、思いつきまして、たぶん……

……いえ、どういたしまして。わたしはいつも一番おしまいに、お茶を出すんですよ。奥さまはベッドでお祈りをおっしゃったあと、体が温かくなるようにお茶を召しあがるんですよ。奥さまがひざまずくと、わたしは湯わかしを火にかけて、湯わかしにこう言うんですよ、「さあ、お前さんのほうはそんなに大いそぎでお祈りを言わなくてもいいんだよ」ところが、奥さまのお祈りが半分もすまないうちに、いつも湯わかしがわいてしまうんですよ。そうでしょう、あなた、わたしどもはとてもたくさんの人を知っているものですから、その人たち全部のためにお祈りしなくてはなりませんのよ――一人のこらず。奥さまは小さな紅《あか》い手帳に、みなさんの名前を全部書いておくんですよ。驚くじゃありませんか！　どなたか新しい方がたずねていらっしゃると、あとで奥さまは「エレン、わたしの紅い手帳を持っておいで」とおっしゃるんです。わたし、気が気じゃないんですよ、ほんとうに。「またもう一人ふえた」と思うんですよ、「どんな気候のときでも、奥さまをベッドの外でひざまずかせておく人が」それに、奥さまはクッションなどどうしても敷こうとなさらないでしょう、あなた、かたい絨毯《じゅうたん》の上にひざまずくんですよ。わたしはもう長いこと奥さまを知っているんで、そういうご様子を見るとひどく気がもめて仕方がないんですよ。わたしはひとつ奥さまをだまかそうと思って、羽根ぶとんをひろげておいたこともあるんです。ところが、最初にそうしたとき——奥さまはわたしをきっとしたお顔で見て——とても聖《きよ》らかなお顔でしたよ、あなた——「神さまは羽根ぶとんをお敷きになったかね？」と、こうおっしゃったんですよ。それでもわたしはまだ若かったもんで——こう言いたかったところですよ、「いいえ、でも神さまは奥さまほどのお年じゃなかったし、また奥さまのなやんでいらっしゃる腰痛《こしいた》もご存じなかったんですもの」とね。ずいぶん性《たち》が悪いことですわね？　でも、奥さまは、そりゃあとってもよいお方でしょう、あなた。おふとんをかけてさしあげ——あおむけになって、手を外に出し、頭を枕《まくら》につけていらっしゃるところを見ると——ほんとうにおきれいで、「わたしがお棺におⅠ入れ申し上げたときの、なくなったお母さまそっくりですよ！」と心の中で言わないわけにはいかないんですよ。

……そうですよ、あなた、納棺のときはみなわたしにまかされてやりましたんですよ。ほんとうに、あの大奥さまは美しくみえました。わたしがお髪《ぐし》をつくってさしあげて、ゆるやかに、額のまわりを全部品のよい巻毛にし、お頸《くび》の片方に、それはそれはきれいな三色すみれの束をさしたんですよ。この三色すみれで、大奥さまはまるで絵のようでしたよ、あなた！　あの三色すみれはどうしても忘れることができません。今晩いまの奥さまを見て、わたしは、「いま、もし三色すみれをおつけになりさえすれば、まったくどちらがどうだか、区別がつかないでしょう」と思ったんですよ。

……まったく最後の年のことでしたわ、あなた。ちょっと――そうですね――よく人の言うようにお呆《ぼ》けになってからのことですね。もちろん、大奥さまは決してけんのんなことはなさりませんでした、この上なく気のおやさしい方でしたから。で、そのあらわれ方は、どうも――何かをなくしたとご自分でお思いになるんですね。じっとしていることができないんです、落ちついていられないんですよ。一日じゅうずっと、行ったり来たり、行ったり来たりなさって、家のどこでもお会いするんですよ――階段の上でも、玄関口でも、台所にもおいでになるんです。そして、人の顔をごらんになると――まるで子供のように――「わたし、なくしちゃった、なくしちゃった」とおっしゃるんです。「さあ、おいでなさい」とわたしは言うんですよ、「おいでなさい、トランプのペーシェンスをするのに札をおいてさしあげますから」でも、大奥さまはわたしの手をとらえて――わたしは大奥さまのお気に入りだったもので――「見つけておくれ、ねえ、エレン、見つけておくれね」と小さいお声でおっしゃるんです。おかわいそうじゃありませんか！

……それで、とうとう、お治りにならなかったんですよ。おわりには、脳溢血《のういっけつ》で。最後におっしゃったことは、――「中を見てごらん――あの――中を」そして、おなくなりになったんですよ。

……いいえ、あなた、わたしは気がつきませんでしたね。たぶん、ほかの女中たちは気づいていたのでしょう。でも、わたしは、まあ、大奥さまだけにしかおつかえしなかったんですから。わたしの母は、わたしが四つのとき、肺病で死にました、それでわたしは、髪ゆいの店をやっていた祖父のところにあずけられていたんです。わたしはいつも店にいて、テーブルの下で人形の髪をゆって遊んでいたもんですよ――見習たちの真似《まね》をしたんでしょうね。見習たちはわたしにとてもやさしくしてくれました。わたしに小さなかつらをつくってくれたりしましてね、いろんな色のや、最新流行のものなんかも。そこに一日じゅう、わたしは坐《すわ》っていたんです、とてもおとなしく

——お客さんだって、わたしのいるのに気がつかなかったくらいですよ。ただ、ときどきテーブル掛の下から、そっとのぞくぐらいなもんで。

……ところがある日のこと、わたしはなんとかして鋏《はさみ》を手に入れて——まあ、とんでもないことに、あなた、わたしは自分の髪を全部切り落してしまったんですよ、まるでちっちゃなお猿みたいに、髪をバラバラにはさんでしまったんです。祖父は怒ったの怒らないのって！ 煖炉《だんろ》の火ばさみをひっつかんで——わたしはあれを忘れることができません——わたしの手をぎゅっとおさえると、それでわたしの指をしめたのです。「これで、こりるだろう！」と祖父は言ったんです。それはもうひどい火傷《やけど》になりました。いまでも、そのあとがのこっていますよ。

……ええ、祖父はね、わたしの髪をたいへん自慢にしていたんですよ。お客さんがくる前に、よくわたしを帳場の台の上にのせて、何か美しい形の髪にゆってくれたものでした——大きな、柔らかい巻毛にして、上のほうにウェーブをうたせたりして。見習たちがまわりに立っているんですよ、わたしはわたしでそうしてもらっているあいだ、祖父がもたせてくれた一ペニー銅貨を握って、とても神妙にしていたのを、いまでもおぼえていますよ……ところが、祖父はいつもそのあとで、その銅貨をとり返してしまうんです。気の毒にも、祖父は、わたしが自分の手でつくってしまったそのおばけ姿を見て、かっとしてしまったんですね。ところが、こんどはわたしのほうが祖父におびえてしまったのです。わたしがどうしたと思いますか、あなた？　逃げだしたんですよ。ええ、そうなんですよ、部屋の隅から隅へ、出たり入ったり、どうせ逃げたって大したことないんでしょうが、ほんとうに、エプロンを手に巻きこんで、切った頭の髪をピンとさせて駆けるさまは、きっと見物《みもの》だったことでしょう。それを見た人々は、大笑いしたにちがいありません……

……それで、あなた、祖父はそれをどうしても忘れることができなかったんです。そのあと、わたしの変なかっこうを見るのもがまんできなかったんですね。わたしがそばにいますと、晩ご飯も食べられないんです。そこで、伯母がわたしをひき取りました。伯母はびっこで、室内装飾をやっていました。とても小さい人なんです！　椅子《い》子《す》の背をつくろうとするときには、ソファの上に立たないとだめだったんです。わたしが大奥さまにお会いしたのは、その仕事で伯母を手つだっていたときでしたが……

……いえ、それほどでもありませんでしたよ。わたしは十三歳と少しでした。どんな気持だったか、おぼえていませんですね——そう——まだ子供だったんでしょうね。ご存じのように、お仕着せとか、何やかやと着せていただくんでしょう。大奥さまは最初から、わたしをお手もとにおいてはなしませんでした。そう、そう、そう——一度だけ、外へ出たことがありますよ！　あれは――おかしなことでした！　それはこういうわけなんです。大奥さまのところに二人の小さな姪御《めいご》さんがおとまりにいらっしゃってたんです――そのとき、わたしたちはシェルドンにいました――そこの共有地に市《いち》が立ったんです。

「あの、エレン」と大奥さまがおっしゃって、「二人の小さいお嬢ちゃんを驢馬《ろば》にのりにつれていっておくれ」。そこで出かけたんですよ。お二方ともたいへん神妙に、わたしの手を片方ずつひっぱっていきました。ところが、驢馬のところへくると、お二方ともはにかんでのろうとなさらないのです。それで、わたしたち三人とも立ったまま眺めていました。その驢馬の美しいことといったら！　荷車につながれていない――娯楽用とでも言いましょうか、そういう驢馬を見たのは、わたし生れて初めてだったんですよ。きれいな銀鼠《ぎんねず》いろで、小さい紅い鞍《くら》と青い手綱がついていて、耳につけた鈴がジャラン、ジャラン、ジャランと鳴るのです。そして、大きな娘さんたちが――わたしよりも年上のようなひとまで――それにのって、大はしゃぎしているんですよ。ふつうのはしゃぎ方じゃないのです、つまり、とても楽しんでいるんですね。そして、どういうわけかわからないんですが、その小さな足の動き方や、その眼――とてもやさしそうな――それからまた、その柔らかい耳を見ていると、もう何をおいてもその驢馬にのりたくなって、やもたてもたまらなくなってしまいました！

……もちろん、それはできませんでした。お嬢さんをつれていたからです。それに、お仕着せの服のまま乗ったら、わたしはさぞ妙なかっこうにみえたことでしょう？　それでも、その日じゅうわたしの頭にあったのは、驢馬――驢馬のことばかりでした。それで、このことをだれかに話さないと、自分の胸がふくれて破裂してしまいそうにおもえたのです。いったい、これをだれに話したものか？　ところが、床に入ったとき――わたしはミセズ・ジェームズ（これはその当時の料理番でしたが）の寝室でねていたのですが――灯を消すか消さないうちに、あの驢馬が眼にみえてくるではありませんか、ジャラン、ジャランと鈴を鳴らして、小さい、きれいな脚で、悲しげな眼をして……そこで、あなた、何をしたと思います、わたしは長いこと待って、眠ったふりをしていたんですよ、それから突然おき上がると、できるだけ大きな声をはりあげて、「あたし、驢馬にのってみたいわ、驢馬にのってみたいのよう！」と言ったものです。おわかりでしょう、わたしはどうしてもそう言わなければ気がすまなかったのです、そして、ほかの人々も、わたしがただ夢を見てねぼけたのだとおもえば、わたしのことを笑うまいと考えたんですよ……

……いいえ、あなた、いまはもうそんな。もちろん、一時はそのことも考えたんですが。でも、それは決して実現しないものだったんですね。男は、道路にそった、わたしどものいたところの筋むかいに、小さな花屋をひらいていたんです。妙なことでしょう？　それに、わたしときたら、たいへんな花好きでしょう。わたしたちは当時ずいぶん顔を合わせたものですよ、よく人の言うように、その花屋にたいてい入りびたりといったありさまでした。そして、ハリーとわたし（男の名はハリーと言うんです）は店にある花のならべ方のことで、おたがいに口論しあったことがありました――それで、つまり始まったわけですよ。花！　するとどうでしょう、まあ、そのハリーはわたしのところへ、花をもってくるようになったんですよ、まったく、それはとめどがないのです。すずらんを持ってきたのも一度や二度ではありません、これは大げさに申しているのじゃないんですよ！　ええ、もちろん、わたしたちは結婚して、その店に住むつもりでいました、そして、すべてことがそういうふうに運びかけて、わたしは窓の飾りつけをうけもつことになっていたんです……まったく、土曜日などには、どんなに一生懸命で飾り窓を工夫したことでしょう！　もちろん、実際にではなく、つまり、空想の中でやってみたんですね。クリスマスのも工夫してみました――ヒイラギに何かことばをつけたりして――それから、復活祭の白百合《しらゆり》も工夫してみましたよ、きらびやかな星のように、黄水仙を全部まんなかにかためて。わたしはまた、いろいろなものを吊《つる》したんですよ――まあ、この話はもうやめましょうね。いよいよハリーがわたしのために、家具をえらぶ日がやってきました。あの日を忘れることができましょうか？　その日は火曜日でした。その午後、奥さまのご様子はふつうでなかったのです。もちろん、何かおっしゃったわけではありません。奥さまはいつも別に何かおっしゃりもしないし、おっしゃろうともしないのですよ。でも、わたしはそのしぐさでわかりました、おからだをおおいものでくるんで、きょうは寒いのかい、と何度もおききになるんですよ……そして、小さなお鼻はなんだか……こごえているようにみえました。わたしは奥さまのもとを離れたくありませんでした、外へ出てもずっと気にかかって仕方がないだろうと、おもったからです。とうとう、わたしは、これはのばしたほうがよろしいでしょうか、と奥さまにうかがいました。「いえ、エレン、わたしのことは気にかけなくてもいいよ。あの若い人をがっかりさせてはいけないからね」と申されるんです。しかも、とてもほがらかに、ご自分のことなんかちっとも考えていらっしゃらないように。そうなると、わたしはいっそうつらい気持になってきました。わたしはじっと考えこみはじめたのです……そのとき、奥さまはハンカチを落されたのです、すると、ご自分でかがんでそれを拾おうとなさるのです――こんなことはそれまで決してなさらなかったのですよ。「まあ、どうしてそんなことを！」とわたしは大声で言いますと、走っていっておとめいたしました。「いいえ」と奥さまは笑いながらおっしゃるじゃありませんか、「こういうことも、わたしはこれから練習しておかなければならないのよ」それでもう、わたしは、やっとのことで、わっと泣きだしそうになるのをこらえました。わたしは化粧台のところへいって、銀のお道具をみがくようなふりをしていましたが、そのまま自分の心にしまっておくことができなかったもので、あの、あたしは……結婚しないほうがよろしいとお思いになりますか、とおたずねしたのです。「いいえ、エレン」と奥さまは申されるんですよ――あなた、ちょうどいま、わたしがお話ししている、こんな言い方で――「いいえ、エレン、そんなことぜったいに！」でも、そうおっしゃっているときに、あなた――わたしは鏡の中をじっと見ていたんですよ、もちろん、奥さまはわたしにみえていることをご存じないのでした――ちょうど大奥さまのなさったように、胸に小さなお手をあてて、眼をあげていらっしゃるのですよ……ええ、ほんとうに！

ハリーが来たとき、わたしはあのひとの手紙を全部用意しておきました、指輪も、わたしにくれたかわいい小さなブローチも――ブローチは銀の小鳥で、そのくちばしに鎖がついて、鎖のはしには短刀の突き刺さった心臓《ハート》がついたもので、当時大流行のものでした！　わたしはハリーをむかえて、ドアをあけましたが、あの人に、ひとことも言う余裕を与えなかったのです。「これをどうぞ」とわたしは言いました。「みんなもってお帰りになってね」と言ってから、「これでおしまいなのよ。わたしはあなたと結婚しません」そして「奥さまを離れることはどうしてもできないからよ」と言いました。まっ青！　あの人は女のようにまっ青になりました。わたしは自分でドアをバタンとしめて、そこに立っていました、あの人がいってしまったとわかるまで、全身をわなわなとふるわせながら。またドアをひらいてみると――まあ、どうでしょう、あなた――あの人はほんとうにいってしまったんです！　わたしはそのまま、エプロンをつけ室内靴をはいたままで、道路にとびだしたんです、そして、道路のまんなかに立ちつくしていました……じっと眼をすえて。わたしを見たら、人はきっと笑ったことでしょうよ……

……あらまあ、これはたいへん！――あれ、なんでしょう？　時計の打っている音ですね。ここでずっとおしゃべりをして、お休みの邪魔をして。わたしの口をとめてくだされればよかったですのに、あなた……お足をおふとんに入れてさしあげましょうか？　いつも奥さまのお足を入れてさしあげるんですよ、毎晩、いつも同じように。するとと奥さまはおっしゃるんです、「おやすみ、エレン。よく眠って早くおきるんですよ」って、もし奥さまがそうおっしゃらなかったら、わたしはどうしていいかわからないでしょう。

……ほんとにまあ、ときどきわたしはおもうんですよ……万一何かあったら、いったいどうしたもんだろうって……でも、くよくよ考えることはなんの益にもなりませんね……そうでしょう、あなた？　考えても始まりません。わたしはいつもそう考えてばかりいるわけでもないんですから。そして、ちょっとでも考えごとをするときには、わたしはぴんと心をとり直して、こう言うんですよ、「ほらまた、エレン。また考えごとしかけているね――このお馬鹿《ばか》さん！　考えごとをはじめるよりほか、何もすることがないなんて……」

ブリル女史

Miss Brill

明るく輝いた、よい天気ではあったが——青い空には、金と光の大きなまだらがふりかけられて、ちょうど公園《ジャルダン・ピュブリック》の上に白葡萄酒《しろぶどうしゅ》をまいたようだった——ブリル女史は、毛皮の襟巻《えりまき》をつけてきたのはよかったと思った。大気はしいんとしていたが、口をあけると、かすかな冷気を感じた、冷やした水のコップに口をつける前に、つたわってくるような冷気だった。そしてときおり、木の葉が舞いおちてきた——どこからともなく、空のほうから。ブリル女史は手をあげて、自分の毛皮の襟巻にさわってみた。いとしいかわいいもの！ また、これにふれるのはいい。きょうの午後、箱からそれを取り出して、虫よけ粉をふりはらい、よくブラッシをかけ、そのつやのない小さな眼もこすって、その生命をよみがえらせたのだ。「わたしにどういうことが起っているんです？」と悲しげな小さい眼が言った。ああ、その眼がまた紅《あか》い羽根ぶとんの上から、彼女に文句を言うのを見るのはなんて楽しいんだろう！……だが、鼻、何かの黒い合成物でできている鼻は、しっかりとくっついていない。どっかで、ぶつかったのに違いない。なに、かまわない——いざとなったら、黒い封蠟《ふうろう》をちょっと一塗りすれば——どうしても必要となったときに……小さなわんぱくもの！ そうだ、彼女はこの襟巻のことをたしかにそんなふうに感じていた。左の耳のそばで、自分の尻尾《しっぽ》を噛《か》んでいる、小さなわんぱくもの。それを取って、膝《ひざ》の上におき、毛なみをなでてみたくなった。手や腕に、そうしたい欲望がうずうずするのを感じたが、それは歩いてきたからだろう、と彼女は思った。そして吐息をつくと、何か軽い、また悲しい——いや、正確に言うと、悲しいのではない——何かやさしい感情が胸の中に動くようにおもわれた。

きょうの午後は、前の日曜日よりずっと多く、たくさんの人々が出ていた。バンドもずっとにぎやかに、派手に演奏していた。「季節」の始まりだからである。一年じゅう、日曜日にはバンド演奏があったが、「季節」でないときはこうではなかった。だれかが一家に聞かせるために演奏しているようなものだった。他人がいないのだったらどう演奏したってかまわないじゃないか、といったふうだった。指揮者だって、新しい服を着ていないのではあるまいか？ だが、きょうはたしかに新しいのを着ている。指揮者は、足をこすって、雄鶏《おんどり》が啼《な》こうとするようなかっこうで両手をふった、そして緑いろの円堂に坐《すわ》っている楽団は頬をふくらまし、楽譜に向って眼をいからせた。それから、ちょっとかわいい「笛らしい」音《ね》が流れた——とてもきれいな！——

一つづきの輝く露の玉。これはきっとくり返される、と思った。そのとおりだ、彼女は顔をあげてほほえんだ。

彼女の「特別」席には、ほかに二人しか坐っていなかった。上品な老人で、びろうどの服を着て、両手で大きな、彫りもののついたステッキを握りしめていた。それと大柄な老婦人、姿勢をまっすぐにして坐り、刺繍《ししゅう》飾りのあるエプロンの上に一巻きの編み物をのせていた。二人は口をきかなかった。これはつまらない、ブリル女史はいつも人の会話を期待しているのだ。彼女は、自分が聞いていないようなふりをして聞くこと、人々がまわりで話しているときに、ちょっとの間、人々の生活の中に加わることが、非常にうまくなった、とみずから思うのだった。

彼女は、横の老夫婦をチラッと見た。二人はじきに立っていくだろう。この前の日曜日も、いつもほどは面白くなかった。英国人とその奥さんで、男のほうはとてもやぼなパナマ帽をかぶり、女はボタンどめの深靴をはいていた。そして、女のほうは始めから終りまで、眼鏡をかけなければならないということをまくしたてていた。どうしても入用だということはわかっていますよ、でも、買ってもむだだわ、きっとこわれるし、永くは保《も》たないでしょうよ、などと言った。男のほうは実に辛抱強かった。あらゆる種類の眼鏡をあげて、どうだろうかときいた——金ぶちとか、耳のところが丸く曲っているのとか、ブリッジの内側に小さい当てがついているのとか。だが、どれも女の気に入らなかった。「どれだって、きっと鼻からすべり落ちてしまいますよ！」ブリル女史は、その細君がいまいましく、体をゆすぶってやりたくなった。

例の老夫婦は、ベンチに坐ったまま、じっと彫像のように動かなかった。それでもいい、ほかに眺める対象の人間はたくさんあるんだから。花壇とバンドの円堂の前を、二人づれや三々五々の人々が行ったり来たりしていて、立ちどまって話したり、挨拶《あいさつ》したり、柵《さく》に盆をのせている老人の乞食《こじき》から一束の花を買ったりしていた。その中を子供たちが走り、追っかけたり笑ったりしていた。男の子はあごの下に、大きな白い絹の蝶《ちょう》ネクタイをつけ、女の子はレース飾りのついたびろうどの服を着て、小さなフランス人形そのままだった。時々、よちよち歩きの赤ん坊がふいに木の下からよろよろと出てきて、立ちどまって眼を丸くしていたが、突然に「どすん」と尻餅《しりもち》をついてしまう。そこへ小さな母親が若い牝鶏《めんどり》のように大またで駆けてきて、叱《しか》りながら助けおこした。ほかの人々は、ベンチや緑いろの椅子《いす》に腰かけていたが、彼らは日曜日ごと、大体同じ様子だった、そして――ブリル女史はよく気づくのだが――彼らの大部分に何か妙なところがあった。彼らは、奇妙で、無口で、たいてい年とっていた、それに眼をみはっている様子から、どこか暗い小さな部屋、いや、戸棚の中からでも出てきたばかりのようにみえるのであった。

　バンドの円堂のうしろには、黄いろい葉をたらしている、ほっそりとした木々、その間から見える、一刷毛《はけ》なすったような海、その向うに、金の条《すじ》がある雲の浮いている青い空。

　タ、タ、タッ、タラッタ、タラッタ、タ、タ、タッ！　バンドが鳴った。

　紅い服を着た二人の若い娘がやってくると、青い服の二人の兵士が迎えて、笑いあい、男女二人ずつ、腕をくんで立ち去った。妙なむぎわら帽をかぶった百姓女が二人、美しいうす墨いろの驢馬《ろば》をひいて、真面目《まじめ》な顔つきで通っていった。冷やかな、蒼白《あおじろ》い尼僧《にそう》がいそぎ足で行った。美しい婦人がやって来て、すみれの花束を落したので、小さな男の子が追いかけていって、それをわたした。彼女はうけ取ってから、こんどはすみれが汚されたかのように、それを投げすてた。おやまあ！　ブリル女史はあのしぐさに感心してよいものやら、悪いものやら、どうもわからなかった。さて次は、貂《てん》のトーク帽（訳注　ふち無しの小さな婦人帽）をかぶった婦人とグレーの服を着た紳士が、すぐ彼女の前で出会った。男は背が高く、ぴいんとして、威厳があったが、女のほうは、髪がまだ黄いろかったときに買った、貂のトーク帽をかぶっていた。いまは彼女のすべて、髪も、顔も、眼さえも、古びた貂と同じ色になっていた。そして唇をおさえようと上げた、洗った手袋の手は、小さな黄いろがかった手だった。まあ、お目にかかってよかったですわ――ほんとうにうれしいですわ！　二人はこの午後いっしょに楽しむことにしているのではないか、とブリル女史は思った。女は、これまで行ったことのある場所――ここ、そこ、海のほとりのあらゆる場所のことを話した。とてもいい日だし――どう、そうしません？　そして、男もたぶん、承知するのではないか？……ところが、男は頭をふって、煙草《たばこ》に火をつけ、大きな煙の輪をゆっくりと女の顔のほうへ吐いて、女がまだ話したり笑ったりしているうちに、マッチをほうり、そのまま歩いていった。貂のトーク帽の女はひとり残された。彼女はいっそうにこやかに笑った。しかし、バンドさえも、女の気持を知っているようで、前よりおだやかに演奏し、やさしくひびいて、「ひどい人！　ひどい人！」という太鼓の音をくり返した。彼女はどうするだろう！　これから、どういうことになるだろう？　そうブリル女史が考えているうちに、貂のトーク帽の女は向きをかえて、あたかも、向うにもっとよい人が見つかったかのように、手をあげて、パタパタと走っていった。すると、バンドの調子もまた変った、いっそう早く、いっそう陽気になっていった。ブリル女史と同じ席にいた老夫婦は立ちあがって歩き去った。長いほおひげを生やした妙な老人が、音楽に調子を合わせてひょこひょこ踊るようにやって来て、ならんで歩いてくる四人の少女にぶつかって、危うくひっくり返りそうになった。

ああ、なんて興味の尽きぬことだろう！　なんて楽しいんだろう！　ここに坐って、こういうものを眺めるのは、なんて面白いんだろう！　まるで芝居のようだ。たしかに芝居を見ているようだ。背景の空も、書割《かきわり》そっくり！　ところが、そこへ小さな茶いろの犬がもったいぶって歩いてきて、またゆっくりと去っていったが、それは「操り人形」の小さな犬そっくり、麻薬をのまされた犬みたいなので、ブリル女史は、初めて何がこのように場面を興味津々《しんしん》たるものにするかがわかった。すべてがみな舞台の上にあるのだ、すべての人が観客であるばかりでなく、すべての人が演技をやっているのだ。彼女自身も一役もっていて、日曜日ごとにやってくるのだ。もし自分がここへこないときは、きっとだれかがそれに気づくことだろう、自分も結局芝居の一部になっているのだ。これまでに、こういうことに思いつかなかったのは、まったくふしぎというものだ！　それにしても、彼女が毎週必ず同じ時刻に――芝居に遅れないように――家を出ることにしていることも、そういう理由からなのだ、また、彼女が英語を教えている生徒たちに、日曜日の午後をどんなふうに過すかということを話すときに、とても妙な、羞《は》ずかしい気持がするのも、つまりそれなのだ。むりもない！　ブリル女史は大きな声で笑いそうになった。自分は舞台の上にいるのだ。彼女は、一週に四度、午後に新聞を読んであげることになっている、病気の老紳士――彼はそれを聞きながら庭で眠った――のことを思い出した。木綿の枕《まくら》にのせた弱々しい頭、おちくぼんだ眼、あいた口、高く尖《とが》った鼻などには、彼女はもうなれっこになっていた。もし彼が死んだって、彼女は何週間もそれに気づかないかもしれない、とんと気にかけないことだろう。ところが、紳士のほうは突然、自分が女優に新聞を読んでもらっていることを知るだろう！　老いた頭が持ち上げられて、老いた眼には、二つの光の点がふるえている。「女優！」「女優かね――あんたは？」そこで、ブリル女史は、新聞を自分の役の台本みたいにのばして、やさしくこう言うだろう、「ええ、そうですよ、わたしはもう長いこと、女優をしているんですよ」

バンドは中休みをしていた。だがいま、また演奏を始めた。こんどの曲は、温かく、明るいものだったが、しかし、ちょっとかすかな冷たさがあった――何か、あれはなんだろう！――悲哀ではない――いや、悲哀ではない――何か人を歌いたい気持にさせるものだ。曲はしだいに高まり高まって、光が輝きわたった。次の瞬間には、彼らのすべて、聴衆全体が歌い始めるように、ブリル女史にはおもわれた。いっしょに歩いている若い者たち、笑いあっている連中、彼らはその口火を切るだろう、そして、男の声、きっぱりとした雄々しい声がそれに和するだろう。それから、彼女自身もまた、そしてベンチにいる人々も——伴奏のようになって加わるだろう——何か低くて、ほとんど高低のない、何かとても美しい——心を打つものになって……ブリル女史の眼には涙がみちあふれて、彼女は聴衆のすべての人々をほほえみながら見た。そう、わたしたちは心が通じあっている、通じあっている、と思った——何が通じあっているのか、わからなかったのだが。

ちょうどそのとき、少年と少女がやって来て、さっき老人夫婦がいたところに坐った。二人は美しい服装をしていた。二人は愛しあっているのだ。この主人公と女主人公は、もちろん、少年の父のヨットから出てきたところなのだ。まだ心の中で歌いながら、まだあのふるえる微笑をつづけながら、ブリル女史は、彼らの話をよく聞こうと身がまえた。

「いや、いまはだめ」と少女が言った、「ここじゃだめよ」

「どうしてさ？　あそこの端に、あのいやな老いぼれ婆《ばあ》さんがいるからかい？」と少年がきいた。「あいつ、なんだって、ここへくるんだろう——だれもあんなやつに用はないのにさ。なんだって、あの老いぼれの馬鹿《ばか》づらを、うちにひっこめておかないんだろう？」

「おかしいのは、あの毛皮の襟巻よ」と少女はクスクス笑って、「鱈《たら》のフライそっくりだわ」

「おいっ、いっちまえ！」と少年は怒りをこめた、ささやき声で言った。それから、

「ねえ、話してよ、かわいいひと《マ・プティット・シエリ》――」

「だめ、ここじゃ」と少女、「あとでね」

家へ帰る途中、彼女はたいていパン屋で蜂蜜《はちみつ》入りケーキを一きれ買うことになっていた。それが彼女の日曜日のおごりだった。ときにはそのケーキに巴旦杏《はたんきょう》が入っていることがあった、ときにはないこともあった。そのあるとなしでは、たいへんな違いだった。もし巴旦杏があれば、まるで小さなプレゼント――思いがけないもの――何かうちにとうていありそうもない物をもって帰るような気持がした。巴旦杏があった日曜日には、彼女はいそいそとして、とても勢いよく、湯わかしの火をつけるマッチをするのであった。

だがきょうは、彼女はパン屋にもよらず、階段をあがり、小さな暗い部屋――戸棚のような彼女の部屋――に入って、紅い羽根ぶとんの上に腰をおろした。彼女はそこに、長いこと坐っていた。毛皮の襟巻を出した箱は、ベッドの上にあった。彼女は襟巻をすばやくはずした、すばやく、それを見もしないで、箱の中にしまいこんだ。だが、その箱の蓋《ふた》をしめるとき、彼女は、何か泣いている声のようなものを聞いたと思った。

大佐の娘たち

The Daughters of the Late Colonel

I

直後の一週は、彼らの一生で最もいそがしい週の一つとなった。寝床に入ったときでさえ、そこで横になって休んでいるのは、肉体だけだった。精神のほうは、なお動いていて、あれやこれやと考え、いろいろと相談し、思案したり、決心したり、どこだったかと思い出そうとしたり……

コンスタンシアは彫像のように横たわっていた、両手を横に、足は重ねて、掛布をあごまでひいて。彼女は天井をじっと見ていた。

「あのシルクハットを門番にやるのは、お父さまの気持にそむくかしら、どう？」

「門番に？」ジョーゼフィンは突っけんどんに言った。「なんだって、門番に？　なんて妙なこと考えるの？」

「というのはね」とコンスタンシアはゆっくりとした口調で、「門番はお葬式に出ることが多いでしょう。わたし、見たのよ――墓地でね、門番が山高帽だけしかもってないのを」そこで、ちょっと言葉を切って、「そのとき、シルクハットをあげたらどんなに喜ぶだろうって、わたし考えたのよ。あの人に何かあげなくちゃいけないでしょう。お父さまにいつもよくしてくれたんだから」

「だって」とジョーゼフィンは、枕《まくら》の上で身を烈《はげ》しく動かして、暗闇《くらやみ》をすかしてコンスタンシアのほうをにらむようにしながら、大きな声で、「お父さまのおつむのものよ！」と言った。そして突然、息づまるような瞬間に、彼女はクスクス笑いに似た声を出した。もちろん、笑いたいような気持などあったわけではない。癖みたいなものなのだろう。幾年か前ならば、夜に二人が話をしながら眼をさましていたときは、笑うとしても彼らの寝床がただ持ち上がって高くなるぐらいだった。いま、門番の頭が、消えようとしながら、まるで蠟燭《ろうそく》のように父の帽子の下に突き出してくるのだった……クスクス笑いは、だんだん高まってきた、ますます強く。彼女は両手を握りしめた、懸命に努力しておさえた。彼女は暗がりにむかって烈しく顔をゆがめ、「そのこと考えてごらんなさい」と、とてもきびしい調子で言った。

「あす、決めてもいいわね」と彼女。

コンスタンシアは何も気づいていなかった、ただ溜息《ためいき》をした。

「あたしたち、部屋着も染めなくちゃならないの？」

「黒に？」ジョーゼフィンの声はかん高かった。

「そうよ、ほかに色はないじゃないの？」とコンスタンシア。「あたし、考えていたんだけど――どうも、ある意味で、真心がこもっていないようにおもえるのよ、外でだけ黒を着るというのは、それに、盛装しているときと、うちにいるときとでは――」

「だって、だれも見ないじゃないの」とジョーゼフィンが言った。彼女は、掛ぶとんをぐいとひっぱったので、足が両方とも出てしまった。そこで足をまたちゃんと掛ぶとんの下に入れるために、枕のほうへ体をずり上げなければならなかった。

「ケートが見るわ」とコンスタンシア。「それに、郵便屋だって見ることが多いでしょう」

ジョーゼフィンは、彼女の部屋着とよく合う臙脂《えんじ》の上靴のことを考え、また、コンスタンシアの部屋着と合う、彼女のお気に入りの緑っぽい上靴のことも考えた。黒！　二つの黒い毛織《ウール》の上靴が、二匹の黒い猫のように、浴室のほうへそっと歩いていく光景。

「どうしてもそうしなければならないとは、わたし思わないわ」と彼女は言った。

沈黙。それからコンスタンシアが言った、「明日は、セイロン行の便に間に合うように、死亡通知をのせた新聞を出さなきゃならないわ……これまで、何通ぐらい手紙をもらったかしら？」

「二十三通よ」

ジョーゼフィンは、その全部に返事を書いた、そして二十三たびも、「私たちは父の亡《な》きあと、非常に寂しく思います」というところにくるごとに、急に涙が出てきて、ハンカチを出さなければならなくなった。その返事の手紙には、にじんだうす青い涙のあとを、吸取り紙の端で拭《ぬぐ》いとらなければならないのもあった。奇妙なことだ！そういうふりをすることなどできるものじゃない——といっても、二十三たびもとは。だが、いまでさえ、自分に、「私たちは父の亡きあと、非常に寂しく思います」と悲しい調子で言うときには、自分がそうしようと思えば、泣くことができそうであった。

「切手はそれだけあるの？」とコンスタンシア。

「まあ、そんなことわからないじゃないの？」ジョーゼフィンはふきげんに言った。

「そんなこと、いまわたしにきいてどうするの？」

「ちょっと考えたものだから」とおとなしくコンスタンシアは言った。

また沈黙。かさかさという小さい音、ちょこちょこと走る音、ひょいと跳ぶ音。

「ねずみ」とコンスタンシア。

「ねずみじゃないわよ、パン屑《くず》なんかないから」とジョーゼフィンが言った。

「だって、パン屑がないということなど、ねずみは知らないわ」とコンスタンシア。

急に憐《あわ》れみの情が彼女の胸を締めつけた。かわいそうな小さなもの！　化粧台の上に、ビスケットのほんの小さな端でも、残しておけばよかった。ねずみが何も見つけられないことを考えると、つらい思いがした。あれはどうするだろう？

「どうして生きていられるのか、ふしぎだわ」と彼女はゆっくりと言った。

「だれが？」ジョーゼフィンがきいた。

すると、コンスタンシアは、自分で思うよりは高い声で、「ねずみよ」と言ってしまった。

ジョーゼフィンはひどく怒った。「まあ、馬鹿《ばか》なことを、コン！」と言って、「ねずみになんの関係があるの？　あんたはねぼけているのね」

「そうじゃないわ」とコンスタンシア。彼女は、自分でたしかめようと眼をとじた。彼女は眠っていた。

ジョーゼフィンは背を曲げて、足をひき、それから、拳《こぶし》が両方の耳にくるように腕を組みあわせて、頰を強く枕に押しつけた。

事を面倒にしたもう一つのことは、看護婦アンドルーズにあと一週間、いっしょにいてもらったことだった。それは、彼らのほうが悪かった、こっちから頼んだのだから。それはジョーゼフィンの考えから出た。その朝——そう、お医者が去った最後の朝に、ジョーゼフィンがコンスタンシアにこう言った——「看護婦アンドルーズに、一週間お客さまとして泊ってくださいと言ったら、いいじゃない？」

「それがいいわ」とコンスタンシア。

「わたし、こう思ったのよ」とジョーゼフィンは口ばやに、「きょうの午後、あのひとにすっかり支払いをしたあとで、『看護婦さん、いろいろお骨折りしていただいたあと、もしお客さまとして一週間泊ってくださったら、わたしも妹もたいへんうれしいんですが？』と言ったら？　わたしたちのお客さまになるということを、うまく言う必要があるわね、でないと——」

「まさか、お金をもらおうと当てにすることはないわよ！」

「そんなことわかるもんですか」とジョーゼフィンは賢《さか》しげに言った。

看護婦アンドルーズは、もちろん、この申し出に飛びついた。だが、これは厄介ごとになった。きちんとして、テーブルに向う食事を、決めた時間に取らなければならないことになった。ところで、これがもし二人だけならば、ケートに言って、食事の盆をどこへでも彼らのいるところにもってきてもらえるのだ。それに、いま緊張がとけたとき、食事の時間というものは一種の苦しみに近かった。

看護婦アンドルーズは、バターのことになると、まったくうるさかった。実際、バターに関するかぎりでは、こちらの親切につけこんでいる、と二人は思わないわけにいかなかった。そして、彼女は、自分の皿にあるバターを片づけるのにもう一インチのパンを求め、それからまた、最後の一口に、ぼんやりとした態度で（もちろん、ほんとうはぼんやりしているのではない）またバターを取る、そういった、まったく見るに堪えないような癖があった。ジョーゼフィンは、こういうとき、真っ赤になって、その小さい南京玉《ナンキンだま》のような眼を、テーブル掛の上にじっと見すえていた、まるで、この織地に微細な珍しい虫がはっているのを見ているかのように。一方、コンスタンシアの長い、青白い顔は、さらに長くのびてじっと静止し、遠い――遠いところを見つめていた――はるかな砂漠のほう、そこへ一列のらくだの線が、毛糸のように解きほぐれながら動いていた……

「わたしがチュークス夫人のお邸《やしき》にいたときに」と、看護婦アンドルーズはしゃべりだした、「とてもきれいな、小さいバター入れの仕掛け容器があったんですよ——銀のキューピッドで、それが、あのう——ガラスの鉢のふちに、ちっちゃなフォークをもって、うまく平均をとって立っているんですよ。そこでバターがほしいときには、ちょっとその足のところを押せばいいんですよ。そうすると、キューピッドがかがんで、バターのかたまりを一つ出してくれるんです。とても面白いんですよ」

ジョーゼフィンは、もうがまんがしきれなくなった。だが、やっと「そういうのは非常な贅沢《ぜいたく》だと思うわ」と言うだけでこらえた。

「でも、そんな」と看護婦アンドルーズは、眼鏡の奥で笑いながら、「だれだって、そりゃあ、自分がほしいだけのバターを取るので、それ以上取るひとはないでしょう——ねえ?」

「ベルを鳴らして、コン」とジョーゼフィンは大きな声で言った。彼女はアンドルーズに答える気もしなかった。

そこへ、若い、つんと澄ましたケートが、魔法をかけられた王女といったかっこうで、老嬢たちが何の用かというふうに入ってきた。彼女は、あれこれまがい料理をのせた皿をひったくるように下げると、恐れおののいている白いブラマンジュ（訳注　牛乳、砂糖などでつくったクリーム状の菓子）を乱暴においた。

「ジャムを出してね、ケート」とジョーゼフィンはやさしく言った。

ケートはしゃがんで、食器棚の戸をパッとあけ、ジャム壺《つぼ》の蓋《ふた》を上げて、中が空だということを知ったが、そのままテーブルの上におくと、さっさと行ってしまった。

「ジャムがなくなっているんじゃないでしょうか」と、少し間《ま》をおいてから、看護婦アンドルーズが言った。

「まあ、困ったわ！」とジョーゼフィン。彼女は唇を嚙《か》んだ。「どうしたらいいかしら？」

コンスタンシアは迷っている顔だった。

「またケートを呼ぶのも悪いし」とおだやかに言った。

看護婦アンドルーズは、二人の顔を笑いながら見て待っていた。その眼はあっちこっちに動いて、眼鏡のうしろで、あらゆるものを観察していた。どうにも仕方がなく、コンスタンシアは、またさっきのらくだの列へ眼をもどした。ジョーゼフィンは深く眉《まゆ》をひそめた——一心に考えているのだ。この馬鹿な女がいなければ、自分もコンスタンシアも、きっと、このブラマンジュをジャムなしで食べるのに。ふと、考えが浮んだ。

「そうそう」と彼女は言って、「マーマレードがいいわ。食器棚にあるでしょう。あれ出しなさい、コン」

「そうですね」と看護婦アンドルーズは笑った、その笑いは医薬用のコップにスプーンがカチンとあたるような響きだった——「マーマレードがあまり酸《す》っぱくないといいんですけれど」

III

それにしても、結局はあと長いことでないし、やがて、看護婦アンドルーズもおさらばということになろう。彼女が父にたいへん親切にしてくれたという事実は、否定できない。最後のときには、昼も夜も、よく看病してくれた。実際のところ、コンスタンシアもジョーゼフィンも、最後の臨終のときに、父のそばを離れてくれなかったのは、看護婦のやりすぎだ、とひそかに思ったくらいだった。最後のおわかれに二人が部屋へ入っていったときも、看護婦アンドルーズはその間じゅう、父のベッドにくっついていて、病人の腕を取り、自分の時計をじっと見ているようなふりをしていたから。そんなことはしなくてもよかったのに。それに、ずいぶん気のきかないことだ。

父が何か言いたいと思っていたとしたら——何か二人にだけ言いたいことがあったとしたならば。もっとも、父は言いたいようでもなかった。いや、それどころじゃない！　彼は、紫いろして、顔は黒っぽい、険悪な紫いろになって横たわり、二人が入っていっても、こっちを見もしなかった。するとそのとき、二人がどうしてよいかわからないまま、そばに立っていると、父は突然、片眼をひらいた。ああ、もし父が両方の眼をあけたのだったら、どんなにもっと違ったことになったろう、父の思い出というものも、どんなに変っていることだろう、そして人々に語るにしても、どんなにもっと気楽にできることだろう！　ところがそうでない——片眼しかあけなかったのだ。その眼は一瞬、ぎろりと二人をにらみ、そして……ことされた。

IV

聖ヨハネ教会のファロールズ氏が、その日の午後訪ねてきたときは、二人はとても気まずい思いがした。

「ご臨終は、きっと、静かだったんでしょうね？」彼が暗い応接間を二人のほうへそっと歩みよりながら、最初に発した言葉はこれだった。

「ええ、もう」とジョーゼフィンは、かすかな声で言った。二人とも、頭を下げた。あの片眼は決して安らかな眼ではないと、二人は思っていたのだ。

「おかけになりません？」とジョーゼフィン。

「ありがとう、ミス・ピナー」とファロールズ氏は慇懃《いんぎん》に言った。彼はフロックコートのうしろをたたむようにして、尻《しり》をだんだん下げて父の肘《ひじ》かけ椅子《いす》に腰をおろし始めた。だが、それに体がふれたとたん、ほとんど跳び上がるようにして、こんどは隣りの椅子に移った。

彼は咳《せき》ばらいをした。ジョーゼフィンは両手をぐっと握りあわせた。コンスタンシアはぼんやりした顔つきをしていた。

「ミス・ピナー、それからコンスタンシアさん、わたしは何か」とファロールズ氏は言って、「お役に立てばいたしたいと思っていることを知っていただきたいのです。あなた方お二人に、お役に立つことをいたしたいのです、もしわたしでよろしければ。いまは」と、ファロールズ氏は非常に素朴に、また真剣に、「神さまがわたしどもにおたがいが助けあうようにおぼし召しているときですから」

「どうも、ありがとうございます、ファロールズさん」とジョーゼフィンとコンスタンシアは言った。

「どういたしまして」とファロールズ氏はおだやかに言った。彼は、指からキッドの手袋をぬいで、前のほうに体をかたむけた。「それで、お二人のうち、どちらでも小さい聖餐式《せいさんしき》をおのぞみでしたら、お一人でも、お二人いっしょでも、いまここでも——おのぞみでしたら、わたしにおっしゃればけっこうです。小さい聖餐式は、よく非常な助け——非常な慰めになります」と彼はやさしく言い加えた。

だが、小さい聖餐式ということに二人はひどく驚いた。なんということだろう！ 応接間で、彼らだけが——何もないのに——祭壇も、そのほか何もなく！ ピアノを代りに使うとしてもあまり高すぎるだろう、ファロールズ氏は、とても聖餐杯をもってそれによりかかることはできまい、とコンスタンシアは思った。また、途中できっとケートがパッと飛びこんでくるに相違ない、とジョーゼフィンは思うのだった、それに、それに、その最中にベルが鳴ったとしたら？ だれか重要な人でないともかぎらない——たとえば弔問のためにくるような。そういうとき、うやうやしく立ちあがって出るものか、それとも、じっと待っていなければならないものか——苦痛をこらえて？

「あとでそういうおつもりになりましたら、どうかケートさんにでも手紙をもたせてお知らせください」とファロールズ氏。

「かしこまりました、どうもありがとうございます!」と二人は言った。

ファロールズ氏は立って、黒いむぎわら帽を丸テーブルから取りあげた。

「それからお葬式については」と彼はおだやかに言って、「わたしが、その手筈《てはず》をいたしましょうか——あなた方のお父さまの古いお友だちとして、またあなた方のお友だちとしても、ミス・ピナー——コンスタンシアさん?」

ジョーゼフィンとコンスタンシアも立ちあがった。

「わたしはごく質素なものにしたいのです」とジョーゼフィンはきっぱり言って、「そして、あまりお金のかからないように。それと同時に、わたしがのぞみますのは——」

「永くあとまで残るようなよいのを」と、現実ばなれのしたコンスタンシアは、まるでジョーゼフィンが寝巻でも買おうとしているときのように思っていた。だが、もちろん、ジョーゼフィンはそんなことは言わなかった。「父の地位にふさわしいのを」

ジョーゼフィンはきわめて細心だった。

「それでは、友人のナイトさんのところへ行ってみましょう」とファロールズ氏はなだめるように言った。「あの人に、こちらへ来て、あなたにご相談するように頼みましょう。あの人は、きっと、非常にお役に立つと思います」

V

そう、とにかく、お葬式といったことはすべて終った、もっとも、父がもう帰らぬ旅に立ってしまったということは、二人のどちらにしろ、どうしても信じることができなかったのだ。墓地で、棺が穴へおろされているとき、自分とコンスタンシアが父の許しも得ないでこういうことをしてしまったのだと考えて、言いようのない恐怖を感じる瞬間があった。これを見つけたら、父はなんと言うだろう？　父は遅かれ早かれ、見つけるにきまっているのだから。彼はいつも必ず見つけた。「埋められたな。お前たち二人がおれを埋めさせたのだ！」彼女は父のステッキが、がんがんひびく音を聞いた。ああ、二人はなんと答えるだろう？　いったい、どういう言訳をしたものだろう？　これはひどく無情なやり方のようにもおもわれた。ちょうどひとが無力で何もできないときに、それに乗ずるひどい悪だくみのように。ほかの人々はみな、すべてを当り前のこととして取り扱っているようだった。彼らは、まったく縁のない人間だ。ああいう人々には、父は決してそんなことになる人ではない、ということを説いたってだめなのだ。いや、すべて悪いところは、自分とコンスタンシアにあるということになるだろう。それから、費用のこと、と彼女は、きっちりと幌《ほろ》のボタンをかけた馬車の中へ入りながら、思うのだった。勘定書を父に見せなければならないとき。そのとき、父はなんと言うだろう？

彼女は、父が大声をあげてどなりちらすのを聞いた――「それではお前は、このつまらん遊山《ゆさん》の費用をおれに払えと言うのか？」

「ああ」と心のみだれたジョーゼフィンは大きく呻《うめ》いて、「わたしたち、こんなことするんじゃなかったわ、コン」

すると、黒ずくめの服をまとって、レモンのように蒼《あお》ざめていたコンスタンシアは、びっくりしたささやき声で、「どんなことを、ジャッグ？」ときいた。

「お父さまを、あんなふうに、う、うめてしまうのを」ジョーゼフィンはそう言って、どっと泣きくずれ、新しい、妙な匂《にお》いのする喪服用のハンカチで顔をおおった。

「だって、ほかにどうしようもないじゃないの？」とコンスタンシアはいぶかしげにきいた。「まさか、お父さまをいつまでも家においとくことはできないでしょう、ジャッグ――埋めないで、そのままにしておくわけにはいかないわ。とにかく、あのくらいの大きさのアパート住いではね」

ジョーゼフィンは鼻をかんだ、馬車はひどく息苦しかった。

「わたし、わからないわ」と彼女は寂しげに言って、「すべて、あんまりひどすぎるわ。わたしたち、せめてちょっとの間でも、やってみるべきだったと思うの。まったく落度のないように。ただ一つのことはたしかよ」――ここで、涙がまたあふれ出した――「お父さまはわたしたちを決してお許しにならないわ――どんなにしても」

VI

父は決して彼らを許さないだろう。このことは、二日ののち、二人が父の物をひととおり調べてみようと、その部屋に入ったときに、前よりもいっそう強く感じた。これについては、二人で冷静に相談してあった。ジョーゼフィンの仕事の予定表にも、ちゃんと記してあったくらいだ。「父の物をすっかり調べて、それを整理すること」ところが、その日の朝食のあとで言うことは、だいぶ違っていた――

「さあ、あんた、いいの、コン？」

「ええ、ジャッグ――お姉さまがいいのなら」

「それなら、これを片づけてしまったほうがいいわ」

玄関のところは暗かった。永年のあいだ、どんなことが起っても、朝は父の部屋に入らないことが、掟《おきて》になっていた。それなのにいま、朝にノックもせずにドアをあけようとしているとは……そう考えると、コンスタンシアの眼は大きくみひらかれた。ジョーゼフィンは、膝《ひざ》から力がなくなるような感じがした。

「あんた――あんた、先へ入ってよ」と彼女はコンスタンシアを押しながら、とぎれとぎれに言った。

しかし、コンスタンシアは、こういう時にいつも言うように、「いやよ、ジャッグ、ずるいわ、あんたがお姉さんじゃないの」と言った。

ジョーゼフィンは、そこでこう言おうと思った――ほかの場合ならば断じて口に出さないようなこと、彼女が最後の武器として取っておくこと――つまり、「だって、あんたのほうが背が大きいのよ」と。ところがそのとき、台所の戸があいて、ケートがそこに立っていることに、二人は気づいた……

「とても固いわね」とジョーゼフィンは、ドアの把手《とって》を握って、力いっぱいにそれを回そうとした。あたかも、何かでケートをごまかすかのように！

そうするよりほか仕方がなかった。あの娘は……それから、ドアがうしろでとじた、だが――だが、彼らは父の部屋に入ったのではなかった。突然、誤まって壁を突きぬけ、アパートのまったく違った部屋に入ったのかもしれなかった。ドアはすぐうしろにあるかしら？　二人はあまり恐ろしくて見かえることもできなかった。もしそうならば、ドアはそれ自身ぴったりとしまっているということを、ジョーゼフィンは知っていた。コンスタンシアは、夢の中のドアのように、それには把手がなかったように感じた。そんなに気味悪く思わせるのは、その冷やかさだ。あるいはその白さか――そのどっちだろう？　あらゆるものに蔽《おお》いがしてあった。窓おおいはひかれ、鏡には布がかけてあり、掛布がベッドにかぶせてあった。白い紙うちわで煖炉《だんろ》がふさいであった。コンスタンシアは、おずおずと手をさし出した、まるで雪片でも落ちるのを待っているようだった。ジョーゼフィンは、鼻が凍りかけているように妙にひりひりするのを感じた。それから、辻馬車《つじばしゃ》の音が下の石ころ道の上をカラカラと音たてて通った、そして、静けさがゆれくずれて、粉々になるようにおもわれた。

「窓おおいを上げたほうがいいわね」とジョーゼフィンが大胆に言った。

「ええ、それはいい思いつきだわ」とコンスタンシアは小声で言った。

二人は窓おおいにちょっとさわっただけなのに、窓おおいは飛び上がって、そのあとを紐《ひも》がくっついて上がり、窓おおいの棒がぐるぐると回って、小さな飾り房はのがれて自由になろうとするかのように、パタパタと打った。それで、コンスタンシアはもうたまらなくなってしまった。

「お姉さま——ねえ、お姉さま、またいつかの日に延ばしたらどうなの?」と彼女は小声で言った。

「どうして?」とジョーゼフィンは烈《はげ》しい口調で言って、コンスタンシアがこわがっていることがたしかにわかったので、例のように大分気持がよくなってきた。「これはどうしてもしなくてはならないのよ。あんた、変に小声で言うの、よしてよ、コン」

「わたし、小声で言ってること知らなかったわ」とコンスタンシアは小声で言った。

「それから、どうしてあんたはベッドばかり見ているの?」ジョーゼフィンは喧嘩《けんか》腰《ごし》のように声を荒らげて、「ベッドの上には何もないわよ!」

「まあ、ジャッグ、そんなこと言わないで!」とおびえたコニーは言った。「なんにしても、そんな大きい声して言わないで」

ジョーゼフィンは、これはやりすぎだと、自分も思った。彼女は、箪笥《たんす》のところまで大きく回ってゆき、片手をさし出したが、あわててまたひっこめた。

「コニー!」と彼女の声はかすれた、それから、ぐるりと体のむきをかえて、箪笥に背をもたせかけた。

「まあ、ジャッグ——何よ?」

ジョーゼフィンはただ眼をぎらぎらさせるだけだった。いま、何かほんとうに恐ろしいものから危うく脱《のが》れたというような、ひどく異常な感じがしていた。父が簞笥の中にひそんでいるなどとは、どうしてコンスタンシアに説明できよう？　だが、父は、一番上の抽出《ひきだ》しにハンカチやネクタイと共におり、二番目の抽出しにシャツやパジャマと共におり、あるいは一番下の抽出しに洋服と共にいるのだ。彼は、そこに隠れて、見張っている――ドアの把手のすぐうしろのところに――いまにも飛び出そうとして。

彼女はコンスタンシアにむかって、その滑稽《こっけい》で古風な顔を、昔よく泣きかかるときにやったように、ひきつらせた。

「あたし、とてもあけられない」彼女は泣きだしそうに言った。

「そう、あけないほうがいいわ、ジャッグ」と、コンスタンシアは小声で真剣に言った。「あけないほうがもちろんいいのよ。何もあけないことにしましょう。とにかく、しばらくの間はね」

「でも――でも、何だか弱虫のようだわ」とジョーゼフィンは、気が折れたように言った。

「だって、こんどだけ弱虫だっていいじゃないの、ジャッグ？」とコンスタンシアは、小声ながら烈しく言って、「もしそれが弱虫というのなら」それから、彼女の眼をみはった青白い顔は、鍵《かぎ》のかかった机――とても安全そうな――から、大きな、燦然《さんぜん》とした衣裳《いしょう》戸棚のほうへすばやく移った。そして、妙な、息をはずませた言い方で、ささやき始めた。「あたしたち、一生に一ぺんくらい、弱虫だっていいじゃないの、ジャッグ？　ちゃんと申し訳はたつのよ。弱虫になりましょうよ――弱虫に、ジャッグ。強いというよりも、弱いほうがずっといいのよ」

そう言って彼女は、これまで二度ほどやったことのある、驚くべき大胆なことをやってのけたのである。衣裳戸棚のところまで進んでいくと、鍵をさしてまわし、それを鍵穴から抜いた。鍵を鍵穴から抜いて、それをジョーゼフィンのほうへさし出した、そして、奇妙な笑い方をして、自分がやったことをちゃんと承知しており、衣裳戸棚の中の外套《がいとう》に父がひそんでいるということにわざと挑戦してみたということを、ジョーゼフィンに示したのであった。

もしも大きな衣裳戸棚が前方によろめき出て、コンスタンシアのほうへくずれ倒れたとしても、ジョーゼフィンは驚かなかったであろう。それどころか、それこそまったく当然起るべきことのように、ジョーゼフィンは考えたであろう。だが、部屋は前よりいっそう静かで、冷たい空気のかけらが前よりも大きく、ジョーゼフィンの肩や膝にふりかかってきた。体がふるえだした。

「さあ、行きましょう、ジャッグ」と、コンスタンシアはまだあのいやな、無感覚の微笑をうかべながら言った。ジョーゼフィンはあとについて出た、前にコンスタンシアが弟のベニーを円い池の中へ押しこんだときと同じように。

VII

ところが、二人がまた食堂にもどって来たときには、緊張のため疲れてしまった。彼らは、よろよろと腰をおろして、おたがいに顔を見合せた。

「わたし、何か口にしないと、落ちつけそうもないわ」とジョーゼフィンは言った、「お湯を二杯、ケートにもってきてくれと頼んでもいいかしら？」

「そんなこと、いけないという理由はちっともないわ」とコンスタンシアは慎重に言った。彼女は再び常態にもどっていた。「ベルを鳴らすのよすわ。わたし、台所の戸口までいって、頼んでくるわ」

「ああ、そうしてね」とジョーゼフィンは言って、椅子《いす》に深く身をうずめた。「ケートに、二人分と言ってね、コン、ほかに何もいらないわ——お盆にのせて」

「水さしをのせてこなくてもいいんでしょう？」とコンスタンシアが言った——まる

で、もし水さしをのせたら、ケートがきっと文句を言うだろうと思うかのように。

「ええ、いいのよ！　水さしなんかいらないのよ。ケートはただ湯わかしからつげばいいんですからね」とジョーゼフィンは、そうすれば手間がはぶけるものだと思いながら、大きな声で言った。

二人の冷えた唇は、碗《カップ》の緑がかったふちでふるえた。ジョーゼフィンは、小さな赤い手を丸くして、碗《カップ》を抱いた。コンスタンシアは身をおこして、ゆらぎ上る蒸気《いき》を吹いて、あちこちにそれをなびかせた。

「ベニーのことといえば」とジョーゼフィン。

ベニーのことはべつに話題にのぼっていなかったのだが、コンスタンシアも、すぐにベニーのことを話していたような顔つきをした。

「ベニーは、もちろん、お父さまの形見を何か送ってくれるだろうと思っているでしょうね、でも、セイロンへは何を送ったらよいか、わからないわ」

「船の中でねばりくっついたりしないものね」とコンスタンシアはつぶやいた。

「そうじゃないの、なくならないものよ」とジョーゼフィンは強く言った。「あそこには郵便局がないのよ。ただ飛脚があるだけ」

二人は黙って、白いパンツをはいた黒い男が、手に大きな茶いろの小包をもって、懸命に青白い野原を駆けていく姿を見つめていた。ジョーゼフィンの頭にある黒い男は、とても小さかった。その黒い男は、まるで蟻《あり》のようにてらてら光って、いそぎ駆けていいた。一方、コンスタンシアが想像する背の高い、やせた男には、何かめくらめっぽうで不屈のものがあり、それで非常にいやな人間だ、と彼女は判断した……ヴェランダには、白服を着て、コルクのヘルメット帽をかぶって、ベニーが立っていた。その右手は、父が焦《じ》れているときの癖そっくりに、上ったり下ったりしていた。そして、ベニーのうしろには、まったく無関心の様子で、まだ会ったことのない義妹のヒルダが坐《すわ》っていた。彼女は、籐《とう》のゆり椅子を動かしながら、タットラー紙のページをひるがえした。

「お父さまの時計をあげるのが一番いいとわたしは思うわ」とジョーゼフィン。

コンスタンシアは顔をあげた。意外といった面持だった。

「まあ、金時計を土民の飛脚に頼むの？」

「もちろん、わからないようにうまく工夫するのよ」とジョーゼフィンは言って、「時計だとはだれも気づかないようにして」彼女は、小包をとても奇妙なかっこうにつくって、それが何だか、だれも見当がつかないようにすることを考えるのが面白かった。こういうときに何か役立つこともあろうと、長い間しまっておいた細長いコルセット入れのボール箱に、その時計をそっと入れてやろうかと、ちょっと考えたくらいだった。それはきれいな、しっかりしたボール紙でできていた。でも、あれはこういう場合には適当でないかもしれない。それには次のような文字が記してあるから――「中型婦人用28 特製の胸部張骨付」。それをあけて、中に父の形見の時計を見つけるということは、ベニーにはあまりにも大きな驚きとなるだろう。「だってそれじゃあ、どうも時計が動いている――あの、カチカチ言っているようじゃないわ」とコンスタンシアは言った。彼女はまだ土民が貴金属を好むということにこだわっていた。「少なくとも」とコンスタンシアはつけ加えて、「長い日数がたったあとでまだカチカチ言っていたら、とても変だわね」

VIII

ジョーゼフィンは返事をしなかった。彼女は、ふと別なほうへ思いが行っていたのだ。突然、シリルのことを考えていた。ただ一人の孫にその時計をやるほうが当り前ではないだろうか？　そうすれば、かわいいシリルはとてもありがたく思うだろう、金時計などというものは、若い人にとって非常に値打ちがあるものだから。ベニーは、きっと、もう時計などをつける習慣を忘れてしまっているだろう、インドのように暑い土地では、人々はチョッキを着ることがめったにないから。ところが、ロンドンにいるシリルは、年がら年じゅうチョッキを着ている。そこで、彼がお茶によばれてうちへやってくるときには、ちゃんと時計をつけていることがわかって、自分にもコンスタンシアにも、とてもうれしいだろう。「あんた、おじいさんの時計をつけているのねえ、シリル」とにかく、それは満足のいくことであろう。

あの子といったら！　あのやさしい、同情にみちた短い手紙は、まったく意外のことだった！　もちろん、二人はその意味が理解できた。だが、たいへん遺憾におもわれたのだ。

「シリルがうちにいたら、ほんとうによかったんでしょうにね」と、そのときジョーゼフィンが言った。

「それに、シリルも喜んだでしょうに」コンスタンシアは、自分の言っていることにはうわの空で言った。

しかしながら、彼はもどってくるとすぐに、叔母のところへお茶をよばれに来た。シリルをお茶によぶことは、二人にとって特別のもてなしであった。

「さあ、シリル、あんたはうちのケーキを遠慮しないでよ。コン叔母さんとわたしとで、けさバスザードの店で買ってきたのよ。男のひとはどんなに食欲がさかんか、わたしたち知っているからよ。だから、羞《は》ずかしがらないでうんと食べてちょうだい」

ジョーゼフィンは、おいしそうな黒っぽいケーキに——それには自分の冬手袋、または、コンスタンシアの唯一《ゆいいつ》の外出用の靴に相当する金を出したのだが——むぞうさにナイフを入れた。ところが、シリルはまったく男に似合わず食欲がなかった。

「あのジョーゼフィン叔母さん、ぼくはとてもだめですよ。昼飯を食べてきたばかりなんですから、ほんとうに」

「まあ、シリル、そんなことあるもんですか！　四時すぎよ」とジョーゼフィンはかん高い声で言った。コンスタンシアのほうは、チョコレート・ロールの上に、ナイフをかざしていた。

「でもほんとうなんですよ」とシリル、「ヴィクトリアで人に会うことになっていたんですがね、そいつがさんざん待たしたもんで……やっと昼飯を食べて、ここへくるのに、間に合ったわけですよ。そして、その相手がね——迷惑にも——」シリルはここで手を額にあてて、「えらくごちそうしてくれたんですよ」

それは、あいにくのことだ——時もあろうにきょうにかぎって。だがまた、彼だってそんなことを知りようもなかったろう。

「でもメレンゲは食べるでしょう、シリル？」とジョーゼフィン叔母は言った。「このメレンゲはね、わざわざあんたのために買っといたのよ。あんたのお父さまはメレンゲがとてもお好きだったの。あんたもきっと好きなんだろうと思ってね」

「ぼくも好きですよ、ジョーゼフィン叔母さん」とシリルは強く言った。「初めにそれを半分食べてもいいですか？」

「ええ、いいですとも。でも、それだけで終りなんていやよ」

「あなたのお父さまはいまでもメレンゲが好きなの？」とコン叔母がやさしくきいた。彼女は、思いきってうちとけようとしながら、まだ少し気おくれがしていた。

「そう、ぼくはよく知らないな、コン叔母さん」とシリルはきびきびした調子で言った。

それを聞いて、二人は顔をあげた。

「知らないの？」ジョーゼフィンの言い方は責めるようだった。「自分のお父さまなのに、そんなこと知らないの、シリル？」

「そうでしょうよ」コン叔母はやさしく言った。

シリルは、笑ってまぎらそうとした。「ええ、まあ」と言い、「ずいぶん長いことたっているから」――そこで、彼はためらった。言葉をとめた。叔母たちの顔つきは見るに堪えないのだ。

「それはそうなんだけど」とジョーゼフィン。

コン叔母のほうはこっちを見た。

シリルは碗《カップ》を下へおいた。「ちょっと」彼は言うと、「ちょっと待ってください、ジョーゼフィン叔母さん。何を考えてたんだっけ？」

彼は顔をあげた。叔母たちの表情が明るくなりだしていた。シリルはハタと膝《ひざ》を打った。

「たしかに、メレンゲでしたよ」と彼、「ぼくはどうして忘れてたんだろう？　そうですよ、ジョーゼフィン叔母さん、おっしゃるとおりです。父はメレンゲがものすごく好きでしたよ」

叔母たちはにこにこするだけでなかった。ジョーゼフィン叔母はうれしさで真っ赤になり、コン叔母は深い、深い溜息《ためいき》をついた。

「さあ、シリル、お父さまのところへいって会ってくださいね」とジョーゼフィン、「あんたがきょうくることを知っていられるのよ」

「ええ、いいですとも」シリルは非常にはっきりと強く言った。彼は椅子から立ちあがって、急にチラッと時計のほうを見た。

「コン叔母さん、この時計ちょっと遅れていませんか？　ぼくは会う人があるんですが――パッディントンで、五時すぎに。お祖父《じい》さんのところにはあまり長くいられません」

「まあ、お祖父さんはあんたに長いことといてもらおうとはお思いになりませんよ！」とジョーゼフィン叔母が言った。

コンスタンシアはまだ時計をじっと見ていた。時計が進んでいるのか遅れているのか、はっきりと判断がつかなかった。そのどちらかであろう。それは自分にも大体のことはわかっていた。とにかく、これまではそのどちらかだった。

シリルはまだぐずぐずしていた。「コン叔母さん、いっしょにいらっしゃいませんか？」

「もちろん」とジョーゼフィン、「みんな行くのよ。さあ、いらっしゃい、コン」

IX

叔母たちは戸をノックし、シリルは叔母たちについて、祖父のとても温かい、美しい部屋に入った。

「さあ」とピナー祖父が言った。「ぐずぐずしてちゃいかん。何か？　どういう用事か？」

　祖父は、ごうごう燃える煖炉《だんろ》の前に、杖《つえ》をしっかと握って坐っていた。膝の上には、厚い毛布をかけていた。その膝には、美しい、うすい黄いろの絹ハンカチがおいてあった。

「シリルですよ、お父さま」とジョーゼフィンがおどおどと言った。そして、シリルの手をとって、前につれていった。

「こんにちは、お祖父さま」とシリルは、ジョーゼフィン叔母の手から自分の手をはなしかけて言った。ピナー祖父はその特徴として有名な眼つきで、シリルを射るようにじろりと見た。コン叔母さんはどこにいるのかな？　彼女は、ジョーゼフィン叔母の向う側に立っていた。長い腕を前にたらして、両手を握りあわせていた。その眼は、祖父のほうにじっとむけられたままだった。

「そこで」とピナー祖父は言って、杖をどしんと鳴らし、「わしにどういう話があるのか？」

　どういう、どういう話をしたらよいだろう？　シリルは、まるでほんとうの白痴になったように自分が笑っているのを意識した。それに、部屋が息苦しかった。

だが、ジョーゼフィン叔母が救《たす》け舟を出した。ほがらかに大きな声で、「シリルのお父さんはいまでもメレンゲがとても好きなんですって、お父さま」

「えっ?」とピナー祖父は言って、片方の耳に、紫いろのメレンゲの皮みたいに丸くした手をあてた。

「シリルのお父さまはまだメレンゲがとても好きなんですって」

「聞えんわい」とピナー老大佐は言った。そして、ジョーゼフィンを杖で追いはらう身ぶりをして、それからその杖でシリルを指した。「あれが何を話そうとしているのか、わたしに言ってくれ」と彼は言った。

(大変なことになった!)「ぼくが言うんですか?」とシリルは、赤くなってジョーゼフィン叔母を見つめながら言った。

「話しなさい、ね」と彼女は笑って、「お父さまが喜びますよ」

「さあ、ちゃんと話したらいい!」ピナー大佐は、また杖をどしんとつきながら、いらだたしげに言った。

そこで、シリルは体を前に乗りだして、「父はいまでもメレンゲが大好きです」と大声で言った。

それを聞いて、ピナー祖父は鉄砲で射《う》たれたように飛びあがった。

「どなるな！」と彼は叫んだ。「この少年はどうしたんだ？　メレンゲ？　それがどうなんだ？」

「ああ困ったな、ジョーゼフィン叔母さん、ぼく、もっと話さなくちゃならないかしら？」シリルは、もうやりきれないというように呻《うめ》いた。

「大丈夫ですよ、ね」とジョーゼフィン叔母は言った、まるで二人はいっしょに歯医者に来ているようだった。「すぐにわかってくれますよ」それから彼女はシリルに、「少しつんぼになっているわね」と小声で言った。それから、前に体をむけて、ピナー祖父にほんとうにわめき立てたのであった——「シリルはね、ただこうお話ししたかったんですよ、お父さま、シリルのお父さまはいまでもメレンゲがとてもお好きなんですって」

ピナー大佐は、こんどは聞えて、それからじっと考えていた、シリルを上から下までながめながら。

「なんというけったいなことだ！」とピナー祖父、「そんなことをわざわざここへ話しにくるなんて、なんというけったいなことだ！」

そして、シリルも、なるほどそうだ、と思った。

「そうね、時計はシリルにあげましょうよ」とジョーゼフィンは言った。

「それはとてもいいわ」とコンスタンシア、「あたしは、この前あの子が来たとき、時間がわからなくて少し困っていたのを覚えているから」

X

そこへいつものようなやり方で、ケートが飛びこんできた、まるで彼女は壁に何か秘密の羽目板でも見つけたように。

「揚げますか、ゆでますか？」と遠慮会釈《えしやく》もない声。

揚げますか、ゆでますか？　ジョーゼフィンとコンスタンシアは、咄嗟《とつさ》に何だかわからなかった。二人はほとんど意味が呑《の》みこめなかった。

「揚げるか、ゆでるかって何を、ケート？」ジョーゼフィンは頭を集中させようとしながら、こうきいた。

ケートは、大きな鼻声を出した――「おさかな」

「ああそう、どうして初めからそう言わないの？」とジョーゼフィンはおだやかに詰《なじ》った。「わたしたちにはそれじゃあ、わからないいじゃないの、ケート？　揚げたり、ゆでたりするものは世の中にいっぱいあるでしょう、ねえ」こういうふうに勇気を鼓して言ってから、彼女は大変明るい口調で、コンスタンシアに言った、「どっちがいいの、コン？」

「揚げてもらったらいいんじゃないかしら」とコンスタンシア、「それでなくて、ゆでたお魚も、もちろん、けっこうだけれど。わたし、両方とも同じくらい好きだわ……もしお姉さまがなんでなかったら……そのときは——」

「揚げときましょう」とケートは言って、ドアをパッと開き、跳ねるようにして出て、それから台所のドアをバタンとしめた。

ジョーゼフィンはコンスタンシアをじっと見た、彼女はうす色の眉《まゆ》を、それがやはりうす色の髪にくっつくほどに上げた。彼女は立ちあがった。非常に威張った、厳とした口調で、「わたしについて応接間に来てくれない、コンスタンシア？　あなたと相談したいの、重大なことがあるのよ」

二人がケートのことを話したいと思うときに行く場所は、いつも応接間ときまっていた。

ジョーゼフィンは、ドアを意味ありげに閉めた。「コンスタンシア、おかけなさい」彼女はまだ大変もったいぶっていた。このように、コンスタンシアをお客にして応対するのは初めてであろう。そこでコンも、まるで初めてのお客みたいな気持になって、ぼんやりと椅子《いす》をさがしてあたりを見まわした。

「さて、問題はね」とジョーゼフィンは、前へかがみながら、「あのケートをおいとくかどうか、ということなのよ」

「それが問題よ」とコンスタンシアも同意した。

「それにこんどこそは」とジョーゼフィンは決然として、「わたしたち、きっぱりと決めなければならないわ」

コンスタンシアは、ちょっとの間、ほかの時のことを全部、もう一度初めから考えてみるような様子をしたが、体をぐっと引きしめると、「そうよ、ジャッグ」と言った。

「それでね、コン、いまは万事がこのとおり変ってしまったでしょう」とジョーゼフィンは説明した。コンスタンシアはぐいと顔をあげた。「というのはね」とジョーゼフィンは言葉をつづけて、「わたしたちは、もう前のようにケートに頼らなくてもいいのよ」彼女は少し顔を紅潮させていた。「お料理をつくってもらう、かんじんのお父さまはいないんだから」

「それはまったくそうね」とコンスタンシアも賛成して、「いまはきっとお父さまはお料理などいらないんでしょうからね、どんなものにしたって——」

ジョーゼフィンは鋭くさえぎった、「あんた、ねむいんじゃないの、コン？」

「ねむいって、ジャッグ？」コンスタンシアは大きく眼をあけていた。

「そんなら、もっとちゃんと考えなさいよ」とジョーゼフィンはきつく言って、また主題のことにもどった。「どういうことになるかしら、もしもわたしたちが……」

——これを彼女は、ドアのほうを見ながら、やっと口からもらした——「ケートにはっきり言ったなら」——ここでまた声を高くして——「わたしたちが自分で食事のことは始末できるって」

「言ったらいいじゃない？」コンスタンシアは大きな声で言った。彼女はほほえみを禁じえなかった。この考えはすばらしい。彼女は両手をぐっと握りあわせた。「そしたら、何を食べて暮すの、ジャッグ？」

「まあ、卵をいろいろなことにするのよ！」とジャッグはまた威張って言った。「それに、なんでも料理したものを売っているわ」

「でも、そういうのはとても贅沢《ぜいたく》なことになっていると聞いているわ」とコンスタンシア。

「適当に買って度をこさなければ、そうじゃないのよ」とジョーゼフィンが言った。

だが、こういうわき道のことはふり棄《す》てて、むりやりコンスタンシアを本道のほうへ引きもどした。

「とにかく、いま、どうしても決めなければならないことはね、わたしたちがケートをほんとうに信用できるか、どうかかっていうことよ」

コンスタンシアはうしろへよりかかった。彼女の口から、活気のない笑いがちょっともれた。

「ジャッグ、この問題にかぎって、わたしは、どうもはっきり判断がつかないのは、妙じゃない？」

XI

彼女は実際、判断がつかなかった。何より困ることは、何かはっきり証明することだった。どうして事の証明をするか、また、どうしたらできるか？　たとえば、ケートが自分の前にいて、わざと「イー！」といったような顔をしたとしよう。彼女がどこか痛くて、そうやったということも当然ありはしないか？　それにしても、いま「イー！」をしているのかと、ケートにきくことはできないではないか？　もしケートが「いいえ、そうじゃないのです」と言ったら――彼女はもちろん「いいえ」と言うだろう――そうしたら、なんというまずいことだろう！　まったく威厳丸つぶれだ！　それからまた、コンスタンシアは気づいている、いやほとんど確信しているのだが、二人が外出している間に、ケートは箪笥《たんす》のところへ行くのだ、物を盗《と》るためではなくて、そっと調べるために。うちへ帰ってみると、自分の紫水晶《アメシスト》の十字架がまったくとんでもない場所――レースの襟飾《えりかざ》りの下とか、イヴニング・ドレスのバーザ(訳注　両肩にたれかかる大きな丸形の襟)の上とかにあることがたびたびだった。ケートをためす罠《わな》をつくっておいたことも一度ならずあった。ある特別の順序に、物を整理してから、そこでジョーゼフィンに証人になってもらった。

「ね、このとおり、ジャッグ」

「わかったわ、コン」

「これで、こんどははっきりわかるわね」

ところが、なんということだ、うちへ帰って見たときには、やはり証明などということはとてもできないではないか！　もし何かの位置が違っていたとしても、彼女が抽出《ひきだ》しをしめるときにそうなったと言うこともできようし、また、がたがたゆらしたので、そうなったとも考えられるのだった。

「さあ、ジャッグ、はっきり決めてよ。あたしは全然だめだわ。とてもむずかしいことなんですもの」

だが、しばらく黙って、長いこと見つめていたあとで、ジョーゼフィンは溜息《ためいき》をついて言うのだった——「あんたはとうとうわたしの心にも迷いを吹きこんじゃったわ、コン、わたしだって、自分で何だかわからないのよ」

「それでも、このことを二度と延ばすことはできないのよ」とジョーゼフィン、「こんどだけは延ばすとしてもね——」

XII

ところが、ちょうどそのとき、下の街路で流しのバレルオルガン（訳注　大道音楽師が曲り柄を回して鳴らす風琴）が鳴りだした。ジョーゼフィンとコンスタンシアは、いっしょにパッと立ちあがった。

「早く、コン」とジョーゼフィン、「早くいって。六ペンス銀貨があったわ、あのどこだったか——」

それから、二人は思い出した。そんなことはどうでもいいのだ。もう二人はオルガン弾きをとめる必要は二度とないだろう。彼女とコンスタンシアがあの音をどこかよそのほうへ移らせるために、六ペンス銀貨を用意するように言いつけられることは、もう二度とないだろう。二人がぐずぐずしていると父が焦《じ》れて、あの大きな、奇妙などなり声をひびかすこともないだろう。オルガン弾きがあそこで一日じゅう鳴らしていたって、杖《つえ》がどしんと音することはないのだ。

杖が音することはない
杖が音することはない

バレルオルガンはそう言って鳴った。

コンスタンシアは何を考えているのだろう？　彼女は妙な笑いをうかべていた、まるで違った顔つきをしていた。泣きだすような様子ではなかった。

「ジャッグ、ジャッグ」とコンスタンシアは両手をぎゅっとおさえて、やさしく言った。「きょうは何曜だか知っている？　土曜日よ、きょうで一週間、まる一週間なのよ」

父が死んで一週間
父が死んで一週間

バレルオルガンが叫んだ。そこで、ジョーゼフィンも、実際的に頭を働かすことを忘れてしまった。彼女は、かすかに、奇妙な笑いをうかべた。インド絨毯《じゅうたん》の上には、四角い陽の光が落ちてきた、うす紅《あか》い光だった。それはあらわれたり、消えたり、またあらわれたり——そして、じっと留まって、色が強くなって——ついに金いろめいて輝いた。

「陽が出てきたのよ」とジョーゼフィンが言った、まるでそれが重大なことでもあるかのように。

まったく泉さながらに、わき上がる調べがバレルオルガンからひびき出た、円い、きらきらする調べが、むぞうさに飛びちった。

コンスタンシアは、その調べをつかまえようとするかのように、大きな冷たい手をあげたが、やがてまたその手をおろした。マントルピースの彼女の好きな仏像のところへ歩いていった。石の、金箔《きんぱく》を塗った像で、その微笑はいつも彼女に妙な気持、ほとんど痛みのようなものだが、しかし快い痛みといった感じをおこさせる——その像は微笑以上の表情をたたえているようにおもわれた。何かを知っている、秘密をもっているのだ。「わたしはお前の知らないことを知っているよ」と、その仏像は言っている。ああ、それはなんだろう、いったいなんだろうか？　もっとも彼女だって、いつも感じていた、たしかに……何かがある、と。

陽の光は、窓を通してひそかに忍びこんで、家具や写真の上に明るく映えていた。ジョーゼフィンはそれを注意して見ていた。光が母の写真、ピアノの上にある引き伸ばした写真のところへくると、あたかも、母の面影で遺《のこ》っているものは小さい塔《パゴダ》の形をした耳輪と黒いボアの襟巻のほか、あまりにも少ないことを知って思案に迷うかのように、そこで低徊《ていかい》するようであった。死んだ人の写真は、なぜいつもあのように色あせるのだろう？　ジョーゼフィンはふしぎに思った。本人が死ぬと同時に、その写真も死ぬのだ。が、もちろん、この母の写真は非常に古いものだ。もう三十五年たっている。ジョーゼフィンは、自分が椅子の上に立って、コンスタンシアにそのボアの襟巻を指さして、セイロンでお母さまが死んだのは蛇に咬《か》まれたからだ、と話したことを思い出した……もし母が死ななかったら、すべてがもっと違うことになっていただろうか？　彼女には、その理由がわからなかった。フロレンス叔母が、二人が学校を出るまで、いっしょに暮していた。そして、三度、家が移った、毎年休暇があった、それから……それから、もちろん、召使がいろいろ変った。

幾羽かの小さな雀《すずめ》が、若い雀が、出窓のところで音たてて、さえずっていた。チュン——チュン、チュン——チイ。だが、ジョーゼフィンは、それらは雀でなく、また出窓のところにいるのではないように感じられた。自分の内部に聞えるのだ、あの妙な、小さい啼《な》き音は、チュン——チュン、チュン——チイ。ああ、あの叫びはなんだろう、あのように弱く、さびしげな叫びは？

もし母が生きていたら、二人は結婚していたろうか？　だが、結婚するような相手は一人もなかった。父の友人——インドにいた英国人の友人が少しはあったが、それとも父は喧嘩《けんか》してしまった。そのあとは、彼女もコンスタンシアも、牧師さん以外の人に会ったことがなかった。どうして、よその人に会うことがあろう？　たとえ人に会うことがあったとしても、そういう人々を他人以上に深く知ることが、自分たちにどうしてできるだろう？　女がいろいろ恋の冒険をして、男に追いかけられるということは、小説で読んでいる。ところが、コンスタンシアや彼女を追いかけるものは、これまでだれもなかった。いや、一度はあった——ある年、イーストバーン（訳注　英国、東サセックス、イギリス海峡に面す）に行ったとき、宿で一人の妙な男が、寝室の外にあるお湯を入れる水さしの上に手紙をのせておいたことがあった。ところが、コニーがそれを見つけるまでに、湯気のため文字がうすれて判読できないほどになっていた。はたして、二人のどちらに宛《あ》てたものかも見わけることができなかった。そして翌日、彼は発《た》ってしまった。それだけのこと。あの後はずっと、父の世話をし、同時に父をなんとか避けることでいっぱいだった。だが、いまは？　いまは？　こっそりとさしこんできた陽が、柔らかにジョーゼフィンにふれた。彼女は顔をあげた。柔らかな光線にひかれて、彼女は窓のほうへ近づいていった……

バレルオルガンの音がやむまで、コンスタンシアは仏像の前にじっと立っていた、いつもと違って、ただ漠然とではなく、思案にふけりながら。いまの思案は、心のあこがれに似ていた。彼女はよく満月の明るいときに、寝巻のままベッドを抜け出て、ここに入りこみ、床の上に、磔刑《はりつけ》にされたように両腕をのばして横たわったことを思い出した。あれはどうしたことだろう？　大きな、青白い月がそうさせたのだ。浮彫りをした衝立《ついたて》の、踊っている恐ろしい像たちが、彼女を横眼で見ていた、それでも平気だった。それからまた、二人で海岸に行ったとき、自分がひとり離れて、できるだけ海に間近いところまでいき、みだれ騒ぐ波を見わたしながら、何か自分でつくった唄《うた》のようなものをうたったことを思い出した。これまでにも、一つの違った生活があったのだ――外へ走り出て、袋に入れたものをうちへもち帰り、許しを得て物を求め、それをジャッグと検討し、また許しを得てもっと多くの物を買うためにそれを返し、そして父の食物を盆にととのえ、父の機嫌を損じないように努めた生活。だが、そういうことはみんな、狭いトンネルの中の出来ごとみたいにおもわれた。それは本当のものではない。このトンネルから出て、月光の中や、海のほとりや、あるいは雷雨の外に立ったときだけ、彼女はほんとうの自分を感じることができた。それはどういうことを意味するのだろう？　自分がいつも欲しているのは、なんだろう？　これはどういう結果になるのだろう？　いまは？　いまは？

彼女は、例のぼんやりしたしぐさで、仏像のもとから離れた。そして、ジョーゼフィンの立っているところへ歩いていった。ジョーゼフィンに、何か言いたいと思ったのだ。何か非常に重大なこと、たとえば――将来のこととか、そんな……

「たぶん、あんたね、あのう――」と彼女は言いだした。

だが、ジョーゼフィンは途中でさえぎった。「わたし、考えているのよ、いま、なんだったら――」彼女はつぶやいた。二人は黙った、おたがいに待っていた。

「言いなさいよ、コン」とジョーゼフィン。

「いいえ、いいの、ジャッグ、先に言って」とコンスタンシア。

「いえ、あんたの言おうとしていたこと言ったら。あんたが先だったから」

「わたし……わたし、あんたが最初に言おうとしていたこと、聞きたいのよ」

「そんな馬鹿《ばか》な、コン」

「ほんとうに、ジャッグ」

「コニー！」

「まあ、ジャッグ！」

沈黙。それからコンスタンシアが弱々しい声で言った、「あたし、自分の言おうと思っていたこと、言えないのよ、ジャッグ、だって、わたし、なんだったか、忘れちゃったんですもの……自分の言おうと思ってたこと」

ジョーゼフィンはちょっとの間、黙っていた。彼女は、さっき太陽の出ていたところにある大きな雲を、じっと見つめていた。それから、ぽつりと答えた――「わたしも忘れちゃったのよ」と。

初めての舞踏会

Her First Ball

はっきりといつ舞踏会が始まったか、言えといわれても、リーラにはちょっと言えなかったであろう。たぶん、最初の相手《パートナー》というものは、馬車であったかもしれない。シェリダンの娘たちやその兄さんといっしょに馬車に乗ったということは、大して問題ではない。彼女は、すみっこの自分の席に深く腰かけていた、片手をおいたクッションは、見知らぬ青年の夜会服の袖《そで》のように感じられた。そして、からからと馬車は走っていった、ワルツを踊るように旋回する街燈《がいとう》や、家々や、垣根や、木々を通りすぎながら。

「あんた、ほんとうにこれまで舞踏会へいったことないの、リーラ？　だけど、ずいぶん変だわ――」とシェリダンの娘たちが大きな声で言った。

「一番近いお隣りだって十五マイル離れていたのよ」リーラは、静かに扇をひろげたりとじたりしながら、おだやかに言った。

　まあ、ほかの人々のように平気な様子をしているなんて、とてもできそうもない！彼女はあまり笑わないように努めた、気にかけないようにした。だが、何でもかんでもが新しくて、心をわくわくさせるのだった……メッグの月下香《ツベローズ》型の髪、ジョーズの長い輪結びにした、琥珀《こはく》いろの髪、雪の中からのぞく花のように、白い毛皮の襟巻《えりまき》から出ているローラの小さい黒い髪の頭。永久に記憶にとどめておこう。従兄《いとこ》のローリーが、新しい手袋のとめボタンからはぎ取った薄紙のきれはしを投げすてるのを見たときは、ちょっと胸がいたむようにさえ思った。彼女は、こういうきれはしを、思い出、記念として取っておきたかった。ローリーは前に体を乗りだして、ローラの膝《ひざ》に手をおいた。

「ほら、ね」と彼は言った、「いつものように僕と踊るのは三番目と九番目だよ。いいかい？」

ああ、お兄さんをもっているということは、なんてすてきなんだろう！　リーラは、興奮の中で、もし時間の余裕があったら、もしできるのなら、自分はひとりっ子で、「いいかい？」などと言ってくれる兄がないといって、泣いてしまうだろうと思った。また、あのときメッグがジョーズに言ったように、「あんたの髪、今晩みたいにうまく結いあがったの、見たことないわ！」と言ってくれる姉もないのだ。

もちろん、いまはそんな暇もない。もう会堂の前に来ていた、前にも馬車がならび、うしろにも馬車があった。道の両側は、動いている扇形の燈《あか》りで明るく照らされ、舗道には華やかな衣裳《いしょう》の二人づれが空《くう》を浮いていくようにみえた。小さい繻子《しゅす》の靴が、小鳥のように、たがいに追いかけあって進んだ。

「あたしにつかまっていらっしゃい、リーラ。迷子になるわよ」とローラが言った。

「さあ、みんな、いそいで行こう」とローリー。

リーラは、ローラのピンクいろのびろうどの外套《がいとう》に二本の指をかけ、何か体をもちあげられて、大きな金いろの提灯《ちょうちん》のそばを通り、廊下を運ばれて、それから「婦人」と記された小さい部屋に押しこまれたという感じだった。ここの混雑はひどいもので、ほとんど身に着けたものを取る場所もないくらいだった。騒音で何も聞えなかった。白いエプロンをつけた二人の年とった女が走りまわって、腕にいっぱいかかえた新たな物をどんどん積んでいった。そして、みんな、奥の端にある小さな化粧台と鏡のところへいこうと、前へ前へとおし進んでいた。

大きな、ふるえるガスの光が、この婦人部屋を明るく照らしていた。その光線自身がもう待ちきれないで、早くも踊っているようだった。またドアがひらいて、会堂のほうから音楽のメロディーがひときわ高くひびいてくると、ガスの光は天井までも躍りあがった。

黒い髪の女、金髪の女がそれぞれ髪に手をやり、リボンを結びなおし、ハンカチを胸衣の中にしまいこみ、大理石《なめいし》のように白い手袋をはめてひっぱった。そして、みんな笑っているので、どの人もみな美しいと、リーラにはみえた。

「人に見えないヘアピンというのはないかしら？」と一つの声が叫んだ。「とても変だわ！　見えないヘアピンというのは、一本もないんですもの」

「すまないけれど、あたしの背中にパフをはたいて」と別な大きな声。

「針と糸がほしいわ。ひだ飾りのところがものすごくほころびちゃったのよ」とまた別の泣くような声。

それから、「これをおまわしください、これをおまわしください！」という声。プログラムを入れた大きなバスケットが、手から手へわたされていった。かわいらしい、小さなピンクと銀の二色のプログラム、ピンクの鉛筆にふんわりした飾り房がついていた。その一つをバスケットからとるとき、リーラの指はふるえた。「あたしも一つとっていいのかしら？」とだれかにききたいと思ったくらいだった。だが、ちょっと眼を通して、「ワルツ三、二人でカヌーに乗って。ポルカ四、不意をついて驚かす」と読んだときに、「リーラ、いいの？」とメッグが呼んだ。そして、廊下のごった返しを押しわけながら、会堂の大きな二重扉のほうへ進んでいった。

ダンスはまだ始まっていなかった。バンドは演奏をやめていたが、あたりの騒々しさは、音楽が始まっても、きっと聞えないだろうとおもわれるくらいだった。リーラは、メッグにくっついて、メッグの肩ごしに見ながら、天井につなぎわたした、小さな、ひらひらする色とりどりの旗までしゃべっているように感じた。彼女はもう怯気《おじけ》など忘れてしまった、うちで着がえをしている最中に、ベッドに腰かけて片方の靴をはき片方はぬいだまま、従兄姉《いとこ》たちに電話をかけて、どうしても行けませんと言ってちょうだい、と母に頼んだことも忘れてしまった。寂しい奥地の家のヴェランダに腰かけて、月あかりの中で、「ホ、ホ、ホーセ！」とふくろうの子が啼《な》くのを聞いていたいという烈《はげ》しい望みが、いまはあふれる喜びの感情に変っていた。それはあまりにも快く、ひとりでは堪えがたいくらいであった。扇を握りしめ、きらめく金いろの床や、アゼリヤの花や、提灯や、片方の端に紅《あか》い絨毯《じゅうたん》をしき、金いろに塗った椅子《いす》をおいた舞台や、一隅に陣どるバンドなどを眺めて、彼女は息をつまらせて思うのだった。

「まあ、なんて美しいんだろう、ほんとうに夢の国のようだわ！」

女たちはみな、入口の片側にかたまり、男たちはもう一方の側に集まっていた。黒っぽい服を着たつき添いの婦人たちは、少し間の抜けた笑いをうかべながら、みがかれた床を小きざみの用心深い足どりで歩いて、舞台のほうへと行った。

「田舎の従妹《いとこ》のリーラですのよ。よくしてあげてね。相手《パートナー》の方を見つけてちょうだいね。あたしが万事引きうけているひとなんですから」メッグは、友だちの一人びとりのところへ行ってはそう言った。

見知らぬ多くの顔が、彼女のほうを見てほほえんだ——にこやかに、またあいまいに。「ええ、そりゃあ大丈夫よ」と見知らぬ声が答えた。だが、リーラは、その娘たちが心《しん》から自分を見ていない、と感じた。男のほうを見ているのだ。男たちは、なぜ始めないのだろう？　何を待っているのかしら？　男たちはあそこに立って、手袋をなでたり、つやつやした髪に手をやったり、おたがい同士で笑いあったりしていた。それから、まったく突然、まるで自分たちのすべきことはこれだと、ほんのいま心を決めたように、男たちが寄木細工の床をすべるようにやって来た。女たちの間には、うれしそうなざわめきが起った。背の高い、金髪の男がメッグのところへ走りよって、彼女のプログラムをつかみ、何かすばやく書いた、メッグは彼をリーラのほうへ回した。「どうか、お願いします」彼はひょいと頭をさげて、笑った。片眼鏡をかけた黒い顔の男がやって来た、それから従兄のローリーが友だちをつれてきた、ローラが蝶《ちよう》ネクタイの曲っている、小さな、そばかすのある男をつれてきた。それから、相当年とった男——ふとっていて、頭が大きく禿《は》げていた——が彼女のプログラムをとって、

「そうですね、これはと！」とつぶやいた。彼は、多くの人の名前がまっ黒に書きこんである自分のプログラムを、長いこと、彼女のプログラムとくらべあわせていた。たいへん面倒そうなので、リーラは羞《は》ずかしい思いがした。「あの、どうかご遠慮なく」と彼女はうながすように言った。だが、ふとった男はそれに答えず、何か書いて、彼女をまたチラッと見た。「この輝く、かわいい顔を、わたしは覚えているだろうか？」と彼は低い声で、「昔のわたしが知っている顔か？」と言った。そのとき、バンドが演奏を始めた、ふとった男は立ち去った。彼は見えなくなった。光を映す床の上を流れてきて、人の群れをわけて二人ずつにし、彼らを散らせ、彼らをぐるぐる回転させる、大きな音楽の波に押されて……

リーラは寄宿学校でダンスを習ったことがあった。土曜の午後ごとに寄宿生は、ミス・エクルズ（ロンドンの）が彼女の言う「特修」クラスをひらいている、小さな、なまこ板造りのミッション・ホールへやられたものだった。だが、あの埃《ほこり》くさいホール――壁にはキャラコに刺繡《ししゅう》した聖句がかけてあり、兎耳《うさぎみみ》のついた茶いろのびろうどのトーク帽をかぶった小柄な婦人がおどおどとして、冷たいピアノを叩《たた》いていると、ミス・エクルズが長い白い棒で少女たちの足を突っついた――あれとこれの違いはあまりにも大きい。もし相手《パートナー》の男のひとがやってこず、あのすばらしい音楽を聴いているだけで、ほかの者たちが金いろの床をすべって動いているのを眺めていなければならないのだったら、むしろ死んだほうがいい、それとも気を失ってしまうか、あるいは両手をあげて、星の見える暗い窓の一つから飛んでいったほうがいい、と思うくらいだった。

「僕たちの番ですね?」だれかがおじぎをして、笑いかけ、手をさし出した。彼女は死なずにすんだのだ。その知らない人の手が腰をおして、彼女は池に投げられた花のように、ただよい流れていった。

「たいへんいい床ですね?」耳もとで、かすかな声がゆっくりした調子で言った。

「とてもよくすべる、みごとな床だと思いますわ」とリーラ。

「あの、なんですか?」かすかな声が驚いたように言った。リーラは同じことをもう一度言った。すると、ちょっと間《ま》をおいてから、相手の声がひびいた、「ええ。まったく!」そして、彼女はぐるりとまた旋回した。

相手はみごとなリードぶりだった。これは、女同士で踊るときと、男のひとと踊るときの大きな違いだ、とリーラは心の中で思った。女同士だと、おたがいにぶつかりあい、おたがいの足を踏んでしまう、男役をする女はひどい摑《つか》み方をするものだ。

アゼリヤの花は、もう一つびとつ離れた花ではなくなった、ピンクと白の旗になってなびき動いた。

「先週、ベルさんの舞踏会にいらっしゃったですか?」また声が聞えた。疲れているような言い方だった。リーラは、休みましょうか、ときいたほうがいいのではないかと思った。

「いいえ、舞踏会は今晩が初めてなんですよ」と彼女は言った。

相手は、ちょっとあえぐように笑った。「まさか」と彼は本当にしなかった。

「そうなのよ、ほんとうにあたし、舞踏会はこれが初めてなんですの」リーラの言い方には熱がこもっていた。だれかに話ができるということは、まったく救われるような気持だった。「だって、あたしは生れてから今まで、ずっと田舎にいたんですもの……」

そのとき、音楽がやんで、二人は壁ぎわの二つの椅子に腰をおろしにいった。リーラはピンクいろの繻子《しゅす》の足をひっこめて、扇を使っていたが、ほかの一組が次々と開閉ドアを通って出ていくのを、この上なく楽しい気持で眺めていた。

「どう、面白い、リーラ?」ジョーズが金いろの頭をうなずかせながら言った。

ローラは前を通りながら、彼女にあるかなしかのウィンクをした。それで、ローラはついにもう大人になってしまったのではないか、とちょっと思ったりした。たしかに、リーラの相手はあまり口をきかなかった。彼は咳《せき》ばらいし、ハンカチをしまい、チョッキを下へひっぱったり、袖のごく小さな糸くずを取ったりした。だが、そんなことはどうでもよかった。すぐにまた、バンドが鳴りだし、彼女の二番目の相手が、天井から飛び出したようにやって来た。

「床は悪くないですね?」と新しい声。だれでも床のことから話を始めることになっているのかしら? それから、「火曜日に、ニーヴさんの舞踏会にいらしたですか?」そこでまた、リーラは説明した。彼女の相手《パートナー》たちが自分の話にもっと興味をもたないというのは、どうもふしぎなことだ。なぜかというと、自分では胸のふるえる思いがするのだから。彼女にとって初めての舞踏会! 自分はまったく、あらゆるものの始まりにあるのだ。夜がどういうものか、これまで全然知らなかったように、彼女にはおもわれた。いまに至るまで、夜というものは暗くて、静寂で、美しいこともたびたびあった——だが、とにかく憂愁にみちたものだった。厳かだったのだ。だが、これからはもう二度とあのようになることはない——夜は燦然《さんぜん》として開いたのだ。

「アイスクリームを食べますか?」と相手が言った。そして二人は、開閉ドアを通って、廊下をいき、食堂へ入った。頬はほてって、ひどく喉《のど》がかわいていた。小さなガラスの皿にのったアイスクリームは、なんておいしそうなんだろう、冷えて白くなっているスプーンの、なんて冷たいこと！　それから広間へまたもどってくると、ドアのそばに、例のふとった男が彼女を待っていた。彼がずいぶん年とっているのをまた見ると、思わずぞっとした、彼は父親や母親といっしょに舞台のほうにいるべき人なのだ。それに、ほかの相手《パートナー》と比較すると、彼はずっとみすぼらしい様子だった。そのチョッキにはしわがより、手袋のボタンが一つとれていて、上衣《うわぎ》はチャコでよごしたようだった。

「さあ、いらっしゃい、お嬢さん」とふとった男は言った。彼はなれたしぐさで彼女を抱き、二人はなめらかに動いていった、踊るというよりも歩くに近かった。だが、彼は床のことなど、何も言わなかった。「舞踏会は初めてなんでしょう？」と彼は小さな声で言った。

「あら、どうしてわかりますの？」

「ああ」とふとった男、「それは年の功ですよ！」彼は、ぎごちない一組をよけてリードしながら、息をきらした声で言った。「いいですか、わたしはこういったことをもう三十年もやっているんですよ」

「三十年も？」とリーラは叫んだ。彼女が生れる十二年前！

「そんなこと、考えるだけでうんざりするでしょう？」とふとった男は憂鬱《ゆううつ》そうに言った。リーラは、彼の禿げた頭を見て、たいへん気の毒に思った。

「それでもなおこうやっていらっしゃるのは、すばらしいと思いますわ」と、彼女はやさしく言った。

「やさしいお嬢さん」ふとった男はそう言って、彼女を少しひきよせてワルツの一節を口ずさんだ。「もちろん、なんでもそんなふうに続くと思ったら間違いですよ。そうはいかない」とふとった男は言って、「そのうちじきに、あなたも舞台の上に腰をおろして、眺めているということになりますよ、立派な黒びろうどの服を着てね。そして、この美しい腕も、ずんぐりとふとった腕になって。音楽の拍子をとるのも、いまとはまったく違った扇でやるようになるでしょう——黒い骨の扇で」ふとった男は、ぶるっと身をふるわしたようだった。「そして、あそこにいる年とった親たちのように、遠くから笑いかけ、自分の娘を指さして、隣りの年とった婦人に、クラブの舞踏会でいやらしい男があの子にキスしようとしたんですよ、と話すでしょう。そして自分の胸は悲しみに痛む」——ふとった男は彼女をもっと近くへ抱きしめた、その悲しい胸を心《しん》からあわれむように——「というのはもうだれも自分にキスしようとする者はないんですから。そして、こういうみがいた床は歩くのに、なんて具合が悪いんでしょう、なんて危ないんでしょう、と言うようになりますよ。ね、踊りが好きなマドモアゼル？」とふとった男はやさしく言った。

リーラは、ちょっと軽く笑い声をたてたが、笑いたいような気持ではなかった。あれは——いったい本当だろうか？　まったく本当らしくおもわれる。そうすると、この初めての舞踏会は、結局、最後の舞踏会の始まりにすぎないのだろうか？　すると、音楽も変るようにおもわれた、悲しげにひびいた、悲しげに、大きな溜息《ためいき》に乗ってくるようだ。ああ、物事はなんと急に変ることだろう！　幸福は、なぜ永久につづかないのだろう？　永久だって、ちっとも長すぎることはないのに。

「あたし、休みたいですわ」と彼女は息のきれた声で言った。ふとった男は彼女をドアのほうへ導いていった。

「いいえ、外へは出たくないんですの」と彼女は言って、「腰かけたくないんです。ここで立っていますから、どうぞ」彼女は壁によりかかり、足で床を軽く打って、手袋をひっぱりあげ、笑おうとした。しかし、心の深いところでは、小さな少女がエプロンを頭にかぶり、すすり泣いていた。なんだって、あの人はすべてをぶちこわしてしまったんだろう？

「あの、もし」とふとった男は言った、「わたしの言うことを本気にしちゃいけませんよ、お嬢さん」

「そんなことあるもんですか！」とリーラは言って、小さな、黒い髪の頭をあげ、下唇を噛《か》んだ……
　また、いくつかの組がぞろぞろ歩いていった。開閉ドアがあいたり、とじたりした。いま、バンドの指揮者が新しい曲目を知らせた。だが、リーラはこれ以上踊りたくなかった。うちへ帰りたくなった。ヴェランダに腰かけて、ふくろうの子が啼くのを聞いていたかった。暗い窓を通して星々を見ると、星は翼のように長い光を放っていた
……
　ところがやがて、柔らかに、とけるような、恍惚《こうこつ》とさせる曲が始まった、そして、縮れた髪の青年が前に来ておじぎをした。自分は、メッグの姿を見つけるまで、お愛想のためにも、踊らなければなるまい。ぴんと固い姿勢で、まんなかへ歩いていった、ひどくつんとした態度で、相手の腕に手をおいた。ところが少したって、一度旋回すると、彼女の足はなめらかに、なめらかにすべっていった。燈《あか》りや、アゼリヤの花や、衣裳《いしょう》や、うす紅い顔や、びろうどの椅子など、みんな一つの美しい、飛びめぐる車輪になった。そして、いまの相手が彼女を例のふとった男にぶつけると、「失礼」とふとった男は言った。彼女はいっそう晴れやかな顔で笑いかけた。彼女は、もう彼を見て心にとめることもなかった。

若い娘 The Young Girl

青いドレスを着て、頬はほのかに紅《べに》がさし、青い、青い眼で、金髪の巻毛をこれが初めてというようにピンでとめあげて――彼女が飛ぶのに邪魔にならないようにとめあげて――ラディック夫人の娘は、いま輝かしい天から降ってきたかのようだった。ラディック夫人の、遠慮がちの、やや驚きながらも、深く讃嘆《さんたん》している眼つきは、やはり天から来たことを信じているかのようだった。ところが、娘のほうは、「カジノ」（訳注　賭博場を兼ねた娯楽館）の入口に来たことを、大してうれしがっている様子もなかった――どこが面白いのだろう？　実際、彼女はうんざりしていた――まるで、天国でうす汚ない、老いぼれ天使が賭博台《とばくだい》監督の役目をして、賭《か》ける金といえば、クラウン銀貨（訳注　五シリング）だけのカジノばかりだといったかのように、退屈しきっていた。

「あんた、ヘニーをつれてってね？」とラディック夫人がぼくに言った。「ね、いいでしょう？　自動車があるから、お茶飲みにいけるでしょう、あたしたち、この石段――ここんところに――またもどってくるわ――一時間したら。この子は中へ入れてやりたいのよ。ここへ来たことがないし、見ておくのもいいと思うのよ。この子を案内してやらないのは悪いからね」

「まあ、いいかげんになさいよ、お母さま」と娘は物うげに言った。「行きましょうよ。そんなおしゃべりはやめにして。お母さまのバッグ、口があいてるわよ、またお金を全部なくしちまうわ」

「ごめんなさいね」とラディック夫人。

「早く、入りましょうよ！　あたし、お金をもうけたいわ」といらいらした言い方で、

「お母さまはいい気持でしょうが、あたしは文なしなのよ」

「ほら――五十フランあげるわ、百フランでもいいわ！」二人が開閉ドアを通るとき、ラディック夫人が娘の手に紙幣を押しこむのを、ぼくは見た。

ヘニーとぼくは、人々の群れをじっと見ながら、ちょっと石段の上に立っていた。ヘニーは、大らかで、うれしそうな笑いを浮べた。

「ねえ」と彼は大声で、「イギリス種のブルドッグがいるよ、犬をつれて入ってもいいのかな？」

「いや、いけないんだよ」

「あいつはすてきな奴《やつ》だね。ぼくも一匹ほしいなあ。ブルドッグはとても面白いぜ。ほかの人には猛烈なんだけどね、とてもおとなしいんだ、あのう、なんだっけ――飼

主の人には」突然、彼はぼくの腕をぎゅっと握った。「ほら、あのおばあさんを見てごらんよ。あれ、だれかな？　どうして、あんな様子をしているのかな？　あのおばあさん、賭《かけ》するのかい？」

ひどく年とって、しなびた婦人が、緑いろのサティンの服を着て、黒びろうどの外《がい》套《とう》に紫の羽根のついた帽子をかぶり、石段をゆっくり、ゆっくりと登っていた、あたかも、針金でひっぱり上げられていくように。老女は、自分の前をじっと見つめ、笑ってうなずき、またひとりでケラケラ笑っていた。そのやせた指に、汚れた洗濯もの入れの袋みたいに見えるものを、しっかと握りしめているのだった。

ところが、ちょうどそのとき、ラディック夫人がまたあらわれた——娘といっしょに——そして、もう一人の婦人がうしろのほうにうろうろしていた。ラディック夫人はぼくのほうに駆けてきた。彼女は、紅潮した顔を輝かせ、陽気で、まるで別人のようだった。その様子は、停車場のプラットホームで、汽車が出る前、もう一分も余裕がないときに、友人たちに「さよなら」を言っている婦人のようだった。

「まあ、あんた、まだここにいたのね。よかったこと！　あんたが行ってしまわないで、ほんとによかったわ！　大変な目にあったのよ——この子のことで」彼女は娘のほうに、手をふって見せた。娘は、じっと立って、石段の上で片脚をまわしながら、傲然《ごうぜん》として、はるか遠くを見おろしていた。「あの子を入れてくれないんですよ。わたしはあの子が二十一だってはっきり言ったんだけれど、ほんとうにしないのよ。入口の男に、財布も出して見せたの、それが最後の手なのよ。それでもだめなの。男はただせせら笑っているだけで……するとそこで、ニューヨークから来たマッキューンさんの奥さんに会っちまって、あの人は買切部屋《サル・プリヴェ》で十三万勝ったところだったのよ――それで、運がつづくかぎりやるから、わたしに、いっしょに来てくれと言うの。もちろん、おいていくわけにいかないし――あの子は。でも、あんた、なんだったら――」

とうとう、「あの子」は顔をあげた、彼女はいよいよ母をあわてさせるだけだった。「なんだって、あたしをおいていけないの？」彼女は烈《はげ》しい口調で言った。「なんて馬鹿《ばか》なこと！　よくまあ、こんな大さわぎして恥ずかしくないのね。もうこれっきり、二度とお母さまとはいっしょにこないことよ。まったく、あきれて物が言えないわ」彼女は母を上から下まで見た。「落ちつきなさいよ」とたいへん立派な態度で言った。ラディック夫人はなんとかしようとあせっていた。彼女はマッキューン夫人といっしょにもどりたいので「取りみだした」状態なのだが、同時にまた……

ぼくは勇気をふるいおこした。「どうですか――お茶飲みにゆきませんか――ぼくたちといっしょに?」

「そう、それがいいわ、大よろこびよ。それこそ、わたしの願っていたことなのよ、ねえ、そうでしょう? マッキューンさんの奥さんが……一時間したらここにもどってくるわ……それほどもたたないうちに……きっと——」

ラディック夫人は石段を駆けあがった。ぼくは、夫人のバッグがまたあいているのを見た。

そこで、われわれ三人が残った。だが、これは何もぼくのせいではない。ヘニーもまた、ひどくしょげた様子だった。車がくると、彼女は、黒い外套で身をくるんだ——汚濁を避けるために。その小さな足でさえ、踏段をおりて、われわれのところへ彼女を運んでくることをさげすんでいるようにみえた。

「たいへん残念なことをしましたね」車が動きだしたときに、ぼくはつぶやいた。

「なあに、かまわないのよ」と彼女は言って、「あたし、二十一なんかにみえたくないわ。だれがみえたいもんですか——もし十七だったらね! そういうのは」——ここで少し身をふるわせた——「あたしが一番きらう馬鹿というものよ、しかも、ふとった老人たちにじろじろ見られるなんて。いやらしい人たち!」

ヘニーは、姉のほうをチラッと見て、それから窓の外へ眼をやった。

車は、ピンクと白の大理石造りで、扉の外に金と黒の鉢に植えたオレンジの木をおいた、大きな、美しい建物の前に止った。

「中へ入ってみませんか？」とぼくはすすめた。

彼女は、ためらって、横眼で見ながら、唇を嚙《か》んだが、こちらの言うままに従った。

「そうね、ほかにいい所もないようね」と言った、「ヘニー、出なさい」

ぼくが最初に出た――もちろん、テーブルの席をさがすために――そのあとに、彼女がついて来た。だが、一番やっかいなことは、まだ十二歳の彼女の弟が、二人に加わることだった。これはすべてをぶちこわしにするものだ――子供が彼女のすぐうしろにくっついてくるということは。

テーブルが一つあいていた。ピンクいろのカーネーションとピンクいろの皿があって、小さな、青いナフキンが帆のように立ててあった。

「ここに坐《すわ》りましょうか？」

彼女は、白い柳枝の椅子《いす》に、物うげに片手をかけた。

「そうね。いいじゃないの？」と彼女。

ヘニーは、彼女に先んじて、端にある腰掛の上へよじのぼった。彼はひどく寂しそうだった。彼女は手袋もとろうとしなかった。眼をふせて、テーブルをとんとん叩《たた》いた。かすかなヴァイオリンの音がひびくと、彼女はたじろいで、また唇を嚙んだ。沈黙。

給仕女があらわれた。ぼくは、彼女に何をとるか、きいてみる勇気もないくらいだった。「お茶──コーヒー？　支那茶《しなちゃ》──それとも、冷たい、レモンティー？」実際、彼女はどうでもよかったのだ。どれでも同じだった。ほんとうは何もほしくなかったのだ。ヘニーは小さい声で、「チョコレート」と言った。ところが給仕女が行きかけると、彼女はむぞうさに言った、「ちょっと、あたしもチョコレートにしてね」

ぼくたちが待っている間、彼女は、蓋《ふた》に鏡がついている小さな、金の化粧箱を取り出して、そのとても小さなパフをまるでいやらしいもののようにふって、美しい鼻を軽く叩いた。

「ヘニー、その花どけてよ」と、彼女はパフでカーネーションを指した、「テーブルに花があるのはたまらなくいやなの」とつぶやく声がぼくに聞えた。カーネーションは彼女に深い苦痛を与えていたものらしかった、ぼくがそれをのけるときも、しっかりと眼をつぶっていたから。

給仕女は、チョコレートと紅茶をもってまた来た。大きな、泡だっている碗《カップ》を二人の前におき、ぼくの透明なコップをテーブルごしに押してよこした。ヘニーは鼻をつっこんで、こんどあげたときに、あいにくそのさきに、クリームの小さなかけらがふるえながらくっついていた。だが、彼はあわててそれを拭《ふ》いた、小さな紳士といった様子で。ぼくは、彼女がチョコレートの碗《カップ》へ注意をむけるようにしていいものかどうか、迷っていた。彼女はそれに無関心だった——見もしなかった——それから突然、まったく偶然というように、一口すすった。ぼくは心配しながら様子をじっと見ていた、彼女はちょっと身ぶるいした。

「おお、ひどくあまい！」と彼女は言った。

乾葡萄《ほしぶどう》のような頭をし、チョコレートいろの体の小さい黒人ボーイが菓子の盆をもって、回ってきた——盆の上には、小さな気まぐれ、小さな即興、小さな溶ける夢を幾重にも積んだ菓子。ボーイはそれを彼女にすすめた。

「まあ、あたしはほしくないのよ。向うへもっていってちょうだい」

ボーイはヘニーにすすめた。ヘニーは、すばやくぼくのほうを見た——きっとそれで大丈夫だと思ったのだろう——チョコレートクリームとコーヒーエクレアと栗《くり》の実をつめたメレンゲと新しい苺《いちご》を入れた小さなホーンを取った。彼女は弟の様子を見るに堪えないようだった。ところが、ボーイがぐるりと回って去りかけると、自分の皿をさし出した。

「ねえ、ちょっと、あたしに一、つだけ」

銀の菓子ばさみがその皿に落した、一つ、二つ、三つ——それからまた、さくらんぼタルトを。「どうして、そんなにおくのよ」と言って、笑いそうになった。「あたし、食べないわよ。食べられないじゃないの！」

ぼくはここでずっと楽な気持になった。紅茶をすすって、うしろへ体をもたせ、そのうえ、煙草《たばこ》を吸ってもかまいませんか、ときいた。すると、彼女は手にフォークを持ったまま、食べるのをやめ、眼を大きくひらくと、ほんとうに笑ったのであった。「いいですとも」と彼女は言った、「あたしはいつも、大人は煙草を吸うものと思っているわ」

だが、そのときに、まさに悲劇がヘニーにおこった。彼は菓子のホーンをフォークであまりに強く刺したので、それが二つに割れて飛び、一つはテーブルの上にこぼれた。この大惨事！　彼は真っ赤になった。耳まで赤くなって、一方の手は恥じながらおずおずと、遠くに残っているのを取ろうと、テーブルの上に伸ばされた。

「なんて、いやな子！」と彼女が言った。

これは大変！　ぼくは救《たす》け船を出さなければならなかった。「外国に長くいるんですか？」とあわてて言った。

だが、彼女はもうヘニーのことなんか忘れていた。ぼくもまた、忘れられていた。彼女は、何かを思い出そうとしていた……彼女ははるか遠くに離れていた……「あたし――わかん――ないわ」その遠い所から、彼女はゆっくりと言った。「あなたはロンドンより外国のほうが好きなんでしょうね。外国のほうがもっと――もっと――」

ぼくがその先を言わないうちに、彼女はもどってきて、とまどいしたようにぼくを見た。「もっとって――？」

「つまり――もっと華やかだから」ぼくは煙草をふりながら、大きな声で言った。だが、そのことを考えるのに、お菓子を一つ食べおわるまでかかった。そのあとでも、「そうだわね、それは時と場合によるわ！」そう当りさわりなく言っただけだった。

ヘニーは全部食べおわっていた。彼はまだ興奮していた。

ぼくは蝶結《ちょうむす》びのリボンがついたメニューをつかんだ。「ねえ――アイスクリームはどう、ヘニー？　オレンジ・ジンジャーは？　いや、もっと冷たいものだな。生のパイナップルクリームは？」

ヘニーはそれがいいと言った。給仕女はじっとぼくたちを見ていた。注文をしたとき、食べ残しの菓子から顔をあげて、彼女は言った。

「オレンジ・ジンジャーと言ったの？　あたしはジンジャーがいいわ。それ、あたしにもってきて」それから早口に、「あのオーケストラが大昔からみたいな、古くさい曲をやらないといいんだけれど。あんなのは、去年のクリスマスにあたしたちが踊った曲よ。まったくうんざりしちゃうわ！」

しかし、それはなかなかいい曲だった。いま、それに気がつくと、ぼくの心は明るくなった。

「ここはいい所だね、ねえ、ヘニー？」とぼくは言った。

ヘニーは、「すてきだな！」と言った。彼は、なるべく低い声で言うつもりだったが、「キー」というような高い声になってしまった。

「いい所？　ここは？」いい所？　初めて彼女は、まわりをよく見た、そこに何があるのか、見ようとして……眼をしばたたいた、その愛らしい眼がいぶかっていた。非常に美しい顔の年輩な男が、黒いリボンのついた片眼鏡《モノクル》から彼女を見返した。だが、男は彼女の眼に入らなかった。彼のいるところの空気に穴があるのだ。彼女はそこからずっと見通していた。

ついに、みんなの小さな平たいスプーンがガラスの皿の上にそっとおかれていた。ヘニーはすっかり疲れはてたような様子だった、だが、彼女は手袋をまた穿《は》めかけた。ダイヤモンドの腕時計で何だか困っているらしかった、それがひっかかっているのだ。彼女はそれをぐいとひっぱって、その小さな邪魔物をはずそうとした――それはどうしてもはずれなかった。最後に、手袋をその上にかぶせなければならなかった。そのあとで、彼女はここに一刻もがまんできまい、とぼくは見てとった。実際、ぼくがこの支払いという、俗悪なことをすませているうちに、彼女はつと立って、向うへ歩いていった。

それから、われわれはまた外へ出た。もううす暗くなっていた。空には小さな星がたくさん出ていた、大きな街燈《がいとう》が明るく輝いた。車が近づくのを待っている間、彼女は、前と同じように石段に立ち、片足を回しながら、下を見ていた。

ヘニーが車のドアをあけに前へ走り出て、彼女は中へ入り、うしろへ深くよりかかった――しかも、ああ、大きな溜息《ためいき》と共に！

「できるだけ早く、走るように言ってよ」彼女は息をつきながら言った。

ヘニーは仲よしの運転手に、にやりと笑いかけた。「早く走って！《アリ・ヴィート》」(訳注 フランス語の「アレ・ヴィット」を訛ったもの)と彼は言った。そこで落ちついて、ぼくたちと向い合った小さいシートに腰かけた。

　また金の化粧箱が出された。また小さなパフがふられた、また彼女と鏡の間の、すばやい、ひどく秘密ありげな目くばせ。

　車は、まるで鋏《はさみ》が金襴《きんらん》地を切りさくように、黒と金の町を切りさいた。ヘニーは、自分が何かに取りすがっているような様子は見せまいとして、いくら懸命にやってもだめだった。

　そして、「カジノ」に着いたが、もちろん、ラディック夫人はいなかった。石段に、夫人の影も形もなかった――なんの気配も。

「行って見てきますから、車の中にいなさいね?」

　いや、だめだ――彼女はそうしないだろう。断じて、すまい! ヘニーならいるだろうが、彼女はとても車の中にじっとしていられないだろう。石段の上なら待っているだろうが。

「けれど、ぼくは、あなたをおいて行きたくないなあ」とぼくはつぶやいた、「あなたをここにおいていくのはいやですね」

　これを聞くと、彼女は外套《がいとう》をパッとうしろへやった、こっちへむくと、じっとぼくを見た。その唇が開いた。「あらまあ、どうして? あたし――あたしはちっともかまわないのよ。あたし――あたし待つのが好きよ」それから、急に頬を紅《あか》らめ、眼は曇った――その瞬間、彼女は泣きだすのかとぼくは思った。「ま、まつわよ、ほんとに」彼女は、熱した声で口ごもりながら言った。「あたし好きなのよ。待つのは大好き！　ほんとうよ――ほんとに好きなの！　あたしはいつでも待っているのよ――いろいろな場所で……」

彼女の黒い外套は開いて落ちた、そして、その白い喉《のど》が――青いドレスの中の柔らかな、若い体のすべてが――いま、黒い蕾《つぼみ》からあらわれかかっている花のようであった。

船の旅　The Voyage

ピクトン行汽船（訳注　ピクトンはニュージーランドの南島にある港市。北島のウェリントンから渡るもので、この間にクック海峡がある）は、十一時半に出るはずだった。美しい夜で、おだやかに、星がきらめき、ただ、彼らが馬車からおりて、埠《ふ》頭《とう》に突き出している「旧桟橋」を歩きだそうとしたときに、水の上をわたってくるかすかな風が、フェネラの帽子をあおったので、手をあげてそれをおさえた。「旧桟橋」の上は暗かった、とても暗かった。羊毛置場、家畜運搬車、高くそびえている起重機、小さな、ずんぐりした鉄道の機関車――すべてが固い暗闇《くらやみ》から彫りぬかれたようだった。あちこちにある、丸い木杭《きぐい》に――それは巨大な黒い茸《きのこ》の茎のようだった――角燈《ランタン》が下がっていたが、角燈《ランタン》は、その臆病《おくびょう》なふるえる光を一面の暗闇にひろげることを、恐れているようだった、まるで自分だけのためのように、静かに燃えていた。

　フェネラの父は、早い、神経質な歩き方で進んでいった。彼のそばを、祖母がパリパリと音のする黒のアルスター外套《がいとう》を着て、いそいで歩いた。二人があまりに早いので、フェネラは、ときどき追いつくのに、見栄《みえ》などかまわずにちょっと跳ばなければならなかった。革帯できゅっとソーセージ形に締めあげた彼女の手荷物のほか、フェネラはお祖母《ばあ》さんのこうもり傘を横だきにして持っていたが、その柄《え》になっている白鳥《スワン》の頭が、しじゅう彼女の肩をコッコッと突っつくのだった、あたかも彼女に、早くいそげとせきつくように……男の人たちは帽子を真深にかぶり、襟《えり》を立てて、とっとと歩いていった。ショールを巻いた婦人が二、三人、小走りに過ぎた。それからちっちゃな男の子が、小さな真っ黒い腕と脚を真っ白い毛のマフラーから出して、父親と母親の間で、荒々しくひっぱられていった、男の子は、クリームの中に落ちた蠅《はえ》の子みたいだ。

それから突然、まったく不意のことだったので、フェネラも祖母もいっしょに飛上がったのだが、一番大きな羊毛置場——そこには一条《すじ》の煙がただよっていた——のうしろから大きな音がひびいた、ボー、ボ、ボーオー！

「第一の汽笛」と父が短く言った、ちょうどそのとき、ピクトン行汽船が眼に入った。暗い桟橋に横づけになって、丸い金いろの灯《ひ》が南京玉《ナンキンだま》のように一つづきにつらなったピクトン行汽船は、これから冷たい海に出ていくというよりは、星々の中を進む用意をしているようであった。人々は歩み板をぞろぞろ登っていった。最初に祖母が進み、次に父、それからフェネラ。甲板におりるところに、高い階段があった。セーターを着た年とった水夫が立っていて、彼女に手をかしてくれた、かさかさの、固い手だった。三人とも乗ったわけだ、彼らはいそぎはいる人々を避けて、上甲板に通じる鉄の階段の下に立ち、お別れを言い始めた。

「さあ、お母さん、これ、あなたの荷物！」父はそう言って、もう一つの革帯をかけたソーセージ形のものをわたした。

「ありがとうよ、フランク」

「それから船室切符をちゃんともっていますね？」

「大丈夫」

「ほかの切符は？」

祖母は片手の手袋の中をさぐって、切符の先のところを見せた。

「それでよろしい」

彼の言い方はきびしく聞えた、だがフェネラがよく見守ると、父は疲れて悲しげな顔をしていた。ボー、ボ、ボーオー！　第二の汽笛がすぐ頭の上で鳴りひびいた、そして、かん高い声が、「もう、おりる人はありませんか？」とどなった。

「お父さまによろしく言ってください」父の唇がそう言うのを、フェネラは見てとった。祖母は、非常に昂《たか》ぶっている調子で答えた。「ええ、伝えますとも。さあ、行きなさい。間に合わなくなるよ。行きなさい、フランク、いいから」

「大丈夫ですよ、お母さん。まだ三分あります」驚いたことに、フェネラは父が帽子をとるのを見た。彼は祖母を両手に抱いて、自分のほうにひきよせた。「ごきげんよう、お母さん！」父がそう言うのを聞いた。

祖母は、薬指のところに穴があいている黒い布手袋の手を父の頬にあて、すすり泣くように言った、「どうか、お前も元気でいるように」

この情景は見るに堪えがたく、フェネラはあわてて背をむけ、一度、二度、涙をのみこむようにして、ゆがめた顔のまま、マストの頂の、小さな緑いろの星を見ていた。だが、またふり向かなければならなかった、父が行こうとしていたので。

「フェネラ、さよなら。おとなしくしているんだよ」彼の冷たい濡《ぬ》れた口ひげが頬にふれた。が、フェネラは父の上衣《うわぎ》の襟をとらえた。

「あたし、向うにどのくらいいるの？」彼女は心配そうにささやいた。父は彼女の顔を見ようとしなかった。そっと彼女をひきはなすと、やさしく言った、「そのことは心配しないでいいよ。そら！　手はどこかい？」何かを彼女の手に押しこんだ、「一シリングあげるよ、何か要るときのためにね」

一シリングも！　自分はきっと永久に向うへ行ってしまうのだ！　「お父さま！」とフェネラは叫んだ。だが、父は行ってしまった。彼は船を下りる人の最後だった。

水夫たちは歩み板に肩をもたせかけていた。黒いロープの大きな輪が空《くう》に飛んで、桟橋に「バサン」といって落ちた。ベルが鳴った、汽笛が鋭くひびいた。音もなく、黒い桟橋が静かに動き、すべり、少しずつ離れていった。いま、桟橋との間に水の渦があらわれた。フェネラは一生懸命で見ようと努めた。「ふり返っているのはお父さんかしら？——手をふっているのがそうかしら？——ぽつんと立っているのが？——それとも、ひとりで歩きだしているのが？」水の幅がだんだん広く、暗くなってきた。いま、ピクトン行汽船はぐるりとめぐり、沖のほうに船首をむけて、ぐんぐん進みだした。もう見たってだめだ。見えるのは、二、三の灯《ともしび》と、空にかかっている町の大時計の文字盤と、それから、丘の上に、小さな点々になっている、なおいくつかの灯だけだった。

新たに吹きだす風がフェネラのスカートを強くあおった。彼女は祖母のところへもどっていった。ほっとしたことには、祖母はもう悲しそうな顔をしていなかった。二つのソーセージ形の荷物を重ねて、祖母はその上に腰をおろしていた、両手を組みあわせ、首を少し片方にかたむけて。その顔には、何かに熱中している、輝いた表情があった。それから、唇が動いているのを見て、お祈りをしているんだな、とフェネラは察した。だが祖母は、お祈りはもうすんだのよ、とでも言うように、フェネラに向って明るくうなずいた。彼女は手をほどき、溜息《ためいき》をつくと、また組みあわせて、前のほうにかがんで、最後に体を静かにゆすった。

「さあ、フェネラや」と、彼女はボンネットの紐《ひも》の結び目に手をやりながら、「わたしたちの船室を見ておいたほうがいいね。わたしに離れないようにしておいで、足をすべらさないように」

「ハイ」

「それから、こうもり傘が階段の手すりにひっかからないように注意するんだよ。わたしがこっちへくる途中で、やはりそんなふうにして、きれいなこうもり傘がまっ二つに裂けたのを見たからね」

「ハイ」

男たちの黒い影が、手すりのところにもたれていた。彼らのパイプの火の明るみで、鼻とか、帽子のひさしとか、驚いているようなまゆ毛とかが見えた。フェネラは眼を上にむけた。ずっと高いところに、小さな人影があって、短いジャケツのポケットに両手を突っこんで、じっと海上をにらんで立っていた。船はかすかにゆれていて、彼女は星もゆれているように思った。すると、リンネルの上衣を着て、手のひらに高く盆をささげた、蒼白《あおじろ》い給仕が明るい戸口から出てきて、二人のすぐそばを過ぎていった。二人はその戸口を通った。高い、真鍮《しんちゅう》の縁をつけた踏段を用心してこえると、ゴムマットのところをふみ、それから、恐ろしく急な階段を降りていった。祖母は一段ごとに両足をそろえなければならず、フェネラはねっとりした真鍮の手すりをしっかり握って、白鳥《スワン》の首がついたこうもり傘のことなんか忘れてしまった。

その下に行きつくと、祖母は足をとめた。フェネラは祖母がまたお祈りを始めるんじゃないか、と心配した。だが、そうではなく、それはただ船室切符を取り出すためだった。二人は社交室《サルーン》に来ていた。部屋はまばゆいほど煌々《こうこう》として、息苦しかった、空気は、ペンキや焼いた骨つき肉やインディアゴムの臭《にお》いがした。祖母が先へずっと行けばよいのに、とフェネラは思ったが、この老人をいそぎたてるわけにはいかなかった。ハムサンドイッチの大きな籠《かご》を、祖母は眼にとめた。そこへ近づいて、一番上のサンドイッチにそっと指をふれた。

「サンドイッチはいくら?」祖母はきいた。

「二ペンス!」給仕が荒々しくどなって、ナイフとフォークをがちゃんとおいた。

祖母はほとんどそれが信じられなかった。

「一つ、二ペンス?」と彼女。

「そうですよ」と給仕は言って、自分の相棒に眼くばせした。

祖母は、てれた、驚愕《きょうがく》の顔をした。それから、とりすました調子でフェネラにささやいた。

「なんてまあ、悪辣《あくらつ》なんだろうねえ！」そして、奥の戸口から二人はそり身になって出ると、両側に船室のある廊下にそっていった。とてもすてきな女給仕が二人のところへやって来た。上も下も青い服で、襟と袖《そで》は大きな真鍮のボタンでとめてあった。彼女は祖母をよく知っているらしかった。

「それでは、クレーンさん」と女給仕は、部屋の洗面台を開きながら、「またこの船でお帰りになるんですね。船室をおとりになることはあまりないんでしょう」

「ええ」と祖母、「こんどは、わたしの息子の心づかいで——」

「で、あの——」と女給仕は言いだし、それからふりむいて、祖母の黒い衣裳《いしょう》、フェネラの黒い上衣とスカート、黒いブラウス、クレープの薔薇《ばら》（訳注　黒い色で喪章を意味する）がついた帽子などを、愁《うれ》わしげにじっと見た。

祖母はうなずいた。「これも神さまの御心《みこころ》ですよ」と彼女は言った。

女給仕は唇を結び、深く吸いこむ息で、その体がふくれるようだった。

「わたしがいつも言っているのは」と彼女はまるで、自分の発見であるかのように、「遅かれ早かれ、わたしたちはだれでも死ななければならないということですよ、それだけはちゃんときまっているんですわ」そこで彼女はちょっと黙った。「それで、何かおもちしましょうか、クレーンさん？　お茶でも？　寒さをしのぐものをもってきてもよろしいのですが、おすすめするのも悪いですから」

祖母は頭をふった。「いいえ、いいんですよ。わたしたちは上等なビスケットを少しもっているし、フェネラはたいへん上等のバナナをもっていますから」

「それでは、のちほどにまた参りましょう」女給仕はそう言って、ドアをしめて出ていった。

なんという小さな船室だろう！　お祖母さんといっしょに箱の中へとじこめられたようだった。洗面台の上にある暗い丸窓は、ぼんやり二人のほうに光っていた。フェネラはもの怯《お》じしていた。ドアをうしろにして、まだ荷物とこうもり傘をしっかり握ったまま、立っていた。自分たちはここで着物をぬぐのかしら？　祖母はもうボンネットを取って、その二つの紐を巻き、ボンネットをかける前に、紐をピンで帽子の裏地にとめた。彼女の白い髪は銀のように輝いた、うしろの小さな丸パンのような髷《まげ》は黒いネットでおおってあった。フェネラは、帽子をとったお祖母さんをほとんど見たことがなかった。まるで人が違うようだ。

「わたしは、お前のお母さんが編んでくれた毛のショールをつけよう」と祖母は言い、ソーセージ形の荷物の帯をといて、そのショールを取り出し、頭に巻いた。彼女がやさしく、また悲しげにフェネラを見て笑うと、ショールの端の灰色の玉かざりが、眉《まゆ》のところでゆれ始めた。それから、胸衣をぬぎ、その下のもの、またその下のものも取った。それから、ちょっとした、苦しい努力をしているらしく、祖母の顔はかすかに紅がさした。ポツン！　パチン！　コルセットをはずしたのだ。彼女は、ほっと溜息をついて、フラシ天の寝椅子《ねいす》に腰かけると、注意深くゆっくりと、深ゴム靴をぬいで、それをならべて置いた。

フェネラが上衣とスカートをとって、フランネルの部屋着をつけるまでに、祖母のほうはすっかり用意ができていた。

「靴をぬがなくちゃいけないの、おばあさん？　あたしの靴は編上げなのよ」

祖母は、いっとき、じっと考えていた。「靴をとれば、ずっと楽になるんだがね」と言った。彼女はフェネラに接吻《せっぷん》した。「お祈りを言うの忘れてはいけませんよ。神さまはね、わたしたちが陸にいるときよりも、海にいるときのほうがずっとよく守ってくださるんだよ。それから」と祖母はいきいきした調子で、「わたしは旅になれているから、上のほうの寝台にしますよ」

「でも、おばあさん、いったい、どうしてあそこへあがるの？」

フェネラには、三つの小さな、三脚台みたいな梯子《はしご》しか見えなかった。老人はクスクス笑って、身軽にそこをあがり、上の寝台ごしにびっくりしているフェネラのほうを見た。

「おばあさんがこんなことできると思わなかったろうね?」と言った。そして、うしろへ身を横たえるときに、また軽い笑い声をたてるのを、フェネラは聞いた。

茶いろの、固い、ま四角な石鹼《せっけん》は泡だちそうもなかった。また瓶《かめ》の中の水は青いジェリーのようだった。それに、この固い掛布をめくるのは、なんてやりにくいんだろう、むりやり体を押しこまなければならない。場合がまったくいまのようでないのだったら、フェネラもクスクス笑いをするところなのだが……とうとう、彼女はふとんの中に入った、まだ息をはずませながら横たわっているとき、上のほうから、ひそひそと長いささやきが聞えてきた。だれかが静かに、静かに薄紙の中をかきわけて探しものをしている、といったようなささやきだった。おばあさんがお祈りをしているのだ……

長い時間がたった。するとさっきの女給仕が入ってきた。そっと歩いて、祖母の寝台に片手をかけてよりかかった。

「いま、海峡(訳注 クック海峡)に入ったところですよ」

「まあ、そう！」

「いい晩ですよ、でも船は積荷が少なくて軽いので、ちょっとゆれるかもしれませんわ」

実際、そのとき、船はだんだん高くあがってゆき、しばらく宙にかかって一ふるえすると、こんどはまた急に下がっていった、そして、舷側《げんそく》にあたる烈《はげ》しい水の音がした。フェネラは、あの白鳥《スワン》の首がついたこうもり傘を、小さな寝椅子の上に立てかけておいたことを思い出した。倒れて落ちたら、こわれやしないかしら？　だが、同時に、祖母もそれを思い出した。

「給仕さん、すみませんが、わたしのこうもり傘を横にしておいてくださらないか？」

「かしこまりました、クレーンさん」それから女給仕は、また祖母のところへもどってきてささやいた、「お孫さんはとてもかわいらしい様子で眠っていますよ」

「それはまあ、いいあんばいだこと！」と祖母。

「かわいそうな、母親のないお子さん！」と女給仕は言った。それから祖母は、フェネラが眠りについたあとも、まだこんどの不幸について一部始終を女給仕に話していた。

だが、フェネラは眠って夢を見る間もないうちに、また眼をさますと、頭の上の空《くう》に何かが動いているのを見た。何かしら？　いったい、なんだろう？　それは小さな、灰いろの足だった。またもう一つ、あらわれた。二つの足は何かをさぐり求めているらしかった。溜息が聞えた。

「あたし、眼がさめたわ、おばあさん」とフェネラは言った。

「おや、まあ、ここ梯子じゃないかい？」と祖母はきいて、「ここが端だと思ったんだがね」

「あら、違うわ、おばあさん、それは別のところよ。あたしが足をおいてあげるわ。もう着いたの？」とフェネラ。

「港にはね」と祖母。「さあ、起きなくちゃ。前にビスケットでも食べて、体をしっかりさせておいたほうがいいよ」

だが、フェネラは寝台から跳びおりた。ランプはまだ燃えていたが、夜はあけていて寒かった。丸窓からのぞくと、遠くに岩礁《がんしょう》がみえた。その岩礁には波しぶきが飛びちり、鷗《かもめ》が一羽、そばを飛びすぎた。それから、本当の陸地が長くつづいて見えてきた。

「陸よ、おばあさん」とフェネラは、まるで何週間もずっと海にいたように、驚いて言った。彼女は自分の体を抱きしめた。片脚で立って、もう一つの脚でそれをこすった。彼女は身をふるわせていた。ああ、ここのところずっと悲しい思いをつづけてきた。これから、何か新しい変化がおこるのだろうか？　だが、祖母はただこう言っただけだった、「早くしなさいよ。あんたが食べなかったから、あのいいバナナは給仕さんにあげようね」そこでフェネラは、また黒い服を着た。ボタンが一つ、片方の手袋からちぎれて、ころころところがり、どこか取れないところへ入ってしまった。二人は甲板に出た。

だが、船室は寒いにしても、甲板の上はもっと氷のように寒かった。日はまだ昇っていなかったが、星の光はうすれて、冷たく青白い空は、冷たく青白い海と同じ色だった。陸地には、白い霧が上に下に動いていた。いま、黒い森の影もはっきりと見ることができた。こうもり傘羊歯《しだ》（訳注　オーストラリアにある一種の羊歯）の形もわかるし、まるで骸骨《がいこつ》のような、銀いろの、しおれた、見なれぬ木まで……やがて浮き桟橋も見えた、やはり青白く、箱の蓋《ふた》の上においた貝殻のようにかたまりならんでいる家々も見えた。船客たちはあちこち歩いていたが、前の晩よりはのろのろとして、みな憂鬱《ゆううつ》そうだった。

さて、いまは、浮き桟橋が彼らのほうへ近づいてきた。徐々に、それはピクトン行汽船のほうへゆらぎながら近づいた、ロープの輪をもっている男や、小さなうなだれた馬のついた馬車と、馬車のステップに腰をおろしているもう一人の男もいっしょに。

「フェネラ、ペンレディーさんが迎えに来ているよ」と祖母が言った。その声はうれしそうだった。白蠟《はくろう》のような頬は寒さで青ずみ、あごはがたがたふるえて、祖母は、眼とうす紅《あか》い小さな鼻をぬぐいつづけていた。

「持ったかい、わたしの――」

「ええ、大丈夫」フェネラはこうもり傘を祖母に示した。

ロープは空《くう》を切って飛んできて、「ピシャリ」と甲板に落ちた。歩み板が下ろされた。フェネラはまた祖母について桟橋に下り、そこを歩いて小さな馬車のところへいき、やがて馬車はがらがらと動きだした。小さな馬の蹄《ひづめ》の音は、木杭《きぐい》の上で大きく響きわたり、それから砂地の道に入ると静かに低くなった。人影は一つも見えなかった。一抹の煙さえなかった。霧は高く低くたなびき、ゆるやかに岸辺をうつ海は、まだ眠っているような響きだった。

「クレーンの旦那《だんな》さまには、昨日お目にかかりましたよ」とペンレディーが言った。「そのときはもうお元気のようでした。先週、宅の奥さまがパン菓子を一焼きつくってさしあげましたっけ」

やがて、小さな馬は、例の貝殻のような家の一つの前にとまった。二人は馬車を下りた。フェネラが門に手をかけると、ふるえている大きな露の玉が彼女の手袋のさきを濡《ぬ》らして、沁《し》みてきた。白い丸砂利の小径《こみち》を入っていくと、両側に濡れそぼち、眠っている花があった。祖母の植えたかよわそうな白石竹《しろせきちく》は露で重くなってたおれていたが、そのかんばしい匂《にお》いは、寒い朝の中にとけこんでいた。その小さな家の窓おおいはおりていた。踏段をあがって、ヴェランダへいった。古い半長靴が一足、戸口の片側にあり、もう一方の側に大きな、紅い如露《じょうろ》があった。

「まあ、しようがないね、お前のおじいさんは」と祖母は言った。彼女は把手《とって》を回した。何の音もない。「ウォルター！」と祖母は呼んだ。するとすぐに、半ばこもったようにひびく太い声が答えた、「ああ、メリーかい！」

「ちょっとお待ち」と祖母は言って、「そこからお入り」祖母はフェネラをそっと押して、小さな暗い居間に入っていった。

テーブルの上には白い猫がいて、まるでらくだのように体を丸くしていたが、おき上がって伸びをし、あくびをしてから、足先でとび上がった。フェネラは、その白い、温かな毛並の中に一方の冷たい小さな手をさし入れ、毛をなで、祖母の静かな声と祖父の大きくひびく声を聞きながら、遠慮がちに笑った。

戸がギーとあいた。「さあ、お入り」祖母が招いたので、フェネラはあとに従った。大きなベッドの片側によって、祖父が寝ていた。一束の白髪《しらが》のある頭、薔薇《ばら》いろの顔、長い銀のあごひげが掛ぶとんから出ていた。彼は、まるで非常に年老いた鳥が大きく眼をあけているようだった。

「やあ、お前！」と祖父、「接吻しておくれ！」フェネラは彼に接吻した。「ウヘッ！この子のかわいい鼻はボタンのように冷たいぞ。持っているのは何かね？　おばあさんのこうもり傘かい？」

フェネラは、また笑って、白鳥《スワン》の首の柄をベッドの枠にひっかけた。ベッドの上には、まっ黒い額に嵌《は》めた大きな格言があった。

失われたり！　六十のダイヤモンドの分《ふん》を
鏤《ちりば》めたる黄金の一時間、
いかなる償いもあらじ、
そは永久に消えたれば！

「あれはおばあさんが書いたんだよ」と祖父は言った。そして、彼は白髪をもみくしゃにして、陽気な顔つきでフェネラを見たので、彼女は、祖父が自分にウィンクしたと思ったくらいであった。

鳩《はと》氏と鳩夫人

Mr and Mrs Dove

もちろん、彼は知っていた――だれよりもよく――自分には何の可能性もないし、見込みがまったくないということを。だいいち、こういうことを考えること自体が、非常識なのだ。まったく非常識なことなのだから、かえって自分はすっかり納得がいくだろう、もし彼女の父親が――そう、彼女の父親がどういう態度に出るとしても――それで自分は納得してしまうだろう。実際、絶望の破れかぶれという気持でなければ、これがこの先いつ帰るともわからぬイギリスの最後の日となるということでもなければ、こんなことに向う勇気は出ないところだ。しかも、いまになってさえ……

彼は、箪笥《たんす》の中から蝶《ちょう》ネクタイ、青とクリームいろの市松模様のネクタイをえらんで、ベッドの横に腰かけた。彼女が、「なんて失礼なこと！」と答えたとしたら、自分は驚くだろうか？　いや、決して驚かない、と思った。ソフトカラーを上げて、それをネクタイの上に折り返しながら。彼女が何かそんなことを言うのは覚悟していた。このことをきわめて冷静に考えてみると、彼女がそれ以外のことを何か言いそうだとは、自分でも思えなかったのだ。

ここにいるおれ！　彼は鏡の前で神経質に蝶ネクタイを結び、両方の手で髪をなでつけて、短い上衣《うわぎ》のポケットの蓋《ふた》をひっぱり出した。果樹園で、一年五百ポンドないし六百ポンドの金をつくる——所もあろうに——南アのローデシアで。資本もない。少なくとも四年間は、収入が増す見込みもないのだ。容貌《ようぼう》とかそういったものにしたって、まったく自信がない。すばらしい健康を誇ることもできない、東アフリカの仕事ですっかり参ってしまい、そのため六カ月の休暇をとらなければならなかったほどだから。いまでもひどく青い——きょうの午後はいつもよりもなお悪い、と前のほうへかがんで鏡をのぞきこみながら、彼は思った。おや、これは！　どうしたんだろう？　髪はほとんどつやのある緑いろにみえた。冗談じゃない、緑の髪なんか生えているはずがない。これはちょっと考えられない。すると、緑いろの光が鏡の中でふるえた、それは外の木からくる影だった。レギーはそこを離れて、シガレットケースを取り出した、だが、母が寝室で煙草《たばこ》をすうのをひどく嫌っていることを思い出し、それをまたしまって、ぶらぶらと箪笥のほうへいった。いや、だめだ、何か一つでも自分に都合のよいことなんか、とても考えられるもんか、彼女があいう……ああ！

……彼はぴたりと止って、腕をくみ、どっかりと箪笥によりかかった。

彼女の境遇、彼女の父親の富、彼女がひとりっ子で、その近辺界隈《かいわい》でいちばん人気のある娘だという事実、そういったことにもかかわらず、その美貌と賢さにもかかわらず――賢さだって！　そんな程度をはるかにこえている、ほんとうに、彼女のできないことなんかないのだから。もし必要ならば、彼女はどんなことにも天才となることができよう、彼はほんとうにそう信じていた――両親は彼女をかわいがり、彼女も両親を愛しているので、両親はむしろいまのままにしておきたいのだという事実にもかかわらず……頭に思いつくどんなことにもかかわらず、彼の恋情はあまりにも強いので、望みをもたないわけにはいかないのだ。そう、これが望みだろうか？　それとも、彼女にかしずいて、彼女が望むものをすべて得るように、また、彼女の身辺にはただ完全なものだけがあるように努めることを、自分の仕事とする幸福をつかみたいという、この奇妙な、うちにひそむ切望――それははたして愛だろうか？　なんと深く、彼女を愛していることだろう！　彼は簞笥にぎゅっと体をおしつけて、簞笥にむかってつぶやいた――「ぼくはあの人を愛する、ぼくはあの人を愛する！」そして、その瞬間、彼女といっしょにウムタリ（訳注　南アのローデシアにある都市）におもむく途にある気持になった。夜である。彼女は片隅に眠っている。その柔らかな頰は、柔らかい襟《えり》の中にひかれて、金茶いろのまつ毛が頰に影を落としている。その繊細な、小さい鼻、形のよい唇、赤ん坊のような耳、それを半ばおおっている金茶の髪などを、自分はいとおしく眺める。汽車は、密林の中を通過している。暑くて、暗く、はるばると来た思い。それから、彼女は目をさまして、「あたし、眠っていたの?」と言う、「うん、もう元気かい?　さあ、ぼくに――」と彼は答えて、そして前のほうに体をかたむけ……彼女の上にかがむ。こういうことは、もうこれから夢みることもできない幸福なのだ。だが、それで勇気が出て、階下に駆けおりると、玄関からむぎわら帽をひったくり取って、玄関の戸をしめながら、「とにかく、運をためしてみるだけだ、それだけのこと」とひとりごとを言った。

ところが、彼の運は、ほとんどすぐに、ひかえ目に言っても、いやなものにぶつかってしまった。年とった狆《ちん》のチニーとビディーをつれて、庭の径《みち》をあちこち母が歩いていた。もちろん、レギーは母親を好いていた。彼女は――彼女は善意をもっているのだし、また非常にしっかりした性格だったし……だが、彼女は親としてはきびしいほうだということは、否定できない。それで、レギーはこれまでも、アリック伯父が死んで彼に果樹園を遺《のこ》してくれる前、寡婦《かふ》のひとり息子となることは、男にとって最悪の災いに近い、と自分で考えたこともたびたびあった。そして、もっと困ったことには、彼女は文字どおり彼が頼る唯一《ゆいいつ》のものだった。いわば、父親を兼ねた母親だったばかりでなく、彼女は、レギーが少し大きくなるまでに、親類や総督だった父の親類全部と喧嘩《けんか》してしまっていたのだ。それで、外地で星あかりの下、暗いヴェランダに坐《すわ》り、蓄音機が「恋がなくて何が人生、ねえ、あなた」ときんきん歌っているときに、家が恋しくなると、彼の思いに浮ぶのは、ただ母の姿だけだった――背が高く、でっぷりとふとって、庭の径を歩いている、そのあとにチニーとビディーがくっついて……

母はいま、鋏《はさみ》をひろげて、枯れた何かの草の頭を切ろうとしていたが、レギーの姿を見ると手をとめた。

「あんた、これから外へ出るんじゃないんでしょう、レジナルド?」彼が出ようとしているのを知りながら、そうきいた。

「夕飯には帰ってきますよ、お母さん」とレギーは上衣のポケットに、両手を突っこみながら、弱々しく言った。

パチン。草の頭は落ちた。レギーは思わず飛びあがるところだった。

「あんたはきょう最後の午後だから、せめてお母さまといっしょにいてくれてもいいのにねえ」と彼女。

沈黙。二匹の狆が眼をみはった。犬は母の言葉をなんでも理解した。ビディーは舌を出して伏した。ふとってつやつやしているので、まるで半ば溶けたタフィー（訳注 砂糖とバターで作った一種の糖菓）の一かたまりみたいにみえた。だが、チニーの陶器のような眼はレジナルドのほうにむいて曇り、全世界が一つのいやな臭《にお》いであるかのように、かすかに鼻をくんくん言わせていた。パチン、また鋏が鳴った。かわいそうに、草たちが八当りにやられている！

「それで、あんた、どこへいこうというの？」と母はきいた。

　とうとう、それで終ったが、レギーは、自分の家が見えなくなって、プロクター大佐の家に半ばくるまで、歩をゆるめなかった。そこで初めて、彼はすばらしい午後であることに気がついた。午前ちゅうはずっと雨がふっていた、晩夏の、温かく、烈《はげ》しい、すばやい雨だった。そしていまは空がはれて、ただ長い一列の小さな雲が、あひるの子がならんだように、森の上をただよっていた。少し風があって、木々から最後のしずくが落ちてきた。温かい星のような一滴が手にあたって撥《は》ねた。ポツン！　もう一滴が帽子を打った。人気《ひとけ》のない道路は輝き、生垣に茨《いばら》の匂《にお》いがした。百姓家の庭に咲くタチアオイの、なんと大きく、明るいことだろう！　さあ、プロクター大佐の家だ——もう、ここに来てしまった。手は門にかかり、肘《ひじ》はウツギの灌木《かんぼく》にふれて、花びらや花粉が上衣の袖《そで》に散りかかった。だが、ちょっと待てよ。これは少し早すぎる。彼は、もう一度ことを考え直してみるつもりだった。ここで、落ちついて。が、もう、両側に薔薇《ばら》が植えてある径を歩いていた。こんなふうにしてはいけないのだ。だが、その手はすでに鈴をつかんでいて、それをぐいと引き、大仰な音を鳴らし始めていた、まるで、この家が燃えていると知らせに来たかのように。おまけに、女中が玄関の間《ま》にいたものらしく、戸がすぐにパッとあいて、そのいまいましい鈴がまだ鳴りやまないうちに、レギーは、だれもいない応接間に入れられてしまった。奇妙なことに、鈴が鳴りやんだとき、うす暗く、グランドピアノの上にだれかのパラソルがおいてある、その大きな部屋が気をひきたてた――というよりも、彼の心をたかぶらせたのだ。そこは非常に静かだった、だが、すぐにもドアがあいて、運命は決してしまうのだ。この気持は、歯医者のところにいるときのと、よく似ていた、どうともなれといった構えだった。ところがそれと同時に、彼自身も驚いたことに、自分が「主よ、なんじは知れり、なんじはわがために多くをなさざりしなり……」と言っているのを聞いた。それで、新たに心がまえをした、このことがいかに重大であるかを、再び彼にさとらしめたのであった。だが、もう遅い。ドアの把手《とって》が回った。アンが入ってきて、二人の間のうす暗いところを横ぎって、手をさし出すと、小さな、やさしい声でこう言った――「ごめんなさいね、お父さまはお出かけなのよ。それから、お母さまは一日町へ出て、帽子あさりなのよ。きょうはせっかくなのに、あたしだけなの、レギー」

レギーは息をつめ、自分の帽子を上衣のボタンのところに押しつけ、口ごもりながらやっと言った、「実を言うと、ぼくはただ……お別れを言いに来たんです」

「まあ！」とアンは低く叫んだ――ちょっとうしろへ下がって、その灰色の眼がくるっと動いた――「なんてまあ、短いご滞在なんでしょう！」

それから、彼をじっと見て、あごをかたむけ、彼女は大きな声で笑った、長い、柔らかなひびき、それから、彼から離れてピアノのところへいって、それにもたれて、パラソルの房をいじっていた。

「ごめんなさいね」と彼女、「こんなに笑ってしまって。どうして笑うのか、あたしも自分でわからないのよ。これは、ほんとうに、悪い、く、くせね」そう言うと、突然、その灰色の靴をふみ鳴らして、白い毛のジャケットからハンカチを取り出した。「この癖、やめなければならないわ、これはあんまり馬鹿《ばか》げてるわ」

「とんでもない、アン」とレギーは叫んだ、「あなたが笑うのを聞くの、ぼく、大好きなんです！　それ以上のことは考えようたって――」

だが、本当のことは、二人とも知っていたのだ、アンはいつも笑っているとはかぎらなかった。決して癖というわけでなかった。二人が知りあってから、そのときからたった一度、レギーにはどうしても理解しかねる妙な理由で、アンが彼のことを笑ったことがあった。なんのためだったのだろう？　二人がいた場所、二人が話していたことなどには関係がなかった。できるだけ真面目《まじめ》に、まったく真面目に——とにかく、彼自身に関するかぎりは——始められそうだった。ところがそのとき、突然、言葉の途中で、アンは彼のほうを見ようとしたとき、小さい、ピクッとしたふるえが彼女の面《おもて》をかすめた。とたんに、その唇が開き、眼がくるくると動いて、笑い始めたのだ。

それについてもう一つ妙なことは、彼女自身もなぜ笑うのかわからないということを、レギーは察していたのだ。アンは向うへいって、顔をしかめ、頬をすぼめ、両手を握りあわせているのを、彼も見た。それでも、だめだった。「どうして笑うのか、自分でもわからないのよ」と彼女は言いながらも、長い、柔らかな笑い声がつづいた。これは、一つの謎《なぞ》だ……

いま、彼女はハンカチをしまった。「どうかおかけになって」とアンは言って、「あの、お煙草は？　あなたのわきにある小さな箱にありますわ。あたしも一ついただくわね」彼は、彼女にマッチをつけてやり、アンが前にかがむとき、小さな炎が彼女のはめている真珠の指輪に紅《あか》くうつるのを見た。「お発《た》ちになるのは明日なのね」とアンは言った。

「ええ、例のとおり、明日なんです」とレギーは言って、小さな煙の輪を吐いた。いったい、どうしてこう固くなるのか？　いや、固くなるという言葉は、この場合あてはまらない。

「これは——どうしても本当と思えませんん」と彼。

「ええ——そうですわね」とアンはおだやかに言った、そして、前にかがんで、煙草の先を緑いろの灰皿のふちでぐるぐる回した。ああいう様子は、なんて美しいんだろう！　もう、ただただ、美しい——そして、大きな椅子《いす》に坐って、とても小さくて、かわいい。レジナルドの胸は愛情であふれだした。だが、彼をふるわせたのは彼女の声、その柔らかな声であった。「なんだか、何年もここにいらしたような気がしますわ」と彼女が言った。

レジナルドは、煙草を深く吸いこんだ。「とてもたまらないですね、向うへ帰るのかと思うと」と彼は言った。

クウ、ルー、ク、ク、クウ、——静けさのうちに聞える声。

「でも、あちらにいらっしゃるのはお好きなんでしょう？」とアンが言った。彼女は、真珠の頸飾《くびかざ》りに手をかけた。「この間の晩、父も言ってましたわ、あなたのように自分の好きな生活ができるのはまったく仕合せというものですって」彼女は彼を見た。

レジナルドの微笑はむしろ蒼《あお》ざめていた。「ぼくはそんな仕合せとは思いませんよ」と彼は軽い口調で言った。

ルー、ク、ク、クウ——あの声がまた聞えてきた。アンはつぶやいた、「寂しいからという意味ね」

「いや、寂しいことなんか、ぼくはかまやしないんです」とレジナルドは言った、そして煙草を緑いろの灰皿の上で強くこすった。「いくら寂しくたって、ぼくは平気なんです、寂しいのが好きなくらいになっているんです。ただ、本当のところ——」突然、彼は自分が顔を赤らめていることを感じて、愕然《がくぜん》とした。

ルー、ク、ク、クウ！ ルー、ク、ク、クウ！

アンは急に立ちあがった。「行って、あたしの鳩《はと》にお別れを言ってくださいな」と彼女、「鳩はわきヴェランダに移したのよ。あなたは鳩が好きでしたわね、レギー？」

「とっても好きです」レギーの言い方にはあまりに熱がこもっていたので、彼がフランス窓をあけて、横に立って彼女を先に出すと、アンは走り出ていって、レギーのかわりに、鳩にむかって笑った。

鳩舎《きゆうしや》の床に敷いた細かい赤砂の上を、二羽の鳩が、あっちこっち行ったり来たりして歩いていた。いつでも、一羽が他の一羽の先にいた。一羽が小さな叫び声を発しながら、前へ走ると、もう一羽があとについていった、もったいぶったお辞儀をくり返しながら。「ね、ごらんなさいな」とアンは説明して、「前にいる一羽、あれは鳩夫人なの。夫人は鳩氏を見て、ちょっと笑って前へ走り、鳩氏のほうはそのあとに、おじぎをしながらついていくでしょう。それでまた、夫人が笑いだすのよ。そこで夫人が走っていき、そのあとに」とアンは大声で言った、彼女はしゃがんだ、「かわいそうな鳩氏がおじぎをしながらいくのよ……それがこの夫婦の全生活なんだわ。二人のすることといったら、それだけなのよ」彼女は立ちあがって、鳩舎の上にある袋から、黄いろい穀物をつかみ出した。「ローデシアにいらっしゃって、鳩のことを思い出すことがありましたらね、レギー、鳩はやっぱりこういうことをしているとお思いになればいいわ……」

レギー自身は、鳩を見ているという様子も、アンの言うことを聞いているという様子も、まったくあらわさなかった。その間、彼はただ、なんとかして自分の胸にあることをあからさまにして、それをアンに打明けようという、懸命な努力を意識しているだけだった。「アン、あなたはぼくのことを好きになれると思う?」とうとうやってしまった。終ってしまった。そして、そのあとに来た、ちょっとした沈黙の間に、レジナルドは、明るく陽をうけている庭、青い、ふるえている空、ヴェランダの柱の上でひるがえっている葉、また、掌《てのひら》の上でとうもろこしの粒を指でころがしているアンのしぐさを見た。それから、おもむろに彼女は手をとじた、そしてゆっくりと、「いいえ、そんなふうにはとても」と言うとともに、レジナルドの新しい世界は急に色あせてしまった。だが、彼女が足ばやに立ち去るまで、彼は何かを感じる間もなかった、彼女のあとを追って、石段をおり、庭の径をゆき、ピンクいろの薔薇のアーチをくぐり、芝生を横ぎっていった。ついに、華やかな草花を境に植えならべたところをうしろにした所で、アンはレジナルドとむきあった。「あなたのことあまり好きじゃないというわけではないのよ——そういう意味ではないのよ」と彼女は言った、「好きなのよ、でも」——彼女の眼が大きくひらいた——「違うの」——ふるえが彼女の面を過《よ》ぎった。「ひとが相手をほんとうに好きになるときのとは——」彼女の唇があいた、自分をおさえることができなかった。彼女は笑い始めた。「ほらね、こう、こうなんでしょう」と彼女は言って、「あなたの市松模様のネクタイなのよ。こんなときでも、ほんとうに真面目になろうと思うときでさえ、あなたのネクタイを見ると、よく絵などで猫がつけている蝶《ちょう》ネクタイを思い出してしまうんですもの！　ね、許してくださいね、こんな失礼なことを言って、ほんとうに！」

レギーは、彼女の小さな、温かい手をつかんだ。「あなたを許すとかなんとか、そんなことはありません」と彼は言った、「どうして、そんなことがありましょう？　それに、あなたがぼくを見てなぜ笑いたくなるか、その理由も見当がつくのです。あなたはあらゆる点でぼくよりもずっと優れているので、ぼくが何か滑稽《こっけい》にみえるのでしょう。それはわかっているんです、アン。それにしても、ぼくが万一——」

「いいえ、いいえ、そうじゃないのよ」アンは彼の手をぎゅっと握った。「それは全然違うのよ。あたし、あなたよりちっとも優れてなんかいないのよ。あなたのほうがあたしよりずっとえらいんだわ。あなたは驚くほど利己主義というものがなく……親切で純粋なのよ。あたしはそういうものを何ももたない人間なの。あなたはあたしのこと知らないんですわ。あたしはとても悪い性格なの」とアンは言った。「ちょっとあたしにしゃべらせてね。それに、これはかんじんなことじゃないの。かんじんなことは」——とここで、彼女は頭をふった——「あたしは自分が見て笑いだすような人とは、とても結婚できないと思うのよ。そのこと、おわかりでしょう。あたしが結婚する相手は——」彼女は静かにささやいた。そこで言葉がとぎれた。彼女は彼の手をひっぱって、レギーを見ながら、妙に、夢みるようにほほえんで、「あたしが結婚する相手は——」

そのとき、レギーには、一人の背の高い、美しい、利口そうな、見知らぬ男が、彼の前に入ってきて、自分と取って代るようにおもわれた――アンといっしょに、彼がよく芝居で見たような人間で、どこからともなく舞台にあらわれると、何も言わずに女主人公を両腕に抱き、長いことじっと見つめたあとで、彼女をどこかへ運び去ってしまう……

レギーは、この幻影の前に頭をたれた。「いや、ぼくにもわかります」と彼はかすれた声で言った。

「おわかりになって？」とアン。「ほんとに、おわかりになって下さるといいと思うわ。あたし、自分ではとてもつらい思いがするんですもの。どう説明したらよいかわからないのよ。あたしはこれまで一度も――」彼女は口をつぐんだ。レギーはアンを見た。彼女はほほえんでいた。「なんだかおかしいでしょう？」と言って、「あたしはあなたになんでも言えるのよ。もう初めから、ずっとそうできるのよ」

彼は笑おうとした、「ぼくはうれしいです」と言おうとした。彼女は言葉をつづけて、「あたしはこれまで、あなたほど好きな人を知らないんですの。どんな人といっしょにいたって、そんなに幸福な感じがすることはないのよ。でも、これは、愛ということを話すときに人々が意味し、また本に書いてあるような、そういうものとは違うと思うのよ。おわかりになる？　ああ、わたしがどんなにつらい思いをしているか、知ってくださったならば。けれど、あたしたちは、いまにちょうど……あの鳩氏と鳩夫人のようになってしまうでしょう」

それが止《とど》めだった。それは決定的なものと、レジナルドにはおもわれた、そして、あまりに真実なので、彼には堪えがたいくらいだった。「どうか、その先は言わないでください」と彼は言って、アンから離れると、芝生の向うを見た。園丁の小さい家があって、そのわきに黒っぽい冬青《そよご》の木があった。透きとおった煙の、濡《ぬ》れた、青い、ちょっぴりとした一かたまりが、煙突の上にただよっていた。それは現実のようでなかった。なんと喉《のど》がいたむことだろう！　話すことができるだろうか？　一発ドンと射《う》たれたのだ。「そろそろ家に帰らなければなりません」としゃがれた声で言って、芝生の上を歩き始めた。だが、アンがあとを追ってきた。「いえ、いけません。まだ帰っちゃいや」と彼女はせがむように言った。「そんな気持のままで、お帰りになってはいやよ」そして、眉《まゆ》をひそめ、唇をぐっと嚙《か》んで、彼を下からにらんだ。

「いえ、いいんですよ」とレギーは体を一ふりふりながら言った。「ぼくは……ぼくは――」それから、その先の「がまんします」という言葉をふくめて、片手を大きくふった。

「でも、これではいやですわ」とアン。彼女は両手を握りあわせて、彼の前に立った。

「あたしたちが結婚すると、どんなにみじめになるか、よくおわかりでしょう、ねえ？」

「ええ、よく、わかりました」と彼は、やつれ衰えた眼で彼女を見ながら言った。

「なんてひどい、なんて意地の悪いことでしょう。あたしのように思うことは――あたしはね、そりゃあ、鳩氏と鳩夫人の場合はそれでいいと思うのよ。けれど、これが現実におこったとしたら――想像してごらんなさい！」

「まったく、そのとおりです」とレギーは言った、そして、先へ歩きだした。だが、アンはまた彼をとめた。彼の袖《そで》をぐいとひっぱって、こんどは彼の驚いたことには、笑わないで、いま泣きだそうとする小さい女の子のような表情になった。

「それならば、ご自分でおわかりになったならば、なぜそんなに、み、みじめな様子をなさるの？」と彼女は泣くように言った。「なぜそんなに、深く沈んでいらっしゃるの？　なぜそんなに、暗いお顔をするの？」

レギーはぐっと感情をのみこんで、また何かを遠ざけるように手をふった。「どうにも仕方がないんです」と彼は言った、「ぼくは大きな打撃をうけたんですから。いま、ここで縁切りにしたら、ぼくもなんとか――」

「ここで縁切りなんて、いうこと、どうしておっしゃるの？」アンは冷笑するように言った。彼女は、レギーにむかって、足をふみ鳴らした。顔に朱をみなぎらせた。「どうして、そんなひどいことができるの？　あたしは、あなたが結婚の申込みをなさる前と同じように、楽しい気持にもどったことがはっきりわからなければ、おかえしいたしませんよ。このことはちゃんと承知なさってね、とても簡単なことじゃないの」

だが、レジナルドにとっては、簡単なことには思われなかった。これは、まったくむずかしいことのようだった。

「たとえあなたと結婚しなくとも、あなたがずっと遠いところにいらっしゃって、手紙を書く相手はただあのように大変なお母さまだけで、みじめな思いをすること、それもみんなあたしが悪いからだと知って、そのままにしていられるとお思いになる？」

「あなたが悪いわけではないんです。そんなふうに思わないでください。これはすべて運命なんです」レギーはアンの手を袖からはなすと、それに接吻《せっぷん》した。「ぼくをあわれまないでください、大好きなアン」彼はやさしく言った。そして、こんどは走るように歩いていった、ピンクいろの薔薇《ばら》のアーチをくぐり、庭の径《みち》をたどって。

ルー、ク、ク、クウ！　ルー、ク、ク、クウ！　あの啼《な》き声がヴェランダから聞えてきた。「レギー、レギー」と庭からの声。

彼は足をとめた、ひき返した。だが、彼のおどおどと当惑した顔を見ると、彼女は、小さな笑い声をたてた。

「もどってらっしゃい、鳩氏」とアンは言った。そして、レジナルドは、のろのろと芝生をもどっていった。

見知らぬ者

The Stranger

栈橋の上にいる小さな一団の人々には、その船はもう二度と動くことはないようにみえた。灰いろのうねりゆれる水の上に、巨大な体をじっと横たえたまま、その上に煙の輪がただよい、おびただしい鷗《かもめ》の群れが啼《な》きながら、艫《とも》のほうから落されるコック部屋の食物の屑《くず》を追って、急に舞いおりたりした。小さい男女の一組が歩いているのが見えた——灰色のしわがよったテーブル掛の上の皿を、あっちこっち歩いている、小さな蠅《はえ》みたいだ。ほかの蠅たちは、皿のふちのところにかたまりむらがっていた。また、下甲板の上に、白く光るものがあった——コックのエプロンか、それとも女給仕の姿であろう。さらに、一匹のとても小さな蜘蛛《くも》が、船橋《ブリッジ》へつづく梯子《はしご》をすばやく登っていた。

一群の人の前には、たくましい顔つきの中年の男——立派な服装で、グレーの外套《がいとう》を温かそうにまとい、グレーの絹のマフラー、厚い手袋、黒っぽいフェルトの帽子という身なり——が、たたんだこうもり傘をふりながら、行ったり来たりしていた。彼は、栈橋の上にいる小さな一団の指導者であり、また同時に、彼らをよせ集めておくという役も持っているようだった。どうやら、羊番の犬と羊飼いの間といった役どころだった。

だが、なんという間抜け――望遠鏡をもってこなかったのは、なんという間抜けなことだろう！　しかも、こんなに大勢いるなかで、だれ一人望遠鏡をもった者はなかった。

「スコットさん、われわれのうちで、だれも望遠鏡のことを思いつかなかったなんて、妙なことですね。眼鏡があれば、船の上の連中をちっとばかり煽《あお》ることができたんですがね。こちらからちょっと信号を送ることもできるんですよ。『タダチニ上陸セヨ、土人ハ危害ヲ加エル恐レナシ』とか、『歓《よろこ》ビ迎エン、スベテヲユルス』とかね。どうですか、ええ？」

ハモンド氏のすばやくて熱をおびた眼は、神経質ながら好意にみち、信頼をあらわして、桟橋にいるすべての人をうけ入れ、船にかける歩み板によりかかっているあの仲仕たちをも引きこんでしまった。彼らのだれも彼もが、ハモンド夫人があの船に乗っているということを知っていた、そして非常に興奮しているので、彼の頭では、このすばらしい事実が彼らにも何かの意味をもっているとしか、どうしても考えられなかった。それで、彼らにたいしても親しみがわくのだった。彼らもやはり立派な人々なのだ——歩み板のそばにいるあの仲仕たちだって、しっかりした、いい連中なのだ、と思った。彼らの胸はなんというたくましさだろう——まったく! そう思って、自分の胸を四角に張って、厚い手袋をはめた手をポケットに突っこみ、かかとと足先を交互に上げて体をゆすった。

「ええ、わたしの家内は十カ月間ヨーロッパにいっていたんです。昨年結婚した長女のところをたずねたので。行くときは、このクローフォードまで、わたしが送ってきたので、それで、ここまで迎えにきたほうがいいと思ったんです。ええ、そうなんです、ええ」その賢そうな眼をまた細めて、気づかわしげに、ちらりと、動かない定期船の様子をうかがった。そしてまた、外套のボタンをはずした。うすい、黄いろい懐中時計がまた取り出されて、二十回目——五十回目——いや、百回目の時間計算をやるのだった。

「そうですな。検疫《けんえき》のランチが出ていったときは、二時十五分でしたね。二時十五分と。いまは正確に四時二十八分すぎですから、そうすると、医者がいってから二時間と十三分。二時間十三分ですよ! ヒューーウーッ!」と彼は半ば口笛をまじえた、妙な音を出して、また時計をパチンととじた。「しかし、もし何か変ったことがあったとすれば、こちらに知らせてくれるはずだと思いますがね——どうでしょう、ゲーヴンさん？」

「ええ、そうですとも、ハモンドさん！　何か——何か心配するようなことはないと思いますね」とゲーヴン氏は、パイプを靴のかかとで叩《たた》きながら言った。「それと同時に——」

「そりゃあ、そうです！　そうですよ！」とハモンド氏は大きな声で言った。「まったくいらいらさせるな」彼は足ばやに行ったり来たりして、またスコット氏夫妻とゲーヴン氏の間の自分の場所にもどった。「もうだんだん暗くなりかかっているのに」と言って、彼は、夕闇《ゆうやみ》のほうだって遠慮して少し寄りつかないでくれたらよさそうなもんだとばかり、たたんだこうもり傘をふった。だが、夕闇は徐々にやって来て、水の上にゆっくりとできる染《し》みのようにひろがった。小さいジーン・スコットは母親の手をひっぱった。

「ママ、あたし、お茶のみたい」と少女は鼻をならした。

「そうでしょうよ、むりもない」とハモンド氏、「ここにいるご婦人方はみな、お茶を飲みたいでしょうよ」そして彼の思いやりのある、きらりとした、あわれみ深いとも見られる眼は、またも彼ら全部を引きこむのであった。妻のジェーニーはあの船の社交室《サルーン》で最後のお茶でも飲んでいるのかな、と彼は思った。そうであればいい、だが、そうではないだろうと思った。彼女の例の調子では、甲板にいたきりで動かないかもしれない。その場合には、おそらく、甲板給仕が彼女のところへお茶を運んでくるだろう。もしそこにいっしょにいるのなら、自分がもっていくことだろう——なんとかして。すると、ちょっとの間、自分がいっしょに甲板にいることを想像した、彼女のそばに立ち、いつもの癖で、あの小さい手で碗《カップ》をかかえるようにして、船の上の最後のお茶を飲んでいるしぐさをじっと見ている……だが、すぐにまた現実のこの場所にもどって、あのいまいましい船長のやつ、いつまで船を沖にとめているつもりかと思った。彼はまたぐるりと回って、あっちこっち行ったり来たりした。馬車のたまり場まで歩いて、自分の馭者《ぎよしや》が、まだちゃんといることを確かめたりした。またぐるりと回って、バナナの大籠《おおかご》をおく場所にかたまっている、小さな群れのところへ帰ってきた。少女ジーン・スコットは、まだお茶が飲みたいと言っていた。かわいそうに！チョコレートの一きれでも持ちあわせていればよかったのに、と思った。

「ほら、ジーン！ 高いところへあげてやろうか？」と彼は言った。静かに、やすやすと少女を抱き上げて、高い樽《たる》の上にのせた。ジーンをかかえて、しっかり支える動作は、彼の気持をふしぎなほど楽にし、心をまぎらすのであった。

「つかまっといで」と片手を少女の体にあてたまま、彼は言った。

「まあ、ハモンドさん、ジーンのことかまわないでいいんですのよ」とスコット夫人。

「いや、いいんですよ、奥さん。なんでもないんですから。面白いんですよ。ジーンはわたしと仲よしだね、ええ、ジーン？」

「仲よしよ、ハモンドのおじさん」とジーンは言って、その指を彼のフェルトの帽子のくぼみに入れた。

だが、突然、彼女はハモンド氏の耳をつかんで、大きな金きり声をあげた。

「あら、ハモンドのおじさん！　船がうごいている！　ほら、こっちへ入ってくる！」

本当だ！　船は動いていた。やっとのことで！　船はゆるゆると回転していた。鐘の音が海上の四辺にひびき、蒸気が大きく空中にふき出た。鷗の群れが飛び立った、白紙の断片が散るようにパタパタ飛び去った。そして、あの太い、ド、ド、ドッという響きは、船の機関の音か自分の心臓の鼓動か、ハモンド氏は区別がつかなかった。どちらにしろ、これに堪えるように元気を出さなければならない。そのとき、港務部長の年とったジョンソン氏が、革鞄《かわかばん》をかかえて、桟橋を大またでやって来た。

「ジーンはいいですよ」とスコット氏が言った、「わたしが支えますから」ちょうどいい時だった。ハモンド氏はジーンのことを忘れていたのだ。彼は飛び出していって、ジョンソン港務部長に挨拶《あいさつ》した。

「やあ、港務部長さん」熱のある、神経質な声がまた大きくひびいた、「とうとう、わたしどもに憐憫《れんびん》をもよおしましたね」

「わしのせいじゃないですよ」とジョンソン氏は、定期船をじっと見ながら、息ぎれした声で言った。「奥さんが船に乗っていられるんですね」

「ええ、そうなんですよ！」とハモンドは港務部長のわきに立った。「ハモンド夫人があそこに乗っているんです。おうい！　もうすぐだぞう！」

　船内電話がリンリン鳴り、スクリューの音を大きくあたりにひびかせて、大きな定期船は、彼らのほうに向ってきた、まっ黒い水を鋭く切り進み、大きな白い削り屑のような波を両側にうねりなびかせながら。ハモンドと港務部長はほかの人々の前に立った。ハモンドは帽子をとった、彼は上下の甲板を隅々まで探し求めた、甲板は乗客の群れでいっぱいだった。彼は帽子をふり、水をへだてて、「おうい！」という大きな奇声をはりあげ、それからふりむいて、大声で笑い、ジョンソン氏に何か――いや、意味のないことを――言った。

「奥さんが見えましたか？」と港務部長はきいた。

「いや、まだですよ。まあ、落ちついて、少し待ちましょう！」すると、ふいに、二人の大きな間抜けな奴《やつ》の間に——「あそこ、退《ど》けばいいのに！」と彼はこうもり傘をふった——一つの手があがるのを見た——ハンカチをふっている白い手袋。もうちょっと、ああ、ありがたい、たしかに！　あそこにいる。ジェーニーがいる。ハモンド夫人がいる、そうだ、たしかに、そうだ——手すりのそばに立って、笑いながらうなずいて、ハンカチをふっている。

「そうだ、あれは一等船室だ——すてきだ——よし、よし、よし！」彼は自信をもって足を鳴らした。そしてすばやく、葉巻入れをひき出して、ジョンソン氏にさし出した。「葉巻をどうぞ！　なかなかいいものですよ。二つほどおとりください！　さあ」——彼は葉巻入れごと全部、港務部長に押しつけた——「わたしはホテルに二箱持っているんですから」

「どうもありがとう、ハモンドさん！」とジョンソン氏はかすれ声で言った。

ハモンドは葉巻入れをもとのところへねじこんだ。彼の手はふるえていたが、再び自分を取りもどした。いま、ジェーニーに面と向うことができる。あそこに、彼女がいる、手すりによりかかって、ほかの婦人に話しかけながら、同時に彼を待って、こちらを見ている。水のへだたりがせばまるにつれて、彼の眼にうつる妻は、あの巨《おお》きな船の上で、なんと小さく見えることだろう。胸にぐっとこみあげるもので、ほとんど叫び出しそうになった。はるばると旅して、ひとりで帰ってきて、なんと小さく見えることか！　だが、彼女らしい、いかにも彼女らしい。彼女は勇気をもっているのだ、つまり――いま、乗組員たちが前へ出てきて、船客の群れを分けた、彼らは、歩み板をかけるために手すりをおろしていた。

岸のほうの声と船の上の声とが、たがいに挨拶を言いかわした。

「変りなかった？」

「ああ、無事だよ」

「お母さんはどう？」

「ずっとよくなっている」

「おや、ジーン！」

「エミリーおばちゃま！」

「船はどうだった？」

「すばらしかったわ」

「もうじきだよ！」

「もうすぐね」

機関がとまった。徐々に、船は桟橋の横に近づいた。

「そこあけろ——どいて——どいて！」そして、桟橋人夫が重い歩み板をすばやくさっと立てかけた。ハモンドはジェーニーに、そこにいるように合図した。老港務部長は、前へ進んだ、そのあとに彼は従った。「婦人を先に」とかなんとかいった下らないことは、彼の頭にうかんでこなかった。

「どうぞお先に、港務部長さん！」彼は愛想よく言った。そして、ジョンソン氏のすぐうしろから、歩み板をのぼって甲板にいくと、一直線にジェーニーのところへ行き、ジェーニーを両手でしっかりと抱いた。

「さあ、さあ、さあ、よし、よし！　とうとう、いっしょになった！」彼は口ごもった。彼はただそれだけしか言えなかった。それから、ジェーニーの顔が腕の中からあらわれて、その落ちついた、小さな声——彼にとってはこの世で唯一《ゆいいつ》の声——が言った。

「あなた、長いことお待ちになっていたんでしょう？」

いや、長くもない。いずれにしろ、そんなことは問題ではない。いまはもうすんじゃったのだ。ただ大事なことは、桟橋のはずれに馬車を待たせてあるということ。彼女はすぐに船をおりる用意ができているのだろうか？　荷物はちゃんとまとめてあるのかしら？　そうならば、船室荷物だけをもってさっさと立ち去って、あとの物は明日まで放っておけばよい。彼は上からかがみ、彼女はいつもの半ば笑いかける顔で見あげた。やっぱり同じだ。ちっとも変っていない。彼女は小さな手を彼の胸にかけた。「子供たちはどう、ジョン？」彼女がきいた。

（子供なんかどうでもいいではないか！）「とても元気だよ。いままでにないくらい元気だ」

「子供たちはあたしに手紙ことづけなかった？」

「ことづけたとも――もちろん！　きみがあとでゆっくり読むように、ホテルへおいてきたよ」

「あたしたち、そういそいで行けないのよ。お別れを言わなければならない人がたくさんあるし――それから船長にも会いますから」彼ががっかりした顔をしていると、彼女は彼の腕を、わかっていますわ、と言うようにちょっと力を入れて握った。「船長さんが船橋《ブリッジ》からおりてきたら、たいへんご厄介になりましたって、お礼を言ってちょうだいね」とにかく、彼女はつかまえてあるのだ。もしあと十分間の余裕を与えてくれというのなら――彼がそれに仕方なく同意すると、彼女はたちまち人々に取りまかれた。一等船客の全部が、彼女にさよならを言いたい様子のようだった。

「さようなら、ハモンドさん！　あの、この次シドニーにおいでのときは、きっとおよりくださいよ」

「ハモンドさん、忘れずにお手紙下さいね、いい？」

「それでは、ハモンド夫人、あなたがいらっしゃらなかったら、この船はどんなにつまらなかったでしょう！」

　彼女が船中でたいへんな人気者だったということは、明瞭《めいりよう》であった。そして彼女はすべてをうけ入れていたのだ――いつものように。まったく落ちつきはらって。いつもの小さな体――上から下まで、いつものジェーニーだ、ヴェールをうしろへやって立っているところは。ハモンドはこれまで妻が身につけているものを注意して見たことはなかった。彼女が何を着てようと、彼には同じだったのだ。だが、きょうははっきりと眼にとめた――彼女は黒い「コスチューム」（女たちはこうよぶのではなかろうか？）で、白いひだ飾り、つけ飾り《トリミング》（と彼は思った）が頸《くび》と袖《そで》のところについていた。この間ずっと、ジェーニーは彼をひきまわしていた。

「あの、ジョン！」それから、「ご紹介申し上げますが――」

　ついに二人は脱《のが》れることができた、彼女は先に立って自分の一等船室へいった。彼女がよく知っている廊下――それは彼にとってはまったく未知のところであった――彼女をジェーニーについていくこと、彼女のうしろから緑いろのカーテンを分けて、彼女の今まで占めていた船室に足をふみ入れることは、なんとも言いがたい幸福感を起させた。ところが――なんといまいましいことだ！――女給仕がいて、床の上で毛布に革帯をかけているところだった。

「あれが最後のですよ、ハモンドさま」と女給仕は立って、袖をおろしながら、言った。

彼はまた紹介された、それからジェーニーと女給仕は廊下に出ていった。ひそひそと話しあう声を聞いた。ジェーニーはチップのことをすませているのだろう、と想像した。縞模様《しまもよう》のソファに腰をおろして、帽子をとった。そこには、彼女がいっしょにもち歩いた毛布類があった。それは新しいもののようにきれいだった。荷物はすべて、新鮮で申し分なかった。ラベルには、彼女の美しい、小さく、はっきりした字で、「ミセズ・ジョン・ハモンド」と書いてあった。

「ミセズ・ジョン・ハモンドか！」彼は満足の長い吐息をついて、腕をくんで、うしろへよりかかった。緊張は終った。彼はそこで、ほっとした安堵《あんど》――あの、心をさんざんにさいなんだ焦燥からやっと脱れた安堵の溜息《ためいき》を、永久にしていることができるようにもおもわれた。危険は去ったのだ。いまはそういう気持だった。二人はもう大丈夫だ。だが、そのとき、ジェーニーが隅のところに顔を出した。

ますわ」

「あなた——すみませんけれど、あたし、ちょっといって、船医《ドクター》にお別れを言ってき

ハモンドは急に立ちあがった。「いっしょに行こう」

「いえ、いいのよ!」と彼女、「かまわないで。ご面倒かけたくないわ。ほんの一分ばかりなんですから」

そして、彼が返事をする間もなく、彼女はいってしまった。彼はあとを追いかけてみようとも思ったが、やめて、また腰をおろした。

ほんとうに、彼女はすぐ帰ってくるだろうか? いったい、いま何時だろう? 時計を出した、が何も眼に入らなかった。ジェーニーの様子が少しおかしいではないか? 給仕をやって、さよならを代りに言わせることもできように、なぜそうしないのだろう? なぜ、自分でわざわざ船医のところへ出かけなければならないのだろう? 何か急を要することがあったとしても、ホテルからことづけを送ることもできるのに。急を要する? それは——もしや——航海中、彼女が病気をしたということなのか? 何か隠しているのか? そうだ! 彼は帽子をつかんだ。船医という男を見つけて、そいつの口から是が非でもほんとうのことを言わしてやろうと、立ちかけた。そのとき、何か気がついたことがあるように思った。彼女は、ちょっと冷静すぎ

る——あまり落ちつきすぎている。最初のときから——

カーテンに音がした。ジェーニーがもどってきた。彼はパッと立ちあがった。

「ジェーニー、きみはこの航海中病気になったのかい？ そうなんだろう！」

「病気に？」その明るい、小さな声は彼をからかうようだった。彼女は毛布の包みをまたいで、そばに近より、彼の胸にふれて、見あげた。

「あなた」と彼女は言って、「あたしをびっくりさせないで。もちろん、病気などしなかったわ！ どうして、そんなふうにお思いになるの？ どこか悪いようにみえる？」

だが、ハモンドは、彼女を見なかった。彼はただ、彼女が自分を見ており、気にかけることは何もない、と感じるだけだった。彼女はここで、いろいろ片づける仕事があるのだ。それでいい。すべてそれでよし。

彼女が手で柔らかに押すしぐさは、あまりに平静なので、彼はその手に自分の手を重ねておさえた。すると彼女が言った——

「じっとしていて。あなたのお顔、見たいわ。まだよく見ないんですもの。おひげをとてもきれいに刈りこんだのね、なんだか——お若くなったみたい、たしかに、少しやせたわ！ やもめ暮しが合うのね」

「やもめ暮しが合うって！」彼は愛に渇えた呻《うめ》きのような声で言うと、彼女をまた強く抱きしめた。するとまた、いつもと同じように決して自分のもの——どうしても、自分のものとなることのない何かを、かかえているような気がしてきた。あまりに繊細で、あまりに貴重で、一度手放したら、飛んでいってしまうようなものを。

「さあ、お願いだから、早く二人だけになるように、ホテルへいこう」そして彼は、だれかに荷物のことをよく頼んでおこうと、強くベルを鳴らした。

⁂

二人が桟橋を歩いていくとき、彼女は彼の腕をとった。彼はまた彼女を自分の腕によりかからせたのだ。そして、ひとりのときとの違いといったら、馬車もジェーニーのあとから乗るし、赤と黄の縞の膝掛《ひざかけ》を二人のまわりにかけたり、お茶も飲んでいないのだからいそいでくれと馭者《ぎよしや》に言ったりすることだ。お茶を飲まないですませたり、自分でお茶をついで飲んだりすることも、もうしないでいい。彼女が帰ってきたのだ。彼女のほうにむいて、その手を握りしめて、彼女にしか用いない「特別の」言い方で、彼はやさしく、からかうように言った。「うちへ帰ってきてうれしいかい、ええ？」彼女はほほえんだ、何もそれに答えることはしなかったが、明るい街にさしかかったとき、そっと彼の手をひっぱった。

「ホテルで一番いい部屋をとってあるんだよ」と彼は言った。「ほかの人に邪魔されるのはいやだからね。それから、寒いといけないと思って煖炉《だんろ》に少し火をたくように女中に頼んでおいた。女中はよく気のつく、いい娘だよ。どうせここへ来たんだから、明日すぐうちへ帰ることもないと思ってね、一日方々歩いて、あさっての朝発《た》てばいい。きみはどうかい？　べつにいそぐこともないだろう？　子供たちだって、もうすぐ会えるんだし……一日の見物は、長旅のあとでいい息ぬきになると思ったんだよ――どうだい、ジェーニー？」

「あさっての切符をお買いになったの？」と彼女がきいた。

「まあ買ったことは買ったんだがね」彼は外套《がいとう》のボタンをはずして、ふくらんだ紙入れを取り出した。「ここにある！　ソールズベリー行の一等車を買ったんだ。ほら――『ジョン・ハモンド夫妻』とね。二人だけでのんびりすることができようと思ったから、他人が入りこんでくるのはいやだろう？　それとも、きみがもっとここにいたいと思うなら――」

「いいえ、いいえ！」ジェーニーは口ばやに言って、「ぜったいにそんな！　それではあさってね。そして子供たちは――」

だが、彼らはホテルに着いていた。ホテルの支配人は、燈《あか》りの明るく輝いている広いポーチに立っていたが、二人を迎えにおりてきた。ポーターが玄関から荷物をとりに走り出た。

「やあ、アーノルドさん、とうとう家内が帰ってきましたよ」

支配人は、みずから案内して玄関の間《ま》を通り、エレベーターのベルをおした。ハモンドは、自分の商売の仲間が小さなテーブルの前で夕食前に一杯飲んでいるのを知っていた。だが、わざわざ彼らの邪魔をしたくなかった、右も左も見ようとしなかった。彼らはどのようにも考えればいい。お察しがつかないのなら、そういう奴《やつ》は馬鹿《ばか》なのだ――それからエレベーターから出て、彼らの部屋のドアの鍵《かぎ》をあけ、ジェーニーを中へ入れた。ドアがとじた。さあ、とうとう、二人だけになったのだ。彼は燈りをつけた。カーテンをひいた、煖炉の火が燃えた。帽子を大きなベッドへ放り出して、彼女のほうへ行った。

ところが――なんということだ！　また、そこへ邪魔が入った。こんどは荷物をもってきたポーターだった。ポーターは、二回往復して、その間ドアをあけたままにし、ゆっくりゆっくりと、廊下をいくにも小さな口笛をふいていた。ハモンドは、部屋を行ったり来たりし、手袋をぬぎ、マフラーをぬぎすてた。最後に、外套をベッドの横に投げかけた。

とうとう、間抜けのポーターは行った。ドアがカチャリといった。こんどこそ、二人だけだ。

「きみをぼくのひとり占めにすることはもうできないような気がするよ。いまいましい連中だ！　ジェーニー」と彼は言った。そして興奮した、熱のこもった眼を、じっと彼女にむけた。「晩飯はここで食べよう。食堂へおりていけば、ほかの人の邪魔が入るし、それに音楽がひどくやかましいからね」（昨夜はあんなに賞《ほ》めちぎって、あんなに喝采《かっさい》した音楽なのに！）「おたがいの話がよく聞けないよ。ここへ何かもって来てもらって、煖炉の前で食べよう。お茶にはもう時間が遅すぎるね。ちょっとした夕食を頼もうか？　どうだい？」

「そうしてくださいな！」とジェーニー、「それであなたがいないうちに――あの、子供たちの手紙を――」

「ああ、そりゃあ、あとでもいいさ！」とハモンド。

「でも、それまでに片づけられるでしょう」とジェーニーが言った。「それに、あたし、まずゆっくりして――」

「いや、ぼくは下へいかなくてもいいんだよ！」とハモンドが説明した。「ちょっと電話で注文すればいい……ぼくに部屋を出てもらいたいんじゃないだろうね？」

ジェーニーは、首をふって微笑した。

「だが、きみは何か別なことを考えているよ」とハモンド、「それは何かね？　ここへ来て坐《すわ》りたまえ——ここへ来て、煖炉の火の前でぼくの膝の上におかけ」

「ちょっと帽子をとるわ」とジェーニーは言って、化粧台のところへいった。「あら！」彼女は小さな叫びをもらした。

「どうした？」

「なんでもないのよ。子供たちの手紙を見つけたの。いいわ！　これはあとでもいいんだから。いそぐことないわね！」彼女はそれをとって、彼のほうへむいた。それを彼女のひだ飾りのあるブラウスにしまった。それから、口ばやに、はしゃいだ声で、

「まあ、この化粧台はあなたそのままよ！」

「なぜ？　それがどうなんだい？」とハモンド。

「もしこれがあの世にただよい浮んでいたとしても、あたしは『ジョン！』と言うわよ」とジェーニーは笑って、ヘアトニックの大きな罎《びん》や、オードコロンの柳枝細工でおおった罎や、二本のヘアブラッシや、一ダースをひとまとめにして紅《あか》いテープで結んだ新しいカラーをじっと見ていた。「これがお荷物の全部なの？」

「ぼくの荷物なんかどうでもいいよ！」とハモンドは言ったが、同時にジェーニーにからかわれるのはうれしかった。「話をしよう。かんじんのことに移ろうじゃないか。いいかい」ジェーニーが膝にのると、彼はうしろへ下がって、深いぶかっこうな椅子《いす》に彼女を引き入れた——

「ジェーニー、きみはうちへ帰って、ほんとうにうれしいと思っているのかい、言ってごらん」

「ええ、そうよ、うれしいわ」彼女は言った。

だが、彼女を抱いたとき、彼はジェーニーが飛び去っていくように感じた、それで彼にはわからなかった——彼女がはたして自分と同じようにうれしいかということは、どうしてもはっきりわからないのだった。どうして、わからないのだろう？　いまにわかるだろうか？　いつもこのように、とにかくジェーニーを自分のものに近いものにして、彼女に脱れ去る余地がないようにしたいという切望——飢えのような苦しい疼《うず》きをもちつづけるのだろうか？　彼は、あらゆる人間、あらゆる物を抹消したかった。いまは電燈《でんとう》も消してしまいたかった。そうすれば、彼女をもっと近くにひきよせることができよう。それなのに、子供たちの手紙が彼女のブラウスの中で、ガサガサ音をたてた。それを火の中に投げ入れてしまいたかった。

「ジェーニー」と彼はささやいた。

「なあに?」彼女は彼の胸によりかかった、だが、あまりに軽く、遠くへだたった感じだった。二人のする息はいっしょに高まり、いっしょに下がった。

「ジェーニー!」

「なんですの?」

「ぼくのほうをおむき」彼はささやいた。徐々とした、深い赤みが彼の顔にひろがってきた。「キスしておくれ、ジェーニー! ぼくにキスしておくれ!」

そのとき、ほんのちょっとした間があったようだった――だが、彼にとっては、苦しみを感じるほど長かった――それから、彼女の唇がしっかりと、また軽く、彼の唇にふれて――いつもするキスと同じように、あたかもキスが(いったい、なんと形容したらいいだろう?)二人の言っていることを確証するかのように、契約に署名するかのように、彼の唇を押したのであった。しかし、それは彼の欲するものではなかった。渇え求めているものとはまったく違っていた。彼は、急にひどく疲れを感じた。「もし、きみがわかればね」と彼は眼をひらきながら言った、「どんな思いをしてたか――きょう待っていたときに。船はもう入ってこないんだろうと思ったよ。あの波止場で、ぼくたちはぶらぶらして待っていたのさ。なんであんなに遅れたんだい?」

彼女は返事をしなかった。顔をそらして、煖炉の火を見ていた。炎は急に立ちゆらいで――石炭の上にゆらぎ、チラチラと燃えて、それから弱まった。

「眠っているんじゃない?」ハモンドはそう言って、彼女を上下にゆすった。

「いいえ」と彼女は言った。それから、「そんなことしないで。眠っているんじゃないの、考えているのよ。本当のことを言うと」と彼女、「ゆうべ船客の一人が死んだのよ――男のひとなの。それで、あたしたち立往生していたのよ。その死んだ人を陸に持ってきたの――海で水葬にはしなかったのよ。そこで、もちろん、船のお医者さんも、港のお医者さんも――」

「なんだって?」ハモンドは不愉快そうにきいた。彼は死ということを聞くのが、いやだった。そういうことが起ったということがいやだった。それは、何か奇妙に、自分とジェーニーがホテルへくる途中で、葬式にぶつかったような気持がした。

「あの、それは伝染病といったものじゃ決してないんですよ!」とジェーニーは言った。ほとんど息づかいにも近いような、とても低い声で話していた。「心臓病だったのよ」沈黙、「かわいそうに!」と彼女は言った。「まだとても若いのに」そして、煖炉の火がチラッと燃え、またやむのをじっと見ていた。「その人はあたしの腕のなかで死んだの」とジェーニーは言った。

その衝撃はあまりに突然のことだったので、彼は自分が気を失うのかと思った。彼は動くこともできなかった、呼吸もできなかった。自分の力がすべて流れ出して——大きな暗い色の椅子に流れこみ、その大きな椅子が彼をしっかりとおさえ、捉《とら》えてはなさず、それにむりやり堪えさせているように感じた。

「なんだって？」彼は重苦しく言った。「いま言っているのは、なんのことだい？」

「臨終はとてもおだやかでしたわ」と小さな声が言った。「あの人は最後に」——ここで彼女がやさしく手をあげるのを、ハモンドは見た——「息といっしょに生命《いのち》を吐き出したようでしたわ」そこで、彼女の手がおりた。

「だれか——ほかにいたのかい？」ハモンドはやっとのことできいた。

「だあれも。あたしだけ、いっしょにいたの」

ああ、なんということだ、なんということを、この女は言うのだ！　なんということを、おれに仕掛けているのだ！　これは、おれを殺すものだ！　しかも、その間彼女はなおも語りつづけた——

「あたしは様子がおかしいのを見て、給仕に船医《ドクター》を迎えにやったの、でも、船医は間に合わなかったのよ。もう、どんなにしても手のほどこしようがなかったんですもの」

「だが、なんだってきみが――なんだってきみが？」と、ハモンドは呻《うめ》くように言った。

それを聞くと、ジェーニーは、急にこっちをむいて、すばやく彼の顔を見てとった。「あなたはお聞きにならなくてもいいでしょう？」と彼女はきいた。「いいでしょう――それは、あなたにもあたしにも関係がないことなのよ」

どうにかして、彼はやっと微笑のような表情をつくって彼女を見た。やっと口ごもりながら言った――「いや――先を――話してくれ――話してくれ！　話してもらいたいんだ」

「だって、ジョン――」

「話してくれ、ジェーニー！」

「話すこと何もないのよ」と彼女は考えこみながら言った。「その人は一等船客の一人だったの……船にのったときに、病気が非常に重いことをあたしは見ていたの……でも、昨日までは、とてもよくなっているような様子だったの。午後になってひどい発作がおこったのよ――興奮――港につくので神経が立ったんだろうと思うわ。そのあと、もう立ち直らなかったんですよ」

「それにしても、なぜ女給仕が――」

「まあ——女給仕ですって！」とジェーニー、「そうしたら、あの人はどんなに思ったことでしょう？　それに……あの人は言い置きをしようと思ったかもしれないですし……何か——？」

「言い置きはしなかった？」ハモンドはつぶやいた、「何か言わなかったのかい？」

「いいえ、一言《ひとこと》も！」彼女は頭を静かにふった。「あたしがいっしょについている間ずっと、もうとても弱っていて……とても弱ってしまって、指一つ動かすこともできなかったのよ……」

ジェーニーは口をつぐんだ。だが、彼女の軽い、静かな、冷たい言葉は空気にただよい、彼の胸へ、雪のように落ちこんでくるようにおもわれた。

煖炉《だんろ》の火は紅くなっていた。火はいま、かさという音とともにくずれて、部屋は冷えてきた。寒さは彼の腕にしのびよった。部屋は大きく、ひろびろとして、燈りが煌々《こうこう》としていた。それが彼の世界のすべてであった。そこには大きな、無表情のベッドがあり、それに投げかけた彼の上衣《うわぎ》は、お祈りをしている首なしの男といったかたちだった。そこにある荷物は、いつでも、またどこへでも、また運ばれて、汽車にのせられ、船に送られるのを待っているようだった。

「とても弱っていて、とても弱ってしまって、指一つ動かすこともできなかった」、それでも、男はジェーニーの腕の中で死んだのだ。彼女——これまでぜったいに——永い年月の間にかつて一度も——ただの一度たりともそういうことのなかったのが……

いや、そういうことを考えてはならない。そういうことを考えると、気が狂ってしまう。いや、そういうことに面と向うことはいやだ。それに堪えることはできない。あまりにも堪えがたいことだ！

いま、ジェーニーは、その指で彼のネクタイにふれた。蝶《ちょう》ネクタイの両端をいっしょにつまんだ。

「あたしがお話ししたので、お気を悪くしているんじゃない、ジョン？　あなたを暗い気持にしたんじゃない？　今晩を——あたしたちだけの晩を台なしにしてしまったんじゃない？」

だが、それをきくと、彼は顔を隠さなければならなかった。彼女の胸に顔を押しつけ、両手で彼女を抱いた。

二人の晩を台なしにした！　二人だけの晩を台なしにしてしまった！　彼らはもう二度と、二人だけになることはあるまい。

祭日小景

Bank Holiday

桃いろの顔をした、ふとった男は、うす汚ない白のフランネルのズボンとピンクいろのハンカチをのぞかせた青い上衣《うわぎ》をつけ、彼にはとても小さいむぎわら帽を頭のうしろへのせている。彼はギターをひく。白いズックの靴をはき、破れた翼のようなフエルト帽子の下に顔を隠した小男は、フルートを吹く。それから、いまにも破れくずれそうな古ぼけたボタンどめの深靴をはいた、背の高い、やせた男が、ヴァイオリンから、リボンをひっぱり出す――長い、よじれた、ただよいながれる調べのリボンを。人々は、果物屋の向う側の、明るい陽ざしのあたるところに立っている、笑うでもなく、また真剣になっている様子でもない。桃いろの蜘蛛《くも》のようにひろげた手が、ギターをひく、トルコ玉をつけた真鍮《しんちゆう》の指輪をはめた、短く太い指が、あまりよく音の出ないフルートをむりに押し、ヴァイオリンを鋸《のこぎり》びきにして二つに割ろうとしている。

人の群れが集まる、オレンジやバナナを食いながら、皮をはぎとり、それを割って、わけあっている。一人の若い娘は一籠《かご》のいちごを持っている、だが、それを食べはしない。「これ、高いんでしょう！」彼女は、いちごがこわいといったような様子で、その小さな、尖《さき》のとがった果実をじっと見ている。オーストラリアの兵士は笑う。「さあ、お食べ、一口ほどもないがね」だが、彼もまた、娘がそれを食べることを欲しているわけではない。少女のびっくりしている、かわいい顔と、下から彼を見あげている、当惑した眼を見るほうが面白いのだ。「これ、とても高いんでしょう！」兵士は胸を突き出して、にやにやする。びろうどの胸衣をつけた、年とった女たち——古い、埃だらけのピンクッションみたいだ。ひらひら動くボンネットを頭にのせた、古ぼけたこうもり傘のような、やせた、醜い老婆《ろうば》、モスリンの服を着て、生垣に咲いた花のような帽子をかぶり、とがった、高い靴をはいた若い女、カーキ色の服の男、水夫、みすぼらしい吏員、肩にパッドを入れ、ズボンの太い、立派な服を着た、若いユダヤ人の男、青い服の「養育院の子供たち」——日の光が彼らの姿をはっきりと見せる——そして、高くひびく、あざやかな曲の音が、ちょっとの間、そこに大きな人だかりを集める。若い者たちはふざけあって、おたがいに押し、よけたり突いたりして、舗道のふちを離れたりもどったりする。年とった者たちは話を交えている——「それで、あれに言ったんだよ、もし自分で医者に見てもらいたいと思うんなら、医者を呼んだらいいだろう、ってね」

「で、お料理ができるまでには、まあ、ほんとに、わたしの手のひらにちょっとのせるぐらいに減ってしまうんですよ」

静かにしているものといえば、ただ、ぼろを着た子供たちだけである。彼らは、楽師たちにできるだけ接近して、手をうしろへやって、大きな眼をしながら、立っている。時々、片脚でぴょんと跳ね、片腕をふり動かす。よちよち歩きの小さな子は、この騒ぎにびっくりして、まわりを二度めぐり、神妙に腰をおろしたかと思うと、また立ちあがる。

「いいわねえ？」と小さな女の子が、口を手で隠しながらささやく。

やがて、音楽はきれぎれの輝く断片になり、また全部いっしょにつながり、またきれぎれになり、そして、消えてしまう、人だかりは散り、ゆっくりと丘を登っていく。

道の曲り角に、露店がならびだす。

「くすぐり道具！　くすぐり道具、二ペンス！　くすぐり道具を買うものはないか？うんとくすぐってやるのに、男の方はどうかね？」針金の柄に、小さな、柔らかい箒《ほうき》がついたもの。兵士たちが争ってそれを買う。

「お化け人形を買いなされ！　お化け人形、二ペンス！」

「跳ねる驢馬《ろば》はいかが？　ほんとに生きてるよ、ねえ！」

「上等チューインガム。退屈しのぎに、男の方、いかが？」

「薔薇《ばら》はいかが、彼女に薔薇をあげなさい、殿方。薔薇をどうぞ、ご婦人方？」

「羽根はいかが？　羽根！」それは思わず人を誘うもの。美しい、ひらひらとなびく羽根、碧緑《あおみどり》の、真紅の、明るい青の、カナリヤいろの。赤ん坊までが帽子にさして、羽根をつけている。

それから、紙の三角帽をかぶったお婆《ばあ》さんが叫ぶ——まるで、それがぎりぎりの最後の忠告のように、あなたの身を救い、夫の心を呼びさます方法はこれしかないかのように。

「三角帽をお買いなさい、ねえ、そしてこれをかぶりなさいよ」

半ば日が照り、半ば風が吹く、あわただしく、落ちつかない日である。太陽がかげると、影が長くのびる。太陽がまた出てくると、かっかと照りつける。男も女も、自分の背中や胸や腕が焼かれるように感じる、自分の体がふくれだして、いきいきとしてくるように覚える。……そこで彼らは、大仰な抱擁の身ぶりをし、何をするというのでもなく、腕をあげ、若い女にむかってさっとおろし、ワハハッと笑いだす。

レモネード！　レモネードをいっぱい入れたタンクが布でおおったテーブルにおいてある。その黄いろい水に、レモンが頭の大きい魚のようにういている。レモネードは、厚いコップの中で、ジェリーのようにかたまっているようにみえる。あれをみんながら、こぼさずに飲むことができないのは、どういうわけだろう？　だれでもきっとこぼす、そして、コップをかえす前に、最後の幾滴かを輪状に投げちらす。

アイスクリームの屋台車には、縞模様《しまもよう》の日覆《ひおお》いとピカピカした真鍮づくりの蓋《ふた》があって、まわりに子供たちがむらがっている。子供たちの小さな舌がなめる、クリームを入れたコーンのまわりを、四角いかたまりのまわりをなめる。蓋が上げられて、木製のスプーンを突き入れる。黙ってクリームを噛《か》む者は、眼をつむって、その感触を味わっている。

「さあ、この小さな鳥にみなさんの運命を占わせましょう！」籠のそばに立っている女は、しわくちゃの、どのくらいの年かわからないようなイタリア人の老婆で、その黒っぽい、細くとがった指を握ったりひらいたりしている。その顔は、微妙にきざんだ名作の彫刻みたいで、緑と金の模様のスカーフで包んでいる。そして囚《とら》われの籠の中で、オカメインコが種入れ皿の紙きれを取りに、羽ばたき飛んでいく。

「あなたはたいへん強い性格をもっています。あなたは赤い髪の男のひとと結婚し、子供は三人できるでしょう。金髪の女のひとには気をつけなさい。向うをごらん！　向うをごらん！　ふとった運転手が運転する自動車が、丘を走っておりてきます。あの自動車の中に、金髪の婦人がのっています、口をとがらし、体を前にかたむけて

――あなたの人生の中を突っ走る――ご用心！　ご用心！」

「紳士淑女のみなさん、わたくしは本職の競売業者です、それで、もしわたくしの申し上げることに嘘《うそ》がありますれば、わたくしは鑑札を取りあげられ、重い刑に処せられるでしょう」彼は胸のところに鑑札を出して示す、汗が彼の顔をつたって、紙のカラーに流れおちる、彼の眼はガラス玉のようにみえる。彼が帽子をとると、顔には怒った肉の深いしわが出ている。だれも、時計一つ買わない。

もう一度、向うを見なさい！　大きな二頭曳《ひ》き四輪馬車が丘をゆれながら下ってくる、その中には、年とった、ほんとうに年とった赤ん坊が二人のっている。女のほうはレースのパラソルをかざし、男のほうは籐《とう》のステッキの頭をしゃぶっている。二人のふとった、年とった体は、揺籃《ゆりかご》がゆれるにつれて、共々ころころと弾み、からだから湯気を出している馬は、ゆるゆる丘を下っていく道すじに、一つづきの馬糞《ばふん》を残していく。

木の下に、帽子をかぶり、ガウンを着たレナード教授が、旗のそばに立っている。彼は、ロンドン、パリ、ブラッセルの博覧会をまわって「一日だけ」ここに来たもので、人相を見て運命を判断するという。そして彼は、ぎごちない歯医者のように、人を誘う笑いをうかべて立っている。ちょっと前にはふざけ、悪口を言いあっていた大きな男たちが、六ペンス出して彼の前に立つと、急に神妙な顔になって、黙りこみおずおずとして、「教授」のすばやい手が印刷したカードに印をつけると、ほとんど顔を赤くしてしまう。彼らは、まるで立入り禁止の庭園で所有主につかまえられた子供のように、木の陰から立ち去っていく。

丘の頂にまで達する。なんと暑いことだろう！　なんとよいお天気だろう！　酒店が開いて、大勢の人々が集まり入っている。母親は舗道のふちに赤ん坊を抱いて腰をおろし、父親は一杯の暗褐色のビールを彼女にもってきて、それからまた、荒々しく人ごみをかきわける。ビールの強い臭《にお》いが酒場からただよい、大きな器の音や、さわがしい人声が聞えてくる。

風はやんで、太陽が前より烈《はげ》しく照りつける。二つの開閉ドアの外には、飲料水の甕《かめ》の口のところに、子供のうじゃうじゃした群れが蠅《はえ》のようにたかっている。

丘を上へ、上へと、人々が登ってくる、くすぐり道具やお化け人形や薔薇や羽根をもって。明るい、暑いほうへ、上へ上へと、彼らは、叫びながら、笑いながら、金きり声をたてながら、入りこんでくる、あたかもはるか下の何かに、また彼らのはるか前にある太陽に押されて——みちあふれた、きらきらと目もまばゆい光輝にひきずりこまれるかのように——それも、いったい何にむかって？

＊祭日小景　原題は「バンク・ホリデー」(*Bank Holiday*)、一年六回の一般公休日。英国では、復活祭の翌日、聖霊降臨節の翌日、八月の第一月曜日、クリスマス贈物日に、さらにキリスト受難節、キリスト降誕祭日を加える。ここでは季節から見て、八月の第一月曜日である。

湾の一日　At the Bay

I

朝まだき。太陽はまだ昇らず、新月湾《クレセント・ベイ》の全体は白い海霧の下に隠れていた。そのうしろにある、森でおおわれた大きな丘並《おかなみ》も、すっかり包まれていた。それらがどこで終るのか、牧場の囲い地やバンガローの家々がどこから始まっているのか、見当がつかない。砂地の道は消えてしまい、その向う側の牧場の囲い地やバンガローも見えない。そのまた向うにある、赤っぽい草でおおわれた白い砂丘も見えない。どこが渚《なぎさ》か、どこが海か、それを区別するものは何もない。深い露がおりていた。草は青い色だった。大きな露の玉が森にかかったまま、まだ落ちないでいた。銀色の、わた毛のようにふわふわしたトイトイ（訳注　ニュージーランドの蘆に似た草、マオリ語の俗名）の花は長い茎の先にぐんにゃりとして、バンガローの家々の庭にある、金盞花《きんせんか》や石竹はみんな濡《ぬ》れた重みで、頭を地面までたれていた。冷たいツリウキソウも濡れそぼち、露の円い珠《たま》が金蓮花《きんれんか》の平たい葉にのっていた。こういう光景は、あたかも海が夜の暗闇《くらやみ》の中で静かにうち上げてきたようだった、一つの大きな波がひたひたとやって来たよう、ひたひたと――どのあたりまで？　たぶん、あなたが夜中に眼をさましたならば、窓のところへ大きな魚がついと走ってきて、また行ってしまうのを見たかもしれない……

あ、ああ！　眠たげな海の音がした。すると、森のほうから、小さな流れのせせらぎが聞えてきた、速やかに、軽快に、なめらかな石の間をすり抜けて、羊歯《しだ》の茂ったくぼみに勢いよく注ぎこみ、そこから再び出ていく流れの音。また、大きな葉に大きな露の玉が落ちはねる音、それからもっとほかの何かの音――あれはなんだろう？――かすかなゆらぎとふるえ、小枝のポキッと折れる音、そのあとで、だれかがじっと耳をすませているとおもわれる静寂。

新月湾の端から、崩れた岩のかたまりが高く積みかさなった間を、羊の一群がパタパタ音をたててやって来た。羊たちは、たがいに寄りあい、小さな、ゆれ動く羊毛のかたまりになって彼らの細い、棒のような脚が小きざみにすばやく進んでいった、まるで冷たさと静けさに恐れを感じているかのように。羊たちのうしろから、年とった羊番の犬が、その濡れた前足に砂をいっぱいつけて、鼻を地面に近づけながら走ってきた、だが、何か別なことでも考えているように、そそっかしい様子で。それから次に、岩の通り口のところへ、羊飼いその人の姿があらわれた。彼はやせた、姿勢のまっすぐな老人で、粗羅紗《フリーズ》の上衣《うわぎ》を着ていたが、それには細かい露の玉が網目のようにくっついていた。そして、膝《ひざ》の下で結んだびろうどのズボンに、たたんだ青いハンカチーフでふちを巻いた広ふちの中折帽子をかぶっていた。一方の手を帯革の下へ押しこみ、もう一方の手に、すべすべした美しい、黄いろい杖《つえ》を握っていた。そして、ゆっくりと歩きながら、非常に柔らかな、軽い口笛を吹きつづけていた。悲しげに、またやさしく響く、軽い、遠くへただよいながれる節《ふし》だった。老犬は一、二度あまり活気のない跳ね方をして、それから自分の軽はずみを恥じるように急に近よると、主人のそばを二、三歩威厳をつくった足どりであるいた。羊たちはパタパタと小きざみの走り方で前へ進んだ。彼らは啼《な》き始めた。すると海の下のほうから、幻の羊の群れが答えた。「メェ！　メェー！」ちょっとの間、羊たちはいつも同じ場所にいるようにみえた。前のほうには、浅い水たまりがある砂地の道がひろがっていた。両側に同じ濡れた森が見え、また同じ影のような柵《さく》があった。それから何か巨大なものが見えてきた。髪をふりみだした巨人が、腕をひろげているようなかたちだ。それは、ミセズ・スタッブスの店の外にある、大きなゴムの木であった、そして、彼らがそこを通っていくとき、ぷうんと強いユーカリ油の匂《にお》いがした。さていま、光の大きな斑点《はんてん》が霧の中にきらめいた。羊飼いは口笛をやめた。彼は濡れた袖《そで》で、赤い鼻と濡れたあごひげをこすり、眼をあげて海のほうを見た。太陽が昇りかけていた。霧がうすれて、飛ぶように去り、浅い平地から消えうせ、森から巻きあがって、まるであわてふためき逃げる者のように遠ざかる、その速さはまったく奇観であった。銀いろの光線がひろがるにつれて、霧のよじれたり巻いたりした大きなかたまりは、たがいに押しあい、突き当った。はるかな空――明るく、澄んだ青い色の――は水たまりに映り、電線に並んで動いている露の玉が、光の点々となってきらめいた。いま、躍りきらめく海は、あまりに輝きが強くて、見る眼が痛いほどだった。羊飼いは、火皿がドングリのように小さいパイプを、胸のポケットから取り出し、まだらの刻みたばこを一つまみ取り出すと、二、三の刻み屑《くず》をのぞいて火皿につめた。彼は、重々しい、ととのった顔の老人であった。パイプに火をつけて、青い煙が彼の頭にからみながら上っていくと、犬はじっと見守って、主人を誇り顔の様子であった。

「メェ！　メェー！」羊たちは扇形にひろがった。彼らはいま、夏の別荘地を通りすぎるところだった、眠っている人々の最初の者が寝返りをうって、眠い頭をあげる前に。羊の啼き声は小さな子供たちの夢の中でひびいた……子供たちは手をあげた。眠りのかわいい、小さな、柔らかい毛の仔羊《こひつじ》たちをひき下ろして抱きしめようと。それから、最初の居住者が姿をあらわした。それはバーネル家の猫のフロリーで、門柱の上にのって、いつものようにもうとっくから、乳しぼりの少女を待っているのだった。猫は羊番の老犬を見ると、すばやく飛び上がって、背を丸くし、虎《とら》ぶちの頭をひくと、ちょっと気むずかしげな身ぶるいをしたようだった。「ウッフ！　なんて下品な、いやな奴《やつ》だろう！」とフロリーは言った。だが、老犬は上を見もしないで、尾をふって通っていった、脚を左右にふり出しながら。ただ、猫を目にとめて、馬鹿《ばか》な若い雌だと思った証拠に、片方の耳をピクッと動かしただけだった。

朝の微風が森のなかに立ち、葉と濡れた黒い土の匂いが、海の強い匂いとまじりあった。無数の小鳥がさえずっていた。カワラヒワが羊飼いの頭の上を飛んでいき、小枝のさきにとまると、太陽のほうへむいて、その小さな胸の羽毛を逆だてた。いま羊たちは、漁夫の小さな家を過ぎて、牛乳しぼりの娘のリーラが年とった祖母といっしょに住んでいる焦《こ》げたような小屋の前を通った。羊たちは黄いろい湿地をさまよい、番犬のワッグは、あとについて、羊たちをかためよせ、彼らをもっと急で狭い岩道のほうへむけた。岩道はそこから新月湾を出て、日光浦《デーライト・コーヴ》へ通じていた。「メェ！　メェー！」羊たちは速やかに乾いていく道をゆれながらいき、彼らの啼き声がかすかにひびいた。羊飼いはパイプを口から取って、胸のポケットに入れた、小さい火皿を外に出して。そしてすぐにまた、例の柔らかい、軽快な口笛が始まった。ワッグは岩棚に沿って何か臭《にお》うものを追って走り出たが、うんざりしたという様子でまたもどってきた。それから羊たちは、押しあい、突きあい、大いそぎで、曲り道をまわり、羊飼いの老人もそのあとについていて、ついに見えなくなった。

II

それからほんの少したってから、バンガローの家の一つの裏戸口があいた、そして、大きな縞模《しまも》様《よう》の水着をきた姿が牧場の囲い地を駆けおり、境の柵段《スタイル》を飛びこえ、コメススキの間を走りぬけると、窪地《くぼち》に入り、砂丘をよろめき登り、こんどは、穴だらけな大きな石や冷たい濡れた小石の上を懸命に疾走して、油のようにつや光りしている固い砂浜に出た。ピシャボチャン！　ピシャボチャン！　このスタンレー・バーネルが喜びいさんで海に入っていくと、水が脚のまわりで音をたてた。いつものように、海に一番乗り！　またみんなを負かしたのだ。そこで彼は、頭と頸《くび》を水にひたすために勢いよくもぐりこんだ。

「これは、兄上！　まことにようこそ、ご入来！」柔らかな調子の声が水の上にひびいて聞えた。

チェッ！　なんていまいましいことだ！　スタンレーは顔をあげて、遠くに黒い頭が動いて、片手をあげているのを見た。ジョナサン・トラウトだ——ちゃんと先まわりして！「すばらしい朝ですね！」とその声が朗らかに言った。

「ああ、いい朝だ！」とスタンレーは言葉少なく答えた。いったいなんだって、あいつは自分のほうの海にいないいんだろう？　なんだって、この場所をねらって侵入してくるんだろう？　スタンレーは一蹴《け》りして、突進し、抜き手を切って泳ぎだした。だが、ジョナサンも彼に負けなかった。彼は近よってきた、黒い髪がつやつやと額にかかり、短いあごひげもつやつやとしていた。

「ゆうべ、とても妙な夢を見たんですよ！」とジョナサンが大声で言った。

この男はどうしたというんだろう？　この途方もない話好きは、なんとも言いがたいほどスタンレーの気持をいらだたせた。しかも、いつも定《きま》りきった話だ——いつも、自分の見た夢に関する馬鹿げた話、自分の思いついた何かとんでもない考えか、そうでなければ、自分が読んでいるくだらない本の話、スタンレーはあおむけになって、足を蹴っていたが、しまいには生きている水口みたいになった。ところが、そのときでも……「夢でね、僕はものすごく高い断崖《だんがい》に吊《つ》りさがって、下にいるだれかにどなっていたんですよ」お前にふさわしい！　スタンレーは思った。彼はもうがまんができなかった。彼はバチャバチャやるのをやめた。「あのね、トラウト」と言って、「ぼくはけさ、ゆっくりしていられないんだよ」

「あんたはどうなんですって？」ジョナサンはひどく驚いて――あるいは驚いたようなふりをして――水の下に沈むと、息を吐きながら、また顔を出した。

「ぼくが言っているのはだ、暇がないということさ――ぶらぶらしているね。これも早くすませたいんだ。ぼくはいそいでいるんだよ。けさは勤めがあるからね――わかったかい？」

スタンレーが言いおわらないうちに、ジョナサンの姿は見えなくなった。「承知仕《つかまつ》り候《そうろう》！」とバスの声がおだやかに言って、ジョナサンは水の中をくぐって去った、小波《さざなみ》一つたてずに……だが、いまいましい奴だ！　スタンレーの朝の泳ぎを台なしにしてしまった。あの男はなんという現実ばなれした阿呆《あほ》だろう！　スタンレーはまた沖へ泳ぎ出た、そして同じ速さでまたもどり、いっさんに渚のほうへ走っていった。いっぱい食わされたような気がしていた。

ジョナサンは、なお少し水の中に残っていた。身をうかせて、両手をゆるやかにひれのように動かして、長い骨ばった体を波のゆらすままにしていた。奇妙なことに、どういう欠点があるにしろ、けっきょく、彼はスタンレー・バーネルが好きだった。

たしかに、ときにはスタンレーをからかいなぶってやろうという、非常に意地の悪い考えをもつこともあるのだが、それでも心の底ではあの人に悪いなと思うのであった。どんなことでも大真面目《おおまじめ》に考えるスタンレーの心がまえには、何か哀れをもよおさせるものがあった。いつか不運に見舞われて、ひどくみじめな失敗者になりはしないか！　と思わないわけにいかなかった。そのとき、大きな波がジョナサンを持ち上げて、彼を通りすぎ、波打ちぎわに明るい音をたててくだけた。なんという美しさ！　するとまた、次の波がやってきた。これが生き方というものだ——のんきに、無思慮に、自分を消耗していくこと。彼は立ち上がって、浜のほうへ歩きだした、固い、ひだの寄った砂に足先を食いこませながら。物事を気楽にやる、人生の満潮《みちしお》と干潮《ひきしお》に逆らわずに、それに身をまかせること——それが一番必要なのだ。とかく悪いのは、この緊張なのだ。生きる——生きること！　そして、このように清々《すがすが》しくうるわしい上天気の朝自身が、光を満喫し、自分の美しさを笑いながら、こうささやくようだった、

「それでいいじゃないか！」

しかし、いま水から出ると、ジョナサンは冷たさで青くなった。体じゅうが痛かった。だれかが自分から血をしぼり取っているようだった。そして、渚を大またに歩いていきながら、体をふるわし、筋肉がすべて固くひきつるので、彼もまた、泳ぎが台

なしになったことを感じた。水の中に、長くいすぎたのだ。

III

スタンレーが青いサージの服を着て、堅いカラーに水玉のネクタイをして入っていくと、居間にはベリルだけしかいなかった。彼は、ほとんど気味が悪いくらい身ぎれいで、服にはよくブラッシをかけているようにみえた。これからきょうの仕事に町へ出かけるところだった。椅子《いす》にどしんと腰をおろすと、時計を出して、自分の皿の横においた。

「あと二十五分しかない」と彼、「オートミールができているかどうか、行って見てくださらないか、ベリル？」

「お母さまがいま取りにいきましたわ」とベリルは言った。彼女は食卓に坐《すわ》って、お茶をついでくれた。

「ありがとう！」スタンレーは一口すすった。「おや！」と彼は頓狂《とんきょう》な声をして、「あんた、砂糖を忘れたね」

「あら、ごめんなさい！」だがそれでも、ベリルは砂糖を入れてくれなかった。向うから砂糖壺《さとうつぼ》を押してよこした。これはどういうことか？　スタンレーは自分で入れながら、その青い眼を大きくみひらいた、眼はふるえているようだった。義妹のほうをチラッと見て、うしろへよりかかった。

「何かあったんじゃなかろうね？」カラーをいじりながら、彼はなにげなくきいた。

ベリルの頭がうつむいた。彼女は指で皿をまわした。

「いいえ、なんにも」と明るい声が言った。それから彼女も顔をあげて、スタンレーにほほえみかけた。「何もあるわけがないじゃないの？」

「あ、そうか？　ぼくの知っているところでは、何もあろうはずがない。ただ、あんたの様子が少し——」

そのとき、ドアがひらいて、三人の小さい女の子たちが、めいめいオートミールの皿をかかえてあらわれた。彼女たちはみな一様に、青いメリヤスの短衣とパンツをつけていた。日に焼けた褐色の脚をむき出して、どれも髪を編んで「馬の尻尾《しっぽ》」と呼ぶかたちにピンでとめていた。彼らのうしろから、フェアフィールド夫人が盆を持って入ってきた。

「気をつけるんですよ、みんな」と彼女が注意した。だが、女の子たちは、まったく最大の注意を払っていた。彼らは物を運ばせてもらえるのが好きなのだ。「お父さまにお、は、よ、うを言ったの？」

「言ったのよ、おばあちゃん」女の子たちは、スタンレーとベリルの向う側の長い腰掛にならんで坐った。

「おはよう、スタンレー！」フェアフィールド老夫人はスタンレーに皿をわたした。

「おはようございます、お母さん！　坊や、どうですか？」

「とてもおとなしいのよ！　昨夜一度眼をさましただけ。なんていい朝なんだろうね」老夫人は片手をパンのかたまりの上においたまま、開いた窓から庭をちょっと黙って眺めていた。海の音がひびいた。あけ放った窓から、太陽の光が入ってきて、黄いろいニスを塗った壁や敷物のない床に射《さ》していた。食卓の上のあらゆるものがきらめき、輝いた。まんなかには、黄や赤の金蓮花《きんれんか》をいっぱい挿した、古いサラダ・ボールがあった。夫人は微笑した、その眼に深い満足の表情が輝いた。

「そのパンを、わたしに切ってくださいませんか、お母さん」とスタンレー、「乗合馬車がくるまで、あと十二分半しかありません。だれか、わたしの靴を女中に出しときましたかね？」

「ええ、ちゃんと出してありますよ」フェアフィールド夫人は落ちつきはらっていた。

「あら、キザイア！　あんたはどうしてそうお行儀が悪いの？」とベリルがまったく困りきったといった調子で叫んだ。

「あたし、ベリルおばさま?」キザイアはベリルのほうをじっとにらんだ。いったい、いま何をしたというんだろう?　彼女は、ただオートミールのまんなかに河を掘って、それをふさぎ、そして両岸のところから食べているところだった。だが、これまで毎朝それをやっていたのに、だれもなんとも言わなかったのだ。

「どうしてあんたは、イザベルやロッティのようにちゃんとして食べられないの?」大人はなんて無理なんだろう!

「でも、ロッティはいつも浮き島をつくるのよ。そうでしょう、ロッティ?」

「あたし、そんなことしないわよ」とイザベルはハッキリと、「ちょっとお砂糖をふりかけて、牛乳を入れて、食べちゃうのよ。食べ物をいじくっているのは、赤ん坊だけよ」

スタンレーは椅子をうしろへやって、立ちあがった。

「靴をもってきてくださいませんか、お母さん?　それからベリル、もし食事がすんでいるなら、門まで一走りして乗合馬車を停めておくれ。イザベル、お前はお母さんのところへ走っていって、お父さんの山高帽がどこにしまってあるか、きいておくれ。ちょっと待って——お前たちはお父さんのステッキを持ち出していたろう?」

「いいえ、お父さま」

「だが、わたしはここへおいたんだよ」とスタンレーはどなりだした。「この隅におお いたのを、わたしはちゃんと覚えているぞ。さあ、だれが持っていったか？　もう時間がない。よく探してくれ！　ステッキはどうしても見つけなければならん」

女中のアリスまでも、このステッキ探しに巻きこまれた。「お前、ひょっとして台所のかまどの火を突っつくのに使いやしなかったかね？」

スタンレーは、リンダが寝ている寝室に飛びこんだ。「まったく驚きあきれたことだ。わたしは自分のものをちゃんと持っていることができないんだよ。こんどは、ステッキをどこかへやられちゃった！」

「ステッキですって、まあ、どういうステッキ？」こういう場合の、リンダのあいまいな態度は本気じゃないんだ、とスタンレーは判断した。だれも自分に同情してくれる者はないのか？

「馬車よ！　乗合馬車よ、スタンレー！」門のところから、ベリルの大きな声がした。

スタンレーはリンダに手をふった。「あんたにさよならも言っていられない！」と彼は叫んだ。それは彼女にたいする懲《こ》らしめの意味をふくんでいたのだ。

彼は山高帽をひったくって、家から飛び出し、庭の径《みち》を走っていった。たしかに、馬車は待っていた、そしてベリルは、ひらいた門によりかかって体を乗り出し、だれ彼と笑いあっていた、まるで何ごともなかったかのように。女たちの無情さ！　ステッキがなくならないように注意してくれようともしないで、彼らのために働きに出るのはこちらの役目だと、しごく当り前に考えている、あの様子。ケリーは馬に鞭《むち》を大きくふった。

「行ってらっしゃい、スタンレー」とベリルはやさしく晴れやかに声をかけた。「行ってらっしゃい」を言うぐらいはやさしいことだ！　そして彼女は、眼に片手をかざしながら、のんきそうに立っている。もっともしゃくにさわるのは、スタンレーもさようならとどならなければならないことだ、それもお体裁のために！　それから彼は、ベリルが向うへむいて、ちょんと一跳ねして家に走りもどるのを見た。おれを送り出してしまったのでうれしいのだ！

そのとおり、彼女はやれやれと安心した。居間に駆けこんで、「お兄さん、行ったわ！」と大きな声でつたえた。リンダが彼女の部屋から叫んだ。「ベリル！　スタンレーは行った？」フェアフィールド老夫人がフランネルの小さなベビー服を着せた坊やをかかえて、出て来た。

「行ったの？」

「行ったわ！」

ああ、ホッとした気持、男の人を外へ出したということがそれぞれに与える感じ。おたがいに呼びあう彼らの声まで一変してしまった。その声は温かく、いつくしみ深く、一つの秘密を共通にもっているかのように響くのだ。ベリルは食卓のところへ行った。「お母さま、もうお茶いただきません？　まだ熱いですわ」彼女はなんとかして、いま自分たちの好きなことができるということを祝したかったのだ。もう邪魔になる男の人はいない、これからの一日は全部自分たちのものなのだから。

「いえ、わたしはいりませんよ」とフェアフィールド老夫人は言ったが、そのとき、彼女が坊やをゆり上げて、「ガァ、ガァ、ガァ、がちょうがガァ！」と赤ん坊に言った様子は、やはり同じような気持になっているということをあらわしていた。女の子たちは、鳥小屋から放たれた雛《ひな》みたいに、牧場の囲い地へ走っていった。

女中のアリスまでが、台所で皿を洗いながら、この気持に感染して、タンクにためた水をひどく、乱暴に使い流していた。

「まあ、ああいう男の人は！」と彼女は言った、そして、ティーポットを洗い桶《おけ》の中に突っこんで、ブクブクいうのがとまってからも、なお水の下に沈めておいた、あたかもこのティーポットも男の人で、水に溺《おぼ》れて死ぬのがけっこうすぎるくらいだと思うかのように。

IV

「待ってて、イザーベル！　キザイア、待っててよ！」

かわいそうに、小さいロッティはまたあとに残された、柵段《スタイル》をひとりではとても越せないことがわかったからである。最初の段に立つと、もう膝《ひざ》がぐらぐらしだした。柱の棒をつかんだ。その次には、片方の脚をわたさなければならない。だが、どの脚を？　彼女はまったく決めかねた。そして、ついに一方の脚を決死の踏み出しといったふうに向う側へわたした――ところがいま、その気持の恐ろしいことといったら。自分の半分はまだ囲い地の中にあり、同時に半分はコメススキの中にある。柱を必死に握って、声をあげた。「待っててよう！」

「だめよ、待ってないほうがいいわ、キザイア！」とイザベルが言った。「ロッティはお馬鹿《ばか》さんよ。いつもうるさく騒ぐんだもの。早くいらっしゃい！」そしてキザイアの短衣をひっぱった。「あたしといっしょにくれば、あたしのバケツ使わしてあげるわ。あんたのバケツより大きいのよ」とイザベルは親切心を示した。ところが、キザイアはロッティをおいてきぼりにすることはできなかった。このときまでに、ロッティは顔を真っ赤にして、ハァハァ息をはずませていた。

「さあ、もう一つの脚をこっちへ出すのよ」とキザイア。

「どこに？」

ロッティはキザイアを見おろした、まるで大きな山からでも見おろすように。

「ここよ、あたしの手があるところに」キザイアはその場所を手で叩《たた》いた。

「ああ、そこなの？」ロッティは深い溜息《ためいき》をつき、それからもう一つの脚をわたした。

「さあ――少し回って腰をおろし、そしてすべるのよ」とキザイア。

「だって、腰をおろすところなんかないわ、キザイア」とロッティ。

彼女はやっとのことでそうして、それがすむと体をゆすり、こんどはにこにこしだした。

「あたし、段をのぼってこえるの、うまくなったわね、ねえ、キザイア？」

ロッティはたいへん楽観的な性《たち》であった。

ピンクとブルーのむぎわら帽が、イザベルの真っ赤なむぎわら帽のあとについて、あのくずれて滑りやすい、丘を登っていった。丘の頂で、彼らは足をとめた、どこに行くかを決め、また先にだれが来ているか、よく見定めるために。うしろからそうしている彼らの姿を見ると、空にくっきりうかんで立ち、持っているスコップを大きくふっているかっこうは、まるで途方に暮れたちっちゃな探険家のようだった。

　サミュエル・ジョーゼフの一家はもうそこに、彼らの家政婦といっしょに来ていた。家政婦は、折畳み式小椅子に腰かけて、頸《くび》に結びつけた笛で秩序を保ち、また小さな籐《とう》のステッキを持って、それで子供たちの活動を指揮した。サミュエル・ジョーゼフの子供たちは決して彼らだけで遊んだり、ゲームをやることがなかった。もしそうすれば、けっきょく男の子たちが女の子の頭に水を注ぎこんだり、女の子たちが黒い小がにを男の子のポケットに入れたりするようなことになった。そこでサミュエル・ジョーゼフ夫人と気の毒な家政婦さんは、彼らを「おもひろく、そしてわるさしない」ようにするため、「プログラム」と称するものを毎朝つくった。それはすべて競技、競走、あるいは各自のゲームといったものだった。どれも家政婦さんが吹く鋭い笛の音で始まり、最後も笛の音で終るのだった。賞品までも出た——大きな、汚れた紙包みで、家政婦さんがそれを、ちょっとゆがんだ笑いをうかべながら、ふくれた編み袋から出した。サミュエル・ジョーゼフの子供たちは、賞品を取ろうとものすごい争いをやった、ズルをしたり、おたがいの腕をつねったりして——彼らは、つねることにかけてはみな名手だった。たった一度、バーネル家の子供たちがその仲間に加わったとき、キザイアが賞品を取った。そこで、三重にくるんだ紙をとると、とても小さな錆《さ》びたボタン掛けが出てきた。彼女にはどうもわからなかった、どうして彼らがあんなに大騒ぎするのか……

だがいまは、サミュエル・ジョーゼフの子供たちとは決して遊ばなかったし、彼らのパーティーに行くこともなかった。サミュエル・ジョーゼフの一家は、いつも「湾」の浜で子供のパーティーをひらき、ご馳走《ちそう》はいつも同じだった。大きな金《かな》だらいに入れたひどく茶っぽいフルーツサラダや、四つに切った菓子パンや、洗面用水さしにいっぱい入れた、家政婦さんが「リモネーディア」と言う飲物。そして夕方帰るときには、上衣《うわぎ》のひだ飾りは半分ぐらい取れているし、またレース編みのエプロンの前はこぼしたものですっかり汚れているのだった。あとにはサミュエル・ジョーゼフの子供たちが、芝生の上で野蛮人のように躍りさわいでいるだけ。まったくいやだ！　あの連中はあまりにひどすぎる。

渚《なぎさ》の向う側、水ぎわにずっと近いところで、半ズボンをまくり上げた二人の男の子が、蜘蛛《くも》のようにあっちこっちへ動いていた。一人が砂を掘っており、もう一人は水の中を出たり入ったりして、小さなバケツを満たしていた。彼らはトラウトの子供のピップとラグズだった。だが、ピップは掘るのにいそがしく、ラグズはそれを手つだうのにいそがしいので、小さな従姉妹《いとこ》たちがすぐそばにくるまでわからなかった。

「ほら！」とピップが言った。「これ、ぼくが見つけたんだよ」そして彼は、古い、濡《ぬ》れた、ぶよぶよにみえる深靴を見せた。三人の小さな女の子は眼をみはった。

「それをどうするの？」とキザイアがきいた。

「なあに、しまっておくのさ！」ピップの言い方は人を馬鹿にしているようだった。

「掘出し物だろう――ねえ？」

そう、キザイアはそれを見た。それにしても……

「砂の中にはいろいろなものが埋っているんだよ」ピップが説明した。「難破船から投げ出されるのさ。宝物だよ。なあに――きみだって見つけられるよ――」

「でも、ラグズが水を運んで入れているのは、どうしてなの？」とロッティがきいた。

「ああ、水でうるおすのさ」とピップ、「こうすると少しやりよくなるからさ。ラグズ、もっと水を運べよ」

そこで、人のよい弟のラグズは、あっちこっちと走って、水を注ぎこんだ、その水はココアのような茶いろになった。

「いいかい、きのう見つけたもの、見せてやろうか？」とピップは謎《なぞ》めいた言い方をして、彼のスコップを砂に突きさした。「だれにも言わないと約束するんだよ」

女の子たちは約束した。

「こう言うんだよ——胸に十字を切って堅く誓う」

女の子たちはそのとおり言った。

ピップは、ポケットから何か取り出して、上衣の前で長いことそれをこすり、それから息を吹きかけて、もう一度こすった。

「さあ、向うを向け！」と彼は命じた。

女の子たちは向うを向いた。

「みんな同じ方向を見て！　じっとしているんだぞ！　よし！」

彼の手がひらいた。光のほうに何かをかざした、それはきらめき、ピカピカして、とても美しい緑いろだった。

「これはネメラル（訳注　エメラルドの訛り）だよ」と、もったいぶってピップが言った。

「ほんとうに、ピップ？」イザベルまでが感心した。

美しい緑いろのものは、ピップの指の間で躍るようにみえた。ベリル叔母さんも指輪に「ネメラル」をつけていた、だが、あれはとても小さかった。これは星のように大きくて、もっとずっと美しい。

V

午前の時間がたつにつれて、あらゆる群れが砂丘をこえてあらわれ、水浴のため渚へ下りてきた。十一時になると、別荘地の婦人と子供たちで海を占領したことになった。初めに婦人たちが着物をぬぎ、水着をつけて、頭をスポンジ袋のようにぶかっこうな帽子でおおった。それから子供たちの服のボタンをはずした。砂浜には着物や靴の小さな山が散らばっていた。飛ばないように石を上へのせてある大きな夏帽子は、巨大な貝殻のようにみえた。この躍り跳ね、笑いあう人々が波の中へ走りこむと、ふしぎにも、海までが違った響き方をするようだった。フェアフィールド老夫人は、藤《ふじ》いろの木綿服を着て、黒い帽子のひもをあごの下でゆわえ、小さな子供の一団を集めて、水に入る仕度をしてやった。トラウトの男の子たちは、シャツを頭からふり投げるようにしてぬぎ、五人はさっと駆けていった。あとに残ったお祖母《ばあ》さんは、片手をもう編み物袋の中に入れて坐《すわ》り、子供たちが無事に水のところへ行ったのを見とどけると、さっそく毛糸玉を取り出した。

体のしっかりとひき締った女の子のほうは、弱々しい、きゃしゃなかっこうの男の子ほど勇敢ではなかった。ピップとラグズは、ふるえながら、かがみこんで、水を撥《は》ねかしながら、少しもためらわなかった。十二搔《か》きほど泳げるイザベルとやっと八搔きぐらいしか泳げないキザイアは、おたがいに水をひっかけっこなしという堅い了解のもとに、あとからついていくだけであった。ロッティはといえば、彼女はあとについていくこともしなかった。自分の好きなようにあとにおかれるほうがよかったのだ。彼女が好きなようにというのは、水のきわに腰をおろして、両脚をまっすぐにのばし、膝をぴったり揃《そろ》えて、沖へ運ばれるのを待っているように、腕をいい加減に動かしていることだった。しかし、普通よりは大きな波、おじいさんめいたひげのある波が自分のほうにくずれながらやってくると、彼女は恐怖の色を見せて立ちあがり、また渚へ逃げもどった。

「これ、お母さま、あたしのものあずかってね」

二つの指輪と細い金ぐさりが、フェアフィールド夫人の膝の上に落された。

「ハイ、ハイ。でも、あんたはここで泳がないの？」

「ううん」とベリルは間のびのした言い方で言葉をにごして、「あたしはずっと向うで着物をぬぐの。ハリー・ケンバーの奥さんといっしょに泳ぐのよ」

「ああ、そう」だが、フェアフィールド夫人の唇がきっとなった。彼女は、ハリー・

ケンバー夫人のことをよく思っていない。ベリルはそれを知っていた。

　かわいそうな、年よりのお母さん、彼女は石の上を跳びながら、ひとりほほえんだ。かわいそうな、年よりのお母さん！　年よりの！　ああ、若いということは、なんという喜び、なんという幸福……

「あんた、いやにほがらかそうね」とハリー・ケンバー夫人が言った。彼女は石の上に体を折って腰をおろし、両手で膝をかかえて、煙草《たばこ》をすっていた。

「こんなにお天気がいいんですもの」とベリルは、上から彼女に笑いかけながら言った。

「あら、そうなの！」と言うハリー・ケンバー夫人の声には、本当はそうじゃないでしょう、といった調子があった。しかし、彼女の声にはいつも、あんたのことはあんた自身よりも、どうやらわたしのほうが知っているのよ、とでもいうような調子があった。彼女は手足が細くて長い、奇妙なかっこうの婦人だった。顔もまた長細く、疲れきった面持だった。金いろの巻いた前髪さえも、燃えつきてしおれたようにみえた。彼女は「湾」で煙草をすう唯一《ゆいいつ》の女性で、年じゅうおやみなく煙草を吹かしていた。話すときにも、口に紙巻をくわえたままで、灰が長くなってどうしてあれが落ちないのだろうと思うときに、やっと口から離すだけだった。ブリッジをやっていないときは——彼女は一日も欠かさずにブリッジをやった——太陽のぎらぎら照る下で、寝ころんで暇をつぶしていた。どんなに日光にあたっても平気だった、これで十分ということがなかった。それなのに、彼女は温まることがないようだった。焦《こ》がされ、しなびて、冷たく、彼女は石の上に、うち上げられた流木のように、体をのばして寝ていた。「湾」の婦人たちは、彼女は非常にふしだらだと考えていた。体面を考えないこと、彼女の使う単語、男たちとつきあうのに、まるで自分も男の仲間であるような態度、家庭のことは少しもかえりみないし、女中のグラッディスを「浮気の眼《グラッド・アイズ》」と呼ぶなどは、とんでもないことだ。ケンバー夫人は、ヴェランダの踏石のところに立って、その、そっけない、疲れたような声で、「ちょっと、グラッド・アイズ、わたしのハンカチがあったらほうってくれない？」と言うのだった。そうすると、帽子のかわりに紅《あか》いリボンを頭につけて、白い靴をはいた「グラッド・アイズ」が、図々しい笑いをうかべながら走ってきた。これはまったく恥も外聞もないことだ！　実際、彼女には子供がなかった、それに夫という人は……ここで、噂話《うわさばなし》をする人の声はきまって大きくなり、熱してくるのだ。なんだって、ああいう女と結婚したんだろう？　なんだってあの男が？　なんだって、いったい？　もちろん金のために違いない、だが、それにしても！

ケンバー夫人の夫というのは、少なくとも十歳は彼女より若かった、そして世にも珍しい美貌《びぼう》で、一人の男というよりは、こしらえた面《めん》か、アメリカの小説の挿絵の美青年というようにみえた。黒い髪、黒みがちの青い眼、紅い唇、おもむろな眠たげの微笑、テニスはうまく、ダンスときたらすばらしい踊り手で、それに加えて神秘めいたものがあった。ハリー・ケンバーは、夢の中で歩いている男のようだった。男たちは彼にがまんがならなかった、こやつからは一言だって物を言わせることができないのだ。彼は妻を無視した、妻が彼を無視するように。彼はどうして暮しているのだろう？　もちろん、いろいろな噂があった、だがその噂といったら！　とても人には話せないものだ。彼といっしょにいたという女たち、彼が居合せたという場所……しかし、何一つ確かなものはなかった、何一つはっきりしたものがなかった。「湾」の婦人たちのあるものは、いつか彼が人殺しでもやるだろうとひそかに思っていた。彼らはケンバー夫人に話しかけ、彼女が身につけているどぎつく派手な衣裳《いしよう》を見てとるのだが、なるほど、そういうときも、彼女は相変らず浜辺に長々と寝そべっているのだった。冷たく、残酷めいて、やはり口の端に紙巻をくわえたまま。

ケンバー夫人は立ちあがって、あくびをし、ベルトのとめ金をパチンとはずして、ブラウスのテープをひっぱった。また一方、ベリルもおろしたスカートからふみ出して、上衣をぬいだ。そして、短い白いペティコートと、肩のところに結びリボンがついたケミソールだけになった。

「まあ、あんたは、なんてかわいいきれいな体なんでしょう！」とハリー・ケンバー夫人が言った。

「いやだわ！」とベリルはおだやかに言った。だが、靴下を片方ずつぬぎながら、自分のかわいくて、きれいなことを感じていた。

「だって――いいじゃないの？」とハリー・ケンバー夫人は自分のペティコートをふみつけながら言った。実際――彼女の下着といったら！　青い木綿のパンツと何か枕《まくら》おおいを思わせるリンネルの胸衣……「それで、あんたはコルセットをつけないのね？」彼女はベリルの腰にちょっとさわったので、ベリルはわざと小さな叫び声をあげて飛びのいた。そして、「よして！」ときつい口調でいった。

「うらやましいひとね」とケンバー夫人は、自分のコルセットをはずしながら溜息《ためいき》をもらした。

ベリルは背をむけて、自分の着物をぬぎ、それと同時に水着を下から引きあげようとする、あの複雑な動作を始めた。

「まあ、あんた――わたしならいいじゃないの」とハリー・ケンバー夫人、「恥ずかしがることないじゃないの？　何もあんたを取って食いはしないわよ。ああいうお馬《ば》鹿《か》さんと違って、わたしは平気なのよ」そこで彼女は、馬のいななくような、奇妙な笑い声をたてて、ほかの婦人たちのほうへ向って顔をしかめて見せた。

だが、ベリルは恥ずかしかった。これまでだれの前でも着物をぬぐところを見せたことがない。それは馬鹿げたことだろうか？　ハリー・ケンバー夫人は、それは馬鹿げたことだと彼女に思わせた、何か自分で恥ずべきことのようにも思わせた。なんだって恥ずかしがることがあろう！　彼女はチラッと自分の友だちのほうを見た、夫人は破れたシュミーズのまま、おくするところもなく立って、新しい煙草に火をつけていた。すると、ベリルの胸には、むらむらと、大胆な、邪悪の心がわきおこってきた。彼女はつつしみもなく大きな声で笑うと、まだ乾ききらない、砂がざらつく、ぐにゃぐにゃの水着をひっぱって、ねじれたボタンをとめた。

「そのほうがいいわよ」とハリー・ケンバー夫人が言った。二人はいっしょに渚を下りていった。「ほんとうに、あんたが着物をきるなんてとんでもないことよ。いつかだれかがあんたにそう言う必要があるわ」

水は非常にぬるかった。驚くほど美しい透明な青さで、銀のまだらがあったが、底の砂地は金いろにみえた。足先で蹴《け》ると、金粉の小さな煙が立った。やがて、波が彼女の胸のところまで来た。ベリルは両腕をひろげて、遠くを眺めながら立っていた、波がやってくるたびに、彼女はほんの少し飛びあがった、それで自分をそのように柔らかく持ちあげるのは、波そのものであるようにおもわれるのだ、とわたしは思うのだった。

「若いきれいな人が大いに楽しむのはいいことだと、わたしは思うのよ」とハリー・ケンバー夫人が言って、「それでいいじゃないの？　あんたは考えちがいしちゃだめよ。大いに面白くやることだわ」そう言って突然、夫人は体をひっくり返すと、見えなくなった、そしてどんどん向うへ泳いでいった、まるで鼠《ねずみ》のようだ。それからまたすばやく回って、こちらへ泳ぎもどってきた。彼女は何か別なことを言おうとしていた。ベリルは、この冷たい婦人に毒されていることを感じたが、それでもなお聞きたい気持がしきりにした。だが、ああ、なんて奇妙なんだろう、なんて恐ろしいことだろう！　ハリー・ケンバー夫人がぐっと近づいてくると、黒い防水の海水帽をかぶって、水の上にねむそうな顔を顎《あご》がちょっとひたるぐらいに上げているところは、まるで彼女の夫の顔をひどくゆがめた漫画のようではないか。

VI

家の前の芝生の中央に伸びているマヌカ樹（訳注　オーストラリアの茶の木）の下、デッキチェアの上で、リンダ・バーネルは午前をうつらうつらと過していた。彼女は何もしない。マヌカ樹の暗い、密生した、乾いた葉むれを眺め、その間にある青いすき間を見ていた。ときどき、小さな、黄味がかった花が彼女に散りかかった。美しい――そう、もし、こういう花の一つを手のひらにのせてよく見るならば、それはまったく小さな、繊細を極めたものである。うす黄いろい花びらの一つびとつが、いつくしみ深い手で入念につくられたもののように、光り輝いている。まんなかにある小さな花しべは、鐘のような形をしている。それを裏返して見るならば、外側は深い青銅色である。しかし、この花は開いたと思うとすぐに、落ちて散りしくのである。人と話をしながらも、それらを上衣《うわぎ》からはらい落さなければならない。また、このうるさい小さなものは、ひとの髪にもひっかかるのだ。それなら、どうして、ただの花にすぎないものが？　だれがこういうもののすべてを造る骨折り――あるいは喜び――をもつのだろう、この際限なく棄《す》て去られるものを……それがうす気味悪かった。

彼女のそばの芝生の上に、坊やが二つの枕の間におかれてあった。頭を向うへむけて、ぐっすり眠っていた。その細い黒い髪は、ほんとうの髪というよりは影のように見えた。だが、耳はつややかな濃い珊瑚《さんご》いろだった。リンダは、両手を頭の上に組み足を組んだ。あたりのバンガローの家がみな留守で、すべての人が浜辺に行っていて、どこにも姿が見えず声も聞えないというのは、非常に楽しい気持だった。彼女は庭を独占していた、ただひとりでいるのだった。

ピコティー（訳注　石竹の一種）はまぶしいほど白く輝いていた。金いろの眼をもつ金盞花《きんせんか》がきらめいた。金蓮花はヴェランダの柱に、緑と金の炎となってからんでいた。もし、ひとがこれらの花を長いこと見ている時間が十分あるのだったら、新奇で珍しいと思うことを忘れるだけの時間、そういう花々を知るだけの時間があるのだったら！　ところが、その気になって花びらをひきはなし、葉の裏側を見るやいなや、「人生」がやって来て、それに運ばれてしまう。そして、リンダも籐椅子《とういす》に寝ながら、身が軽くなるのを覚えた。彼女は自分も一枚の葉のように感じるのであった。「人生」が風のようにやってきて、彼女はそれに捉《とら》えられ、ゆすぶられた。彼女は行かなければならない。おや、いつもこういうことになるのかしら？　これを脱《のが》れるすべはないのかしら？

……いま、彼女はタスマニアの実家のヴェランダに腰をおろし、父の膝《ひざ》によりかかっていた。すると父が約束して言った、「わしも年をとり、お前も大きくなったらすぐに、リニー、どこかへ逃げ出そう、脱出するんだ。二人の男の子もいっしょに。わしはシナの河を船でさかのぼってみたいような気がするよ」リンダには、非常に幅広い、筏《いかだ》や小船がいっぱい浮いている、あの河が見えた。船頭たちの黄いろい帽子が見え、彼らが呼びあう、高い細い声も聞えるのだった……

「いいわね、お父さま」

しかし、ちょうどそのとき、明るい赤っぽい髪をした、体格のがっしりした青年が、ゆっくりと家の前を歩いてゆき、そしてゆっくりと、もったいぶってと言ってよいくらいに、帽子をとった。リンダの父は、いつもやるように、からかいなぶるように彼女の耳をひっぱった。

「ほら、リンダの恋人だよ」と父はささやいた。

「あら、お父さま、スタンレー・バーネルと結婚するなんて！」

いや、リンダは彼と結婚した。それどころか、彼を愛していたのだ、だれもが見る毎日のスタンレーではない。内気で、感じやすくて、無邪気なスタンレー、毎晩お祈りを言うためにひざまずき、善い人間になることを熱心に願うスタンレーである。スタンレーは単純だった。人を信じるとなると――たとえば、彼女を信じるように――彼の場合は、心から信じるのであった。彼は裏切るようなことはできなかった、嘘《うそ》をつくことができなかった。それで、もしだれかが――彼女にしても――自分にたいして心から率直で、誠実でないと思うときには、彼はどんなに悩んだことであろう！「こういうことは、ぼくにはどうしてもわからないんだ！」そう吐き出すように言ったが、そういうときの彼のあからさまな、ふるえおののく、狂乱に近い顔は、罠《わな》にかかった獣の顔つきに似ていた。

ところが、困ったことに――ここでリンダはほとんど笑いだしそうになった、もっともこれは笑いごとなんかではないのだが――彼女は自分の好きなスタンレーをめったに見ることはないのだ。平穏な彼を見ることはたまたまで、それもほんのつかの間だけ、あとの大部分の時間は、何度でも火事になるのをふせぐことができない家に住んでいたり、毎日難破する船に乗っていたりするようなものであった。そして、危険に瀕《ひん》しているのは、いつもスタンレーであった。彼女のすべての時間は、彼を救《たす》け、彼をもとどおりに戻し、彼をしずめ、彼の言うことに耳を傾けることに費やされた。そして、あとに残った時間は全部、子供を生む恐怖に費やされるのであった。

リンダは眉《まゆ》をひそめた。彼女はあわててデッキチェアの上でおき直って、足のくるぶしをつかんだ。そう、それが彼女の人生にたいする深い恨みであった、それがどうしても理解できないことだった。それが、彼女にとって幾度もたずねにたずねて、なお答えを得られない疑問であった。子供を生むことは、女の当り前の道だと言うのは大変もっともである。だが、それは本当ではない。他人はどうでも彼女自身としては、それが間違っていることを証明できる。子供を生むことによって、みじめになり、体も衰え、気力がなくなってしまった。しかも、二重に堪えがたく思うのは、彼女は子供たちを愛することができなかった。そうでないようなふりをしたって、だめなのだ。たとえ、体力があったとしても、小さい女の子たちの面倒をみたり、いっしょに遊んだりしたりすることは決してしたがらないだろう。いや、まっぴら、ああいう恐ろしい出産という苦しみのたびごとに、冷たい息吹《いぶき》のようなものが彼女を真底から凍らしてしまったようだった。彼らに与える温かみはもう残っていない。こんどの男の子となると——そう、ありがたいことに、お母さまがひき受けてくれている、坊やはお母さまのものだし、ベリルのものでもあるし、また、彼を求める人ならだれのものでもよい、彼女が坊やを抱いたことはほとんどないのだ。坊やについてはあまりに無関心なので、たとえそこに寝ていたって……リンダはそのほうを見おろした。

坊やは、寝がえりをした。彼はリンダのほうへむいて、もう眠っていなかった。その濃い青の、赤ん坊の眼があいていた、母親をそっとうかがうように、彼は見ていた。それから急に、彼の顔はえくぼにくずれて、大きな、歯のない笑いになった、まったく一つの明るい輝きのようだった。

「ぼくはここだよ！」とそのうれしそうな笑いが言っているようだった。「どうして、ぼくがきらいなの？」

その笑いには何かおかしな、思いがけないものがあったので、リンダも笑った。だが、彼女は自分をおさえ、冷やかに、赤ん坊に言った、「わたしは赤ちゃんは嫌いなのよ」

「赤ちゃんがきらいだって？」坊やは彼女の言うことを本当にしなかった。「このぼくがきらいだって？」彼は母親にむかって、手をやたらにふった。

リンダは椅子から離れて、芝生におりた。

「なんだって、そう笑ってばかりいるの？」と、彼女はきびしい調子で言った。「もしわたしがいま考えていることが何だかわかったら、そんなに笑わないでしょうに」

しかし、赤ん坊はただ眼を細め、ずるそうな表情をして、枕の上で頭をあっちこっちに動かした。彼は彼女の言うことを一言も信じなかった。

「ぼくたち、このことはすっかり知っているよ！」と赤ん坊は笑った。

リンダは、こんな小さい者が自信たっぷりなのには驚いた……いや、いけない、自分を偽らないこと。彼女が実際に感じたのはそうではなかった、何かもっと違った、何か非常に親しい、非常に……涙が彼女の眼にあふれた、彼女は小さなささやきで子供に言った、「ねえ、わたしのひょうきん坊やちゃん！」

ところが、それまでに、坊やは母親のことを忘れてしまっていた。彼はまた真顔になっていた。何かピンクいろのもの、何か柔らかいものが彼の前にあった。それをぎゅっと掴《つか》もうとすると、すぐに消えてしまった。だが、うしろへそると、また一つ、初めのようなのがあらわれた。こんどはどうしても捕えようと思った。彼は力いっぱいの努力をして、ごろりと反転した。

VII

潮は引いていた。渚《なぎさ》には人影がなく、温かい海がゆたりゆたりと打っていた。太陽はぎらぎらと照りつけ、細かい砂の上に熱く烈《はげ》しく照りつけて、灰色、青、黒、また白い縞《しま》のある小石を焼いていた。太陽はまた、曲った貝殻のくぼみにたまっているほんの一滴ばかりの水まで吸いとってしまった。また、砂丘のあちこちを縫ってつづいているピンクいろのヒルガオを白く漂《さら》した。小さな磯蚤《いそのみ》のほか、何も動くものはない。ピット、ピット、ピット！　磯蚤は少しもじっとしていることがなかった。

向うの、海草のたれ下がっている岩の上では――こういう岩は干潮のときは、水を飲みにやって来た毛むくじゃらの獣のようにみえるのだが――その小さな岩間の水たまりのひとつひとつに、太陽の光が落ちて、銀貨のようにクルクル回っているようだった。それらは躍り、それらはふるえ、細かなさざなみが穴だらけの岸べりを洗った。上からかがんで見おろすと、どの水たまりも、ピンクや青の家々が岸辺にむらがり集まっている湖のようだった、そして、おお！　それらの家々のうしろには、山岳地帯がある――峡谷も峠も危険な谷川も、また水ぎわに至る恐ろしい小道も。水の下には海の森林がゆれなびいていた――ピンクの糸のような木々や、びろうどのアネモネや、オレンジの実が粒々とついた海草。いま底の小石が動き、ゆれて、まっ黒い触手がチラッと見える。そうかと思うと、糸のように細い生きものがゆらゆらと過ぎ、そして見えなくなった。ゆれているピンクいろの森林に何ごとか起っている、それは冷たい月光のような青いろに変っていく。そしてまた、いともかすかな「ポコッ」という音がした。何があの音を出したのだろう？　あそこで、どんなことが起っているのだろう？　熱い陽ざしの中で、なんと強く、なんと湿っぽく、海草が匂《にお》うことだろう……

避暑地のバンガローの家々には、緑いろの窓おおいがひかれてあった。ヴェランダ一帯や、牧場の囲い地の上に平らにおかれ、あるいは垣柵《かきさく》にかけられて、疲れきったような水着や荒い縞模様のタオルが干してあった。どのうしろ窓にもサンダル靴が一足、しきいにのっており、岩のかたまりやバケツやパワ貝（訳注　アワビに似た貝、マオリ語）の蒐集品《しゅうしゅうひん》がおいてあるようだった。森は熱のうす靄《もや》の中でふるえた。砂地の道は人気なく、ただトラウト家の犬のスヌーカーがまんなかに長々と寝そべっているだけだった。犬の青い眼は上にむけられ、脚を棒のように横へ出して、ときどき絶望的にひびく喘《あえ》ぎをした、あたかもこれはもう終りにするぞと言うかのように。そして、どこかの親切な荷車がやってくるのを、ただ待っていた。

「おばあちゃん、何を見ているの？　どうして手をとめて、壁なんかじっと見ているの？」

キザイアと祖母は、いっしょに昼寝をしているところだった。女の子は、ただ短いズロースと下胸衣だけで、腕も脚もむき出しのまま、お祖母《ばあ》さんのベッドのふくらました空気枕《くうきまくら》の上に寝ていた。老婦人は、白いひだの多い部屋着をきて、窓ぎわのゆり椅子に腰をおろし、膝《ひざ》にピンクいろの長い編み物をおいていた。二人がいるこの部屋は、バンガローの他の部屋と同じく、明るい色のニスを塗った木材で、床には何も敷いてなかった。家具はこの上なく粗末で、この上なく簡単なものだ。たとえば、化粧台は小枝模様のモスリンのペティコートをつけた荷箱で、その上にある鏡ときたら、まことに珍妙なものだ、まるで稲妻の小さな一部分がそこに押しこめられたかのようだった。テーブルの上には、ハマナデシコを挿した壺《つぼ》がおいてあったが、ハマナデシコはあまりにぎっしりとかためてあったので、びろうどのピンクッションのようにみえた。それから、キザイアがピン皿にとおばあちゃんにあげた特別の貝殻と、もう一つ特別の貝殻があったが、それは、時計をくさりごと入れておくにはとてもいいと、彼女が考えたものだった。

「ねえ、どうしてなの、おばあちゃん」とキザイア。

老婦人は、溜息《ためいき》をつき、毛糸を二度親指のまわりにからめて、それから骨細工の編み棒を通した。編み物の最初の目をつくっているところだ。

「おばあちゃんはね、ウィリアムおじさまのことを考えていたのよ」と老婦人は静かに言った。

「オーストラリアのウィリアムおじさまのこと?」とキザイア。彼女にはもう一人おじさんがあったのだ。

「もちろん、そうよ」

「あたしの逢《あ》ったことのないおじさま?」

「そう、そのおじさまよ」

「それで、そのおじさまはどうしたの?」キザイアはすっかり知っているのだ、だが、もう一度話してもらいたかった。

「そのおじさまはね、鉱山へ行って、そこで、日射病にやられて亡《な》くなったのよ」とフェアフィールド夫人は言った。

キザイアは眼をしばたたき、その光景をもう一度思い浮べてみた……小さな男のひとが大きなまっ黒い穴のそばで、おもちゃの鉛の兵隊みたいにがっくりとたおれるところを。

「そのおじさまのことを考えると、おばあちゃんは悲しくなるの?」キザイアはおばあちゃんが悲しくなるのは大嫌いなのだ。

こんどは老婦人が考える番だった。それで、自分は悲しくなるだろうか? ずっと、ずっと昔をふり返る。歳月をかえりみる、キザイアが彼女の様子を見ているように。女がよくするように歳月を追ってみる、それがもうすっかり見えなくなってからあとまでも。それが自分を悲しませるだろうか? いや、そうじゃない、人生とはそんなもの。

「いいえ、キザイア」

「でも、どうして?」とキザイアはきいた。彼女は片方のはだかの腕をさし上げて、空《くう》に何かを描き始めた。「ウィリアムおじさまはどうして死ぬようになったの? 年とってなかったんでしょう」

フェアフィールド夫人は、編み物の模様の目を三つずつかぞえ始めた。「そういうことになってしまったのよ」と彼女は、ほかのことに心をうばわれている口調だった。

「だれでも死ぬことになるの?」とキザイア。

「だれでもよ!」

「あたしも?」キザイアの言い方は、とても信じられないというようだった。

「いつかはね」

「でも、おばあちゃん」キザイアは左の脚をゆすって、その足先をふり動かした。それは砂っぽかった。「あたしが死にたくないんだったら?」

老婦人は、また溜息をついて、毛糸の玉から長い糸をひっぱり出した。

「わたしたちはみんな、自分の意志などきかれないのよ、キザイア」と老婦人は悲しげに言って、「遅かれ早かれ、いつかはそういうことになるんですよ」

キザイアは、なおいろいろ考えてみた。彼女は死にたくなかった。死ぬということは、ここから行ってしまう、どこへでも行ってしまう、永久に、行ってしまう――おばあちゃんからも離れてしまうということだった。彼女はごろりとひっくり返った。

「おばあちゃん」と彼女はびくっとした調子で言った。

「なんですねえ」

「おばあちゃんは死んじゃいけない」キザイアは断固として言った。

「ああ、キザイア」――お祖母さんは顔をあげて、微笑しながら、頭をふった――「そんな話やめようね」

「でも、おばあちゃんは死んじゃいや。あたしを置いてっちゃいや。おばあちゃんがいなくなるなんて、いや」それこそ恐ろしいことだ。「決して死なないって約束して、おばあちゃん」と彼女はせがむように言った。

老婦人は編み物をつづけていた。

「約束して！　決して死なないと言って！」

しかし、それでもお祖母さんは黙ったままだった。

キザイアはベッドからごろりところがって下りた。もうこれ以上がまんができなくなったのだ。そして、お祖母さんの膝にぴょんと跳び上がって、老婦人の首に手を巻きつけて、あごの下や耳のうしろにキスし始め、それから頸《くび》のところを口で吹いた。

「決して死なないと言って……言って……言って――」彼女はキスの合間にとぎれとぎれに言った。それから、そっと軽く、お祖母さんをくすぐり始めた。「これ、キザイア！」老婦人は編み物を落し、ゆり椅子《いす》をうしろへかたむけた。彼女もキザイアをくすぐりだした。「決して死なないと言って、言って、言って」とキザイアは喉《のど》の奥で言い、二人はおたがいに抱きあいながら笑っていた。「さあ、もうおしまいよ、りすさん！　もうこれでいいのよ、あばれん坊の小馬さん！」とフェアフィールド老夫人は言って、頭の帽子をまっすぐになおした。「わたしの編み物を取ってちょうだい」

二人とも、何が「決して」なのだか、もう忘れてしまっていた。

VIII

太陽がまだ庭いっぱいに照っているとき、バーネル家の裏戸がバタンと閉じて、非常に華やかな姿が門への径《みち》を歩いていった。午後の外出に着飾った、女中のアリスだった。彼女は、見る人をぞっとさせるほど大きな紅《あか》い水玉模様がいっぱいついた白地の木綿の服を着て、白い靴をはき、ふちが折り返って、けしの花飾りのついた麦わら帽子をかぶっていた。もちろん、手袋をはめていた——白い手袋で、とめ金《がね》のところが鉄錆《てつさび》いろに染めてあり、一方の手には、彼女の言い方で「ペリッシオール」（訳注　パラソルの訛り）と呼ぶ、汚れてみえる日傘をたずさえていた。

ベリルは、窓のところに坐《すわ》って、いま洗ったばかりの髪をうちわであおぎながら、あんな滑稽《こっけい》なかっこうは見たことがないと思った。アリスがもし出かける前に、コルクの墨で顔をまっ黒に塗っていたならば、それがちょうどぴったり似合うだろうに。それに、あんな娘がこういう土地で、いったいどこへ行くのだろう？　ハート型のフィージーうちわは、軽蔑《けいべつ》をあらわすように、その美しい、輝く髪を打った。アリスはどこにもざらにいる、いやらしい無頼漢とくっついて、二人でいっしょに森の中へ行くのだろう、と彼女は想像した。あんなにけばけばしく飾りたてたら、かえって損なのに、あんな服装をしたアリスと隠れるのに、相手はさぞ苦労するだろうに。

だが違う、ベリルの判断は当っていなかった。アリスはミセズ・スタッブズのところにお茶をご馳走《ちそう》になりに行くところだった。ミセズ・スタッブズは、注文をききにくる男の子にことづけて、「招《よ》んで」くれたのだ。アリスがミセズ・スタッブズのことがとても好きになったのは、蚊に喰われたあとにつける何か薬を買いに、初めてその店へ行ったときからだった。

「あら、まあ！」ミセズ・スタッブズはそう言って、手で脇腹《わきばら》を打った。

「そんなにひどく喰われたのは見たことないわ。まるで人喰い人種にやられたみたいじゃないの」

いまアリスは、それにしても、道路に少しは人通りがあればよいのにと思った。うしろにだれもいないということは、変な気持にさせた。背なかのところがまったくたよりない感じだ。だれも自分を見ていないともおもわれなかった。そうかといって、うしろをふり返って見るのは馬鹿《ばか》げている、かえって人の笑いものになってしまう。手袋をきゅっとひっぱり、ひとりで鼻唄《はなうた》をうたい、遠くのゴムの木に話しかけた、「もうそんなに遠くないわ」。だが、ゴムの木ではとうてい相手にならない。

ミセズ・スタッブズの店は、道路から少し外れた、小さな丘の上にのっていた。二つの大きな窓が眼で、広いヴェランダが帽子であり、「ミセズ・スタッブズの店」と書きなぐった看板は、ちょうど帽子の山のところに粋《いき》にさした小さなカードのようだった。

ヴェランダには、長い紐《ひも》にたくさんの水着がならんでいて、いっしょに吊《つ》り下がっている様子は、これから海に入るのを待っているというよりは、いま海から救いあげられたばかりといったふうだった。そのそばには、一たばねのサンダル靴がかかっていたが、ひどくごちゃまぜになっているので、そのうちの一足を取るには、少なくとも五十ぐらいを掻《か》きわけて、むりやりひき離さなければならない。それにしたって、右のに合う左のを見つけるのは、なかなかむずかしいことだった。そこで多くの人々は、しびれを切らして、片方に合うのをつけ、もう一方はちょっと大きすぎるのでもはいて出かけてしまう……ミセズ・スタッブズは、あらゆる品を少しずつ店においてあることを自慢にしていた。二つの窓のところには、不安定なピラミッドの形にぎっしりと物がおかれ、非常な高さに積まれてあるので、奇術師でもなければ、それがひっくり返らないようにしておくことはむずかしいだろうとおもわれるくらいだった。一つの窓の左手の隅には、四つの菱形《ひしがた》をしたゼラチン紙で貼《は》りつけた告示があった——いつのことかわからないほど前からあるのだ。

失い物！　美しい金制ブローチ
　純　金
浜か　その近所
謝礼　呈上

アリスはドアを押した。鈴がジャランジャラン鳴り、紅いサージのカーテンがひらいて、ミセズ・スタッブズが出てきた。顔いちめんに笑みをうかべ、手に長いベーコンナイフを持っているところは、親切な山賊といったかっこうだった。下へもおかない歓迎ぶりなので、アリスは、自分の「行儀」を、どうしてよいかわからなかった。そこで、しきりに咳《せき》をしたり、エヘン、エヘンといったり、手袋をひっぱったり、スカートをぐいと引いたりなどして、自分の前に何がおいてあるかも、どういうことを言われているかも、よくわからなかった。

居間のテーブルにはお茶がおいてあった——ハムや鰯《いわし》や、一ポンドのバター全部、それから、何かのふくらし粉の広告にあるような、とても大きなメリケン粉ケーキ。だが、プリムス・ストーブ(訳注　揮発油ストーブの一種)がごうごう音をたてて燃えているので、それより高い声で話そうとしてもだめだった。アリスは籐椅子《とういす》の端に腰かけたが、ミセズ・スタッブズのほうは、ますますストーブの火を大きくした。ミセズ・スタッブズは、急に椅子からクッションをはねのけて、大きな茶いろの紙包みを出した。

「わたし、新しい写真をとらせたのよ」と彼女はアリスに明るく言って、「あんたに見てもらいたいわ」

アリスは、たいへんしとやかな、お品のよい仕草で指を濡《ぬ》らすと、最初の写真の薄紙をめくった。まあ、なんてたくさんあるんだろう！ 少なくとも三ダースはある。そして彼女は、持っている写真を光のほうにさしむけた。

写真のミセズ・スタッブズは肘《ひじ》かけ椅子に腰かけているが、一方にぐっとよりかかっていた。その大きな顔には軽い驚きの表情があったが、それも無理からぬことだった。というのは、肘かけ椅子は絨毯《じゅうたん》の上にあったのに、その左手には、まったく不思議にも絨毯の境にそって、勢いよく落ちる滝があったからである。そしてミセズ・スタッブズの右のほうには、両側に巨大な羊歯《しだ》が生えているギリシャ風の円柱があり、また背景に、白い雪をおびたみすぼらしい山があった。

「いい写真でしょう？」と、ミセズ・スタッブズは大声で言い、アリスもかん高い声で、「すてきですわ」と言ったとき、プリムス・ストーブのごうごういう音が急に弱まって、シュッといって絶えた。そこで、しいんと圧迫するような静けさのなかで、彼女は「きれいですわ」と言った。

「さあ、ずっとお寄りなさい」と、ミセズ・スタッブズはお茶をつぎながら言った。「そうねえ」とお茶をわたしながら、ちょっと考えこむようにして、「わたし、その大きさは好きじゃないんですよ。いま引伸ばしさせているの。こういうのはクリスマス・カードにはちょうどいいんですけれどね、わたしは小型の写真にはむかないのよ。

ああいうもので、これはよくできたと思うことはないわ。本当のこと言うと、あたし、がっかりしてしまうのよ」

アリスは、彼女の言うことはもっともだと思った。

「大きさね」とミセズ・スタッブズ、「大きいのがいいんだ、亡《な》くなったわたしの夫はいつもそう言っていたんですよ。夫はなんでも小さいものにがまんできなかったんですよ。むしずが走るほど嫌いだったんです。ちょっと妙な話ですけれどね」――ここでミセズ・スタッブズはキーキー椅子をきしらせて、追憶にからだをふくらますようにみえた――「最後に夫の命取りになったのは、水腫《すいしゅ》だったんですの。病院では、何度となく〇・九リットル近くも夫のからだから取ったんですよ……まったく天のむくいみたいなもんですわ」

アリスは、彼から取ったものが何か、はっきり知りたくて仕方がなかった。そこで思いきって、「それは水だったんでしょう」と言った。

だが、ミセズ・スタッブズはじっとアリスに眼をむけると、意味ありげにこう言った――「それはね、液なんですよ」

液！　アリスはその言葉から猫のように飛びのくと、鼻でかぎ、用心深く、またそれへもどっていった。

「あれが夫なのよ！」とミセズ・スタッブズは言って、等身大の頭と肩をもつ、たくましい男の写真を身ぶりたっぷりに指さした——その男の上衣《うわぎ》のボタン穴には、冷えた羊脂のちぢんだかけらを思わせる、しおれた白い薔薇《ばら》がさしてあった。そのすぐ下の紅い地の厚紙には、銀字でこう記してあった——「われなり、懼《おそ》るな」（訳注　マタイ伝十四章二十七節）

「とてもりっぱなお顔ですね」とアリスはごく小さな声で言った。

ミセズ・スタッブズの巻毛の金髪の上につけたうす青いリボンがゆらいだ。彼女はふとった頸を下げた。なんという頸だろう！　彼女の頸は、始めのところは明るいピンクいろで、それから温かい杏《あんず》いろに変り、それがうすれて茶色の卵のいろになり、それからまた深いクリームいろになっていた。

「なんといってもね」と彼女は驚いたような口調で、「自由が一番いいですよ！」彼女の柔らかな、ふとった者のふくみ笑いがごろごろいう音のようにひびいた。「自由が一番いいですよ」とミセズ・スタッブズはもう一度言った。

自由！　アリスは、声高い馬鹿げたクスクス笑いをちょっとした。彼女はきまりが悪くなった。心は自分の台所仕事のほうへ急にもどっていった。なんて妙なことだろう！　また台所に帰っていきたくなったのだ。

IX

お茶のあとのバーネル家の洗濯小屋に、妙な一団が集まっていた、テーブルをかこんで、牡牛《おうし》、雄鶏《おんどり》、自分が驢馬《ろば》だということをいつも忘れる驢馬、羊、蜂《はち》などが坐っていた。洗濯小屋はこういう集まりにはくっきょうの場所だった、というのは、彼らは思うぞんぶん音をたてることができるし、それでだれも邪魔に入るものがなかったからである。そこはバンガローの母屋《おもや》から離れている、小さなトタン小屋だった。深い水桶《みずおけ》が壁に立ててあり、また隅に洗濯用の銅釜《どうがま》があって、その上には洗濯ばさみを入れた籠《かご》がのっていた。蜘蛛《くも》の巣だらけの小さな窓には、一本の蠟燭《ろうそく》と鼠《ねずみ》おとしが埃《ほこり》だらけのしきいにのっていた。頭の上には十字に交差して着物をかける紐がわたしてあり、壁の釘《くぎ》から、非常に大きな、巨大ともいうべき、錆びた馬蹄《ばてい》(訳注　魔除けのまじない)が下がっていた。テーブルは中央におかれ、両側に長い腰かけ台があった。

「あんたは蜂じゃだめよ、キザイア。蜂は動物じゃないもの。あれはコンチョウ(訳注　昆虫のこと)よ」

「だって、あたしはとっても蜂になりたいのよ」とキザイアは泣き声を出した……ちっちゃな蜂、からだじゅう黄いろの柔らかい毛が生えていて、縞《しま》のある脚をもっている。彼女は両脚を下へひいて、テーブルによりかかった。すると、自分が蜂のような気がした。

「コンチョウ、、、は動物に違いないわ」と彼女は断固として言った。「音をたてるんですもの。お魚なんかと違うわよ」

「ぼくは牡牛だ、牡牛だよ!」とピップがどなった。そして、恐ろしいうなり声をたてた——どうしてあんな声が出せるんだろう——それでロッティがおびえた顔をしたほどだった。

「ぼくは羊になるよ」と小さいラグズ、「けさね、羊がいっぱい通っていったんだよ」

「どうして知っているの?」

「パパが啼《な》き声聞いたって。メェエエ!」ラグズの啼き声は、あとに遅れてチョコチョコ歩き、抱いていってもらうのを待っている仔羊《こひつじ》のようだった。

「コケコッコー!」とイザベルが金きり声をあげた。紅い頬っぺたで、クルクルした眼をしている彼女は、たしかに雄鶏のようだった。

「あたし、何になるの?」とロッティはみんなにきいて、みんなが決めてくれるのを待ちながら、にこにこしていた。それはやさしいものでなければならない。

「驢馬にしなさいよ、ロッティ」とキザイアの発案だった。「ヒ、ヒ、ヒーンって!
忘れちゃだめよ」
「ヒ、ヒ、ヒーン」ロッティがまじめくさって嘶いた。「あたし、いつなけばいい
の?」
「ぼくが教えてあげよう、教えてやるよ」と牡牛が言った。トランプの札を持ってい
るのは彼だった。彼はトランプの札を頭のうえでふった。「みんな静かに! みなよ
く聞くんだぞ!」そして、みんながおとなしくするのを待った。「いいかい、ほら、
ロッティ」彼は札をめくった。「これに点が二つあるだろう——ねえ? それで、も
しあんたがその札をまんなかにおいて、だれかまた別な人がやはり点の二つある札を
取ったら、あんたは、ヒ、ヒ、ヒーンって言うんだよ、そうするとその札はあんたの
ものになるのさ」
「あたしのに?」ロッティは眼を丸くした。「もらってしまうの?」
「そうじゃないよ、馬鹿だな。ゲームの間だけだよ、わかった? いまやっている間
だけなんだよ」牡牛はロッティにひどくかんしゃくを起していた。
「まあ、ロッティ、あんたはほんとうに馬鹿よ」と、いばった雄鶏が言った。
ロッティは二人の顔を見た。それから頭をたれた、彼女の唇がふるえていた。「あ

たし、ゲームやりたくない」と小さい声で言った。ほかの者はみんな共謀者のように、眼と眼を見合せた。みんなは、ロッティの言葉がどういうことを意味するか知ってい
た。ロッティはそこから出ていき、どこか、すみっことか、壁のところとかまた椅子のうしろとかで、エプロンを頭にかぶって立っているのを見つけられることになるだろう。

「ねえ、ロッティ、やりなさいよ。とてもやさしいのよ」とキザイアが言った。

そしてイザベルも、後悔して、まったく大人のような言い方で、「あたしのやるのをよく見なさいね、ロッティ、そうすればじきに覚えられるわよ」

「元気を出せよ、ロット」とピップ、「ねえ、ぼくがいいことしてあげるから。一番初めの札をあげるよ。ほんとうは、これ、ぼくんだよ、でも、それをあんたにあげよう。ほらね」そして、彼はその札をロッティの前にパタンとおいた。

ロッティはそれで元気づいた。ところがまたもう一つの問題が起った。「あたし、ハンカチ持ってないの」と彼女、「ハンカチがどうしてもいるの」

「ほら、ロッティ、ぼくの、貸してやらあ」ラグズが彼の水兵服の上衣を探して、ぎゅっと結んだ、ひどく濡れているらしいハンカチを取り出した。「よく気をつけるんだよ」と彼は注意して、「その端のところだけ使うんだぜ。それ、ほどいちゃだめだ

よ。中にヒトデが入れてあるんだから、ぼく、これから馴《な》らしてやろうと思うんだ」

「さあ、始めるよ」と牡牛が言った。「いいかい——自分の札を見ちゃいけないよ。ぼくがね、『始め』と言うまで、手をテーブルの下においとくんだよ」

トランプの札はピシャッ、ピシャッとテーブルの上にくばられていった。彼らは一生懸命に見ようとしたが、ピップのくばり方がとても早いので、見ることができなかった。洗濯小屋の中にそうして坐《すわ》っているのは、まったく心をわくわくさせるものがあった、ピップがすっかりくばり終るまで、動物の啼き声をいっせいに出さないようにがまんしているのも、やっとのことだった。

「さあ、ロッティ、あんたからだよ」

おずおずと、ロッティは手をのばして、自分の重ねた札から一番上のを取った、それをよく見て——彼女が点をかぞえているということはだれにもわかった——それから下へおいた。

「だめ、ロッティ、そうするんじゃないんだよ、自分が最初に見ちゃいけないんだよ。逆にひっくり返さなくっちゃ」

「だって、そうするとみんながあたしといっしょに見ちゃうんですもの」

ゲームは進んでいった。モーオ、オオオッ！　牡牛はものすごかった。テーブルの上に突進して、トランプの札を食ってしまいそうだった。

ブブン、ブーン！　蜂がうなった。

コケコッコー！　イザベルは興奮して立ちあがり、両肘を翼のように動かした。

メェエー！　小さいラグズはダイヤの王さまをおき、ロッティは彼らが「スペインの王さま」（訳注　スペードのキング）と呼ぶ札をおいた。彼女はもうほとんど札を持ち合せていなかった。

「どうして啼かないの、ロッティ？」

「あたし、自分がなんだったか忘れちゃったんですもの」と驢馬が悲しそうに言った。

「そんなら、かえたらいい！　そのかわりに、犬になったら！　ワン、ワンって！」

「ああ、それがいいわ。そのほうがずっとやさしいわ」ロッティはまたにこにこした。だが、ロッティとキザイアがいっしょにポイントを持ったとき、キザイアはわざと待っていた。ほかの連中がロッティに合図して指さした。ロッティは真っ赤になった。彼女はどぎまぎして、やっとのことで言った――「ヒ、ヒ、ヒーン！　キザイア」

「シッ！　ちょっと待って！」みんなが勝負のたけなわにあるとき、牡牛が手をあげて、彼らを止めた。「あれ、なんだろう？　なんの音だろう？」

「どういう音？　なんのこと、そう言うの？」と雄鶏がきいた。

「シッ！　黙って！　静かに！」みんなは息をひそめたように静かになった。「いま、戸を叩くような音がしたと思うんだよ」と牡牛が言った。

「どんな音がしたの？」と羊が細い声できいた。

何の返事もない。

蜂は、ぶるっと身をふるわせた。「どうして戸をしめちゃったの？」とおだやかにきいた。ああ、なぜ、戸をしめちゃったんだろう？

彼らが遊んでいるうちに、日が暮れてしまったのだ。壮麗な夕焼けが燃えて、それもあせていた。そしていま、迫ってくる闇がすばやく海をわたり、砂丘をこえ、牧場の囲い地にまで近づいてきた。洗濯小屋の隅のところを見るのはこわいのだが、それでも一生懸命にこらえて見なければならない。そして、どこか遠いところで、おばあさんがランプをともしているところだった。窓おおいは引かれていた、台所の火は、棚の金物類にチラチラ映って躍っていた。

「いま、もしね、天井から蜘蛛がテーブルの上に落ちてきたら、とてもこわいだろうな」と牡牛が言った。

「蜘蛛は天井からなど落ちはしないわよ」

「落ちるとも。うちのミニーが言ったよ。お皿のように大きくて、グーズベリーのように、長い毛が生えてる蜘蛛を見たって」

急に、小さな頭が全部、上にぐいとむけられた。小さな体は全部、おたがいに寄りそい、おたがいにくっつき合った。

「どうしてだれか来て、あたしたちを呼んでくれないのかしら？」と雄鶏が大きな声で言った。

ああ、ランプの明るいところに坐って、笑いながら心地よさそうにして、碗《カップ》からお茶を飲んでいる、あの大人たち！　大人たちは彼らのことを忘れてしまったのだ。いや、ほんとうに忘れたのではない。彼らがほほえんでいるので、それがわかる。大人たちは子供を好き勝手にしてやろうと決めていたのだ。

突然、ロッティがつんざくような叫び声をあげたので、全部の者が腰掛から飛びあがった、全部の者がまた叫び声をあげた。「顔よ――顔がこっちを見てる！」ロッティが金きり声で言った。

それは本当だった、嘘《うそ》ではなかった。窓のところにくっついて、青白い顔があった、黒い眼、黒いひげ。

「おばあちゃん！　お母さま！　だれか来て！」

だが、彼らが上になり下になって、戸口のところへ行きつかぬうちに、そこがあいて、ジョナサン叔父さんが入ってきた。ジョナサンは、二人の少年を連れに来たのであった。

X

ジョナサンはもっと前にそこへ行くつもりだった。ところが、前庭で、リンダが芝生を行ったり来たり、立ちどまって枯れた石竹をつんだり、頭の重いカーネーションを何かによりかからせたり、何かの匂《にお》いを深く吸ったり、それから、やや超然とした態度で、また歩きつづけているところにぶつかった。白い上衣の上に、彼女はシナ人店で買った、ピンクいろのひだ飾りがついた黄いろいショールをかけていた。

「ちょっと、ジョナサン！」とリンダが呼んだ。それで、ジョナサンは古ぼけたパナマ帽をパッと取り、それを胸にあてると、片膝《かたひざ》をついて、リンダの手に接吻《せっぷん》した。

「ごきげんよろしゅう、わが麗《うるわ》しきひと！　ごきげんよろしゅう、わが妙《たえ》に美しき桃の花よ！」とバスの声が柔らかにひびいた。「ほかの貴婦人方はいずこに参られたかな？」

「ベリルはブリッジをしに出かけましたわ、母は坊やにお湯をつかわせているところ……何かお借りにいらしたの？」

　トラウト家は、年がら年じゅう何かたくわえ物が切れて、そのどたん場になると、バーネル家に無心を言ってくるのだった。

「ほんの少しの愛、ほんの少しの親切」ジョナサンはそう答えただけで、義姉とならんで歩きだした。

　リンダは、マヌカ樹の下のベリルのハンモックに腰をおろし、ジョナサンは、彼女のそばの芝生に体をのばし、長い草の茎を抜いて、それを噛《か》み始めた。二人はおたがいによく知りあっている仲だった。子供たちの声がよその庭から高くひびいた。漁夫の小さい荷車がガタガタ砂地の道を通っていき、遠くから、犬のほえ声が聞えてきた、それは、ちょうど犬が頭に袋をかぶされているように、こもった音であった。もし耳をすますならば、満潮《みちしお》で岸の小石を洗っている、海のおだやかなさざめきも聞くことができよう。太陽は沈みかかっていた。

「それで、あんたは月曜日に会社へ帰るんでしょう？」とリンダがきいた。

「月曜日には、檻《おり》の扉が開いてガチャンとしまると、次の十一カ月と一週間、監禁の身となるんですよ」とジョナサン。

　リンダはハンモックを少しゆすぶった。「つらいことだわね」と彼女はゆっくりと言った。

「笑えばよいと思われるや、美しき姉君？　泣けばよいと思われるや？」

リンダは、こういうジョナサンの物の言い方には慣れっこになっているので、平気な顔をしていた。

「そういうことにはね」と彼女はあいまいに、「ひとは慣れると思うわ。どんなことにも慣れるものよ」

「ひとは、ですか？　フム！」その「フム」は底深くひびいて、まるで、地面の下から鳴り出るようだった。「いったい、どうしてそうできるのか不思議だなあ」とジョナサンは考えこむ様子をして、「ぼくには絶対それができないんでね」

彼が横になっているのを見ながら、リンダは、この人はなんて魅力があるんだろうと思うのであった。彼が一介の事務員にすぎないのに、一方、スタンレーが彼の二倍も金を取る、ということはふしぎであった。ジョナサンはどういうところが悪いんだろう？　彼は野心というものをもっていない、そのためだろうと思った。それにしても、彼は才能があり、人なみ優れている、とひとは感じる。熱情的といってよいほど音楽を愛した、余剰の金は残らず本のほうにまわされた。いつも新しい着想、考案、計画をいっぱいもっていた。だが、それからは何も出てこなかった。新しい火がジョナサンの中に燃えさかる。新しいことを説明し、縷々《るる》と述べて、敷衍《ふえん》するときには、相手はその火が静かに音たてて燃えているのを聞くような気がする。ところが、それから少したつと、火はくずれてしまい、もはや灰だけしか残っていない、そしてジョナサンは、黒い眼に飢餓に似た表情をひそめて歩きまわっている。そういうときに、彼は例の馬鹿《ばか》げた話しぶりをいっそう大げさにやるのだ、また彼は教会で歌をうたった——それも途方もなく大げさな力み方をするので、まったくつまらない讃美歌《さんびか》も神聖ならざる光彩をおびるのであった。

「月曜日に、会社へ行かなければならないなんて、まったく馬鹿らしい、まったくいまいましいことに、ぼくには思えるんですよ」とジョナサン、「いままでずっとそうだったし、これからもそうなんでしょうがね。生涯の一番よい時期を、九時から五時まで腰掛に坐って、ほかの人の台帳にガチガチと記入をして過してしまうなんて！自分の……唯一《ゆいいつ》無二の生涯の使い方としては変なものでしょう？　それとも、ぼくは甘い夢想家なのかな？」彼は芝生の上でごろりと向きをかえて、リンダを見あげた。「ねえ、ぼくのような生活とほんとうの囚人の生活とに、どういう違いがありますか？　ぼくにわかる唯一の違いは、ぼくはみずから自分を牢獄《ろうごく》に押しこんで、しかもそこから出してやろうという人がだれもいないこと。それは、囚人の境遇よりもっと堪えがたいものですよ。というのは、もしぼくがむりに――ほかの人にぶちこまれて――反抗までしても――一たび扉に錠をかけられたならば、まあ、五年かそれ以上も閉じこめられたとしたならば、ぼくはその事実を甘んじてうけ入れ、蠅《はえ》の飛ぶさまに興味をもったり、廊下を歩く看守の足音をかぞえて、その歩き方がいろいろ変ることに特別注意をはらってみたりなどするでしょう。ところが、現在のぼくは、みずから進んで部屋に飛びこんだ虫みたいなもんですよ。ぼくは壁にぶつかったり、窓にぶつかったり、天井にバタバタあたったり、実際、ありとあらゆることをやってみる、ただ、再び外へ飛んでいかないだけ。その間じゅう、ぼくは、あの蛾《が》や、蝶《ちょう》や、その他の虫と同じように、『生の短さ！　生の短さ！』と考えているんです。ぼくにはただ一晩、一日しかないのです。しかもそこで広大な、危険にみちた庭が、外に待っているのです、まだ発見されないまま、まだ探険されないままに」

「でも、もしそういうふうにお感じになるならば、どうして――」とリンダは口ばやに言いだした。

「ああ！」とジョナサンは叫んだ。そして、その「ああ！」には、何か自分で悦に入っているようなところさえあった。「そこが痛いところですよ。どうして？　いったい、どうして？　そこに、気を狂わすような、不可解な疑問があるんです。なぜ、ぼくは再び外へ飛び出さないのか？　窓や戸や、その他どこでも、ぼくがもともと入ってきたところがあるはずだ。まったく閉じられてしまい、だめだというわけではないでしょう——ええ？　どうしてぼくはそれを見つけて、飛んでいかないか？　その答えを教えてください、姉さん？」だが、彼はリンダに答える余裕を与えなかった。「ぼくは、ここでも虫とまったく同じなんですよ。何かの理由で」——ここでジョナサンはちょっと黙ってから——「そのことは、許されていないのです。禁じられているんです、虫の法律に反するんです、ぶつかることや、バタバタやることや、窓ガラスをはい上ることを、ほんの一瞬でもやめることはね。なぜ、ぼくは事務所をひかないか？　なぜ、このいままでも、真剣に考えないか、たとえば、自分をひくことができないようにしているものは何か、とね。ぼくはがんじがらめに縛られているといった状態でもない。二人の養いそだてるべき男の子がいるが、結局、彼らはまだ子供だ。やろうと思えば、海へだって出ていけるし、あるいは内地に行って仕事を見つけることもできよう、それとも——」突然、彼はリンダに笑いかけ、秘密を打明けるように、声の調子をかえて言った。「弱い……弱いんですよ。気力がないんです。腰がすわってないんです。まあ、自分の指標となる主義がない、とでも言いますかな」ところが、その次に、暗い、柔らかな声がひびき出た——

この物語を聞かれるや
これより進む筋のまま……

そして二人は黙った。
太陽は沈んだ。西空には、くずれかかった薔薇《ばら》いろの雲の大きなかたまりがあった。光の幅ひろい矢が雲をつらぬき、また雲の彼方《かなた》からも、あたかも空全体にわたろうとするかのように輝いていた。頭上の空の青さは色あせた。それはうすい金いろに変り、それを背景にして輪郭の浮き出した森は、黒ずみながら光をおび、金属のようにきらめいた。折々こういう光の矢が空に見えるとき、その光は実に深厳である。それを見ると、あそこにはエホバ、峻烈《しゅんれつ》に見守る神、全能の神が坐《すわ》っていらっしゃって、御眼は常に油断なく、決してうむことなく、人間にむけられていることを思わずにはいられない。その神が最後の審判日に再来するならば、地上の世界全体が震えおののいて、一つの崩壊した墓場に帰してしまうだろうともおもわれる。そして、冷やかな、輝く天使たちが自分をあちこちに追いまわし、至って簡単に説明できることも説明する余裕は与えられないであろう……だが、今晩は、あの銀いろの光の矢には、何か無限に喜ばしくやさしいものがあるように、リンダにはおもわれた。いまはもう、海のざわめきは聞えてこなかった。あのやさしい、喜びにみちた美しさを自分の胸にひき入れようとするかのように、海は柔らかに息づいていた。

「何もかも悪い、何もかも悪いのだ」ジョナサンの、影にかくれたような声が言った。「場面にもなっていない、背景にもならない……三つの腰掛、三つの事務机、三つのインク壺《つぼ》、それから金網の窓おおいときては」

リンダは、彼が境遇をかえることは決してない、ということを承知していたが、「いまからでは、もう遅すぎるの？」と言った。

「ぼくは年とったんです、老いたんです」とジョナサンは抑揚をつけて言った。彼は、リンダのほうにかがんだ、手を頭の上へやった。「ごらんなさい！」彼の黒い髪は、全体に銀のまだらができていた、まるで黒い鶏の胸の羽毛のように。

リンダはびっくりした。彼が白髪《しらが》を交えていることなど思いもよらなかったのだ。それでもなお、彼がリンダのそばに立って、溜息《ためいき》をして体をのばすときに、彼女は初めて、優柔不断の彼、女性にいんぎんなばかりでない彼、のんきでない彼、むしろすでに老齢にむしばまれかけている彼を見たのであった。暗くなりかけている芝生の上で、彼の姿は非常に高く見えた、そして、ふと、彼女の心に、こんな思いがかすめた

——「この人は雑草に似ている」と。

ジョナサンは、再び身をかがめて、リンダの指に接吻した。「そなたのやさしき忍耐に、恵みあらんことを、わが姫君」と彼はささやいた。「わが名と財を承《う》くる世継の子たちを探しに、これより参り候《そうろう》……」彼は立ち去った。

XI

バンガローの家の窓々には、灯が輝いた。金の四角い型が二つ、石竹と萎《しぼ》んだ金盞花《きんせんか》の上に落ちた。猫のフロリーはヴェランダのところへ出てきて、一番上の踏段の上に坐った、白い前脚を合わせ、尻尾《しっぽ》をぐるりと巻いて。あたかも、一日じゅう、この時を待っていたかのように、満足しているかっこうだった。

「やれやれ、ありがたい、夜がふけていく」とフロリー、「ありがたいことに、長い一日が終った」猫の青杏《あおあんず》いろの眼が大きく開いた。

やがて、乗合馬車のひびきがし、ケリーの鞭《むち》のピシッと鳴る音がした。町から帰る人々が高声で話しているのが聞えるほどに、それは近くなった。馬車は、バーネル家の門のところでとまった。

スタンレーは前庭の径《みち》を半ば行くと、リンダの姿を見た。「あんたかね？」

「そうよ、スタンレー」

彼は、花壇を飛びこえて、彼女を両腕でしっかりとおさえた。彼女は、あのいつもの、熱のこもった、強い抱擁にかかえられた。

「ゆるしておくれ、ねえ、わたしをゆるしておくれ」とスタンレーは口ごもるように言って、手を彼女のあごの下へやり、その顔を彼のほうに上げさせた。

「ゆるすって？」とリンダは笑いながら、「でも、いったい何を？」

「冗談じゃない！　あんたは忘れているはずがあるもんか」とスタンレー・バーネルは大声で言った。「きょうは一日じゅう、わたしはそのことばかり考えていたんだ。実にみじめな一日だったよ。郵便局へ駆けつけて、電報を打つことに心を決めたんだが、それから、電報はわたしが帰るまで着かないだろうと思い返したのさ。もう、ひどく悩みどおしだったんだよ、リンダ」

「だって、スタンレー」とリンダ、「なんで、あなたをゆるさなければならないの？」

「リンダ」——スタンレーはひどく感情を害した——「あんたは、自分でわかっていないのかい？——ちゃんとわかっているはずだ——けさ、わたしはあんたに、さよなら、を言わないで出かけたんだよ。あんなこと、どうしてやったのか、自分でもわからないんだ。もちろん、わたしの例のかんしゃくのためだ。だが——それで」ここで、溜息をして、また彼女を両腕に抱いた——「そのむくいに、きょう一日じゅう苦しんだんだよ」

「お手に持っていらっしゃるのはなあに？」とリンダがきいた。「新しい手袋？ ちょっと見せて」

「いや、なに、安いかもしかの革だよ」とスタンレーはひかえ目に言った。「けさ、乗合馬車の中でベルがはめているのを見てさ、それで店の前を通ったから、飛びこんで買ってきたんだよ。何を笑っているの？ 悪かったかね？」

「それどころじゃないわ、あなた」とリンダ、「よく気がついてくださったと思いますわ」

彼女は、大きな、うす青い手袋の片方を自分の手にはめてみて、甲と手のひらを交互に返しながら、手を見ていた。彼女はまだ笑っていた。

「それを買う間じゅう、ずっとあんたのことを考えていたんだよ」とスタンレーは言おうと思った。それは嘘《うそ》じゃない、だが、どういうわけか、そう言うことができなかった。「うちへ入ろう」と彼は言った。

XII

夜になると、ひとはどうしてこうも違った気持になるのだろう？　ほかの人々がみな眠っているときに、眼をさましているのが、どうしてそんなに心をたかぶらすのだろう？　遅い時刻——もう、ずいぶん遅い！　それでもなお、一刻ごとに、だんだん眼が冴《さ》えていく、まるで一息ごとにおもむろに眼がさめて、新しい、ふしぎな、昼の世界よりははるかに興奮にみちた世界へ入っていくようだ。自分は陰謀者だといった、この奇妙な感じはなんだろう？　そっと、足をしのんで、あなたは部屋を歩きまわる。化粧台から何かを取り上げて、また、そっと音のしないようにおいたりする。そして、あらゆるもの、ベッドの柱までもが、あなたのことを知っている、あなたに応《こた》え、あなたの秘密を共有する……

あなたは、昼のうちは自分の部屋がそう好きではない。部屋のことなど決して考えない。そこを出たり入ったり、ドアは開いたり閉じたりして、食器棚がきしんだ音をたてる。ベッドのわきに腰かけて、靴をかえ、それからまた、急に立つ。鏡をのぞきこみ、髪にピンを二本さし、鼻の頭に白粉《おしろい》をつけて、またはらい落す。だが、いま

——部屋は突然に親しいものとなる。親しい、小さな、面白い部屋なのだ。それはあなたのもの。ああ、物を持つということは、なんという喜びだろう！　わたしのもの——わたし自身の！

「永久に、ぼくのものかい？」

「そうよ」ここで唇が合した。

いや、もちろん、これは何も関係がないことだ。まったくの馬鹿げた、くだらない妄想だ。ところが、そう思うのに、ベリルは、二人の人間が部屋のまんなかに立っているのが、はっきり見えるのだった。女の腕は男の首にからまっている。男は女を抱いた。いま、男はささやく、「ぼくのかわいい、きれいなひと、かわいい、きれいなひと！」彼女はベッドから飛びおりて、窓のところへ走りよると、窓しきいに肘《ひじ》をのせて、窓下の腰掛に坐った。だが、美しい夜、庭、あらゆる灌木《かんぼく》、あらゆる葉、白い柵《さく》や星までもが、陰謀の加担者であった。月の光は非常に明るいので、花々は昼と同じように輝いていた。金蓮花《きんれんか》の優雅な百合《ゆり》のような葉や、大きく開いた花の影が、銀いろのヴェランダの上に落ちていた。南よりの風にあおられて曲るマヌカ樹は、片脚で立って、一つの翼をひろげている鳥のようなかたちであった。

だが、森を見ると、森は悲しんでいるように、ベリルには感じられた。

「わたしどもは物言わぬ木々で、夜の空のほうへ伸び上がっているのです。自分でもなんだかわからないものを探りながら」と悲しみにみちた森が言った。

ひとは、たしかに、ひとりぼっちでいて、人生のことを考えるときは、いつでも悲しくなる。あの快い興奮といったようなものはすべて、突然に自分から去ってしまい、そのあとは、あたかも静寂のなかで、だれかが自分の名を呼び、しかも自分の名を初めて聞くかのようである。「ベリル！」

「ああ、ここよ。ベリル。あたしを呼ぶのはだあれ？」

「ベリル！」

「いま行くわ」

ひとりで生きていることは、寂しいもの。もちろん、親戚《しんせき》とか友だちとか、そういう人々はあり余るくらい多い、だが、それは彼女の考えるものとは違う。そういった人々の、だれも知らない「ベリル」を見つけてくれ、いつもそういうベリルであることを望むような人がほしいのだ。彼女は恋人がほしいのだ。

「ほかのこういう人々から、あたしを連れ出してください、あたしの恋人よ。遠いところへ行きましょう。まったくの最初から、すべて新しくすべて二人だけの、あたしたちの生活をしましょう。あたしたちの火を燃やしましょう。いっしょに坐ってご飯を食べましょう。夜には長い語らいをしましょう」

そして、その想《おも》いは、ほとんど「あたしを救《たす》けて、あなた、あたしを救けて！」というほどであった。

……「まあ、馬鹿《ばか》を言いなさんな！　淑女ぶったりしてはだめよ。若いときには、大いに楽しむことだわ。それがわたしの忠告よ」そこで、愚かな笑いの高い声が、ハリー・ケンバー夫人の、かん高い、人を無視した、いななきのような声に和した。

そう、ひとは相手がないときには、ひどく厄介なことになる。物事に支配されやすい。思いきって大胆にもなり得ない。そして、いつも、「湾」の他の間抜けな連中と同じく未熟で、固苦しいと人に見られやしないか、という恐れをいだいている。それに——また、自分がほかの人々にまさる力をもっているということを知るのは、たいへん気持がいいものだ。そう、それは、たしかに気持がいい……

おお、なぜ、おお、なぜに、そういう「理想の人」が早くやってこないのか？　もしあたしがここにずっと住んでいるならば、やがて、あたしに何か起るかもしれない、とベリルは思った。

「だが、そういう人がやってくると、どうしてわかるのか？」彼女の裡《うち》の小さな声が嘲笑《ちょうしょう》した。

　だが、ベリルはその声を追いはらった。自分が取りのこされるなんていうことはない。ほかの人々ならまだしも、自分はそんなことはない。ベリル・フェアフィールド——あの美しい、魅力のある娘が結婚しないで終るなどとは、とうてい考えられないことだ。

「ベリル・フェアフィールドを憶《おぼ》えている？」

「憶えているって！　なんだか、こっちが忘れているようなことを言うわね！　あのひとを見たのは、ある夏の湾でのこと。あのひとは、ブルーの」——いや、ピンクの——「モスリンの上衣《うわぎ》を着て、大きな、クリームいろの」——いや、黒い——「むぎわら帽子を手でおさえていたわ。でも、あれはもう何年か前のことだわ」

「あのひとは、いまでもきれいよ、たしかに、前よりもっときれいになっているわ」

　ベリルは笑って、唇を噛《か》み、庭の向うを見つめた。そうやって見つめているとき、彼女は、だれか男の姿が道路を離れて、牧場の囲い地を柵にそって進んでいるのをみとめた、まるで、自分のほうへまっすぐにやってこようとしているかのように。心臓がドキドキ打った。だれだろう？　夜盗であるはずはない、たしかに、夜盗ではない、男は煙草《たばこ》をふかし、快活そうに歩いているから。ベリルの心臓はドキンとした、心臓はひっくり返って、そして止るようにおもわれた。男がだれだか、わかったからである。

「こんばんは、ベリルさん？」その声がやさしく言った。

「こんばんは」

「ちょっと、散歩に出てきませんか？」長くひっぱる言い方だった。

散歩に出るって――夜のこんな時間に！「だめですわ。みんな寝てるんですもの。みんな眠っているのよ」

「なあに」とその声は軽く言って、かんばしい煙草の煙の一吹きが、彼女のところまでただよってきた。「ほかの人なんか、どうでもいいじゃないですか？　さあ、いらっしゃい？　こんないい晩だから。外にはだれもいませんよ」

ベリルは頭をふった。しかし、すでに彼女の心中では、何かがうごめき、何かが頭をもたげた。

その声は、「こわいんですか？」と言った。「弱虫のお嬢さん」と彼女をあざけった。

「こわいことなんかあるもんですか」と彼女は言った。そう言いながら、彼女の中の、あの弱いものがほどけて、とつぜん、非常に強くなってきたように感じられた。出ていきたいのだ！

それと同時に、そのことが相手にすっかりわかったかのように、その声は、おだやかにやさしく、だが止《とど》めを刺すように、「さあ、来なさい！」と言った。男は、ベリルは、低い窓をまたぎ越えて、芝生を走って、門のところまで行った。彼女のすぐ前にいた。

「それでいい」とその声はささやいて、それからからかうように、「こわいことないんでしょう？　こわくはないんでしょうね？」

彼女はこわいのだ、いまここまで来てみると、恐ろしくなった、すべてが違ったようにおもわれた。月の光は真正面から照って、キラキラした。物の影は、鉄の横棒のようだった。彼女の手はつかまれた。

「ちっとも」と彼女は浮いた調子で、「こわくなんかないわ！」

彼女の手は、そっと引かれ、ぐいとひっぱられた。彼女はうしろへ退《ひ》いた。

「だめ、あたし、これ以上行かないことよ」とベリル。

「なにを、馬鹿な！」ハリー・ケンバーは彼女の言うことを本当にしなかった。「さあ、おいで！　あのツリウキソウの草むらまで行きましょう。さあ、行こう！」

ツリウキソウは丈が高かった。それはしだれて、柵の上にたれかかっていた。その下には、少しの暗い隠れ場所があった。

「だめ、ほんとうに、あたしはいやよ」とベリル。

ちょっとの間、ハリー・ケンバーは何も答えなかった。それからそばにぐっと近よって、彼女のほうに向い、笑いながら口ばやに、「馬鹿なことを言うんじゃない！馬鹿なことを！」と言った。

彼の笑いは、何かそれまで見たことのないものだった。そのキラキラする、うつろの、恐ろしい感じのする笑いは、彼女を恐怖でぞっとさせた。お前は何をしているのか？　どうしてここへやって来たのか？　きびしい庭が彼女にこう問うたとき、門がぐいと押しあけられ、猫のようにすばやくハリー・ケンバーが入ってきて、彼女をぐいと引きよせた。

「冷淡なひとだ！　冷淡なひとだ！」と憎悪《ぞうお》のこもった声が言った。

しかし、ベリルは強かった。彼女はすり抜け、ひょいと身をかがめて、もがき脱《のが》れた。

「いやらしいひと、いやらしいひとね」と彼女は言った。

「それならば、いったい、なんだってここへ来たんだ？」ハリー・ケンバーは口ごもって言った。

彼に答えるものはなかった。

小さい、静かな雲が月をかすめて流れた。その暗くなった合間に、海は、深いざわめきの音をひびかせた。それから、雲はただよい去って、海の音はかすかな呟《つぶや》きになった、あたかも暗い夢からさめたように。すべてが静かであった。

解説

安藤一郎

キャサリン・マンスフィールドは、旧名をキャサリン・ビーチャムと言い、一八八八年、ニュージーランドのウェリントン市の実業家の次女として生れた。少女のときから芸術にあこがれを持ち、ロンドンへ遊学し、クイーンズ・カレッジに学んで、その後一度音楽家との結婚生活に入ったが、それはきわめて短く、不幸な結果に終った。一九一二年ころ、当時まだオックスフォードを卒《お》えて間もなかった文芸批評家のジョン・ミドルトン・マリーと相知り、やがて二人は熱烈な恋愛に陥った。だが、彼女の前夫がなかなか離婚を許さなかったので、二人が法律的に夫婦となったのは、ようやく一九一八年になってからであった。

マンスフィールドが自分の才能を見出《みいだ》し、またわれわれがいま彼女の作品に接することができるのは、すべてこのマリーの美しい愛情とこの上なく深い理解によるものである。彼女は、マリーの鼓舞によって、彼が編集していた「リズム」や「アシーニアム」などの雑誌に、短編や批評や感想を書いた。また、マリーのまわりに集まる若い作家と親しむことができた――その中には、D・H・ロレンス、オールダス・ハックスレー、また女流作家のヴァージニア・ウルフなどがおり、いずれもあとでは、二十世紀の英文学に、大きな足跡を残した人々である。それゆえに、マンスフィールドの最上の作品には、第一次大戦後の新しい文学的雰囲気が、きわめて色濃く反映していることは言うまでもない。

しかし、彼女の小説修業はチェーホフから始まったことが、その日記や手紙によって、はっきりと窺《うかが》われる――そればかりでなく、チェーホフの「ねむたい子」をそっくり模倣したともおもわれる「疲れた子」というのが、処女短編集『ドイツの下宿にて』（一九一一年）の中に見出される。これは、数年前英国で明らかに剽窃だと言う人が出て、ちょっとした論争を巻き起したが、要するに、習作時代に、彼女は自分の好きなチェーホフを真似《まね》したのであろう。こういうことは、マンスフィールドに限らず、作家にはよくある例で、それだからといって、それからのちに輝き出たマンスフィールドの独自性というものを、否定することはできない。彼女がいかにチェーホフに傾倒していたか、という証拠にすぎないのである。

実際、処女短編集の『ドイツの下宿にて』あたりで留まったならば、マンスフィールドは平凡な作家で終ったかもしれない。ところが、次の『幸福、その他』（一九二〇年）あたりから、作風が一転して、彼女の個性が閃《ひらめ》きだし、さらに、『園遊会、その他』（一九二二年）に至って、ある完璧《かんぺき》に近いものをあらわすようになった。事実、彼女の作品群としては、『園遊会』に含まれたものが最も優れていると思う。これと、「一杯のお茶」や「蠅《はえ》」を含む『鳩《はと》の巣、その他』（一九二三年）——これは彼女の死んだ直後に出た——の二つがいちばん重要とおもわれる。なおそのほかに、『子供らしいもの、その他』（一九二四年）と『蘆薈《ろかい》』（一九三〇年）の二巻が、あとからマリーの編纂《へんさん》で刊行された。前者は、『ドイツの下宿にて』と『幸福』の間の時代に書かれたもの、後者は、南仏《なんふつ》のバンドンで取りかかった未完の長編で、これは前に「序曲」という題名の短編にかえられて、『幸福』の巻頭におかれたものである。

これらの小説集以外に、スティーヴンソン風のかわいらしい抒情詩《じよじようし》をまとめた『詩集』（一九二三年）のほか、『日記』（一九二七年）、『手紙』、それから「アシーニアム」誌に寄稿した批評を集めた『小説と小説家』（一九三〇年）があり、マンスフィールドを理解する良い資料を供している。これらは、いずれもマリーの献身的な努力によって、整理編纂されたものである。

最近さらに、マンスフィールドがマリーに送った愛の手紙で、これまで公にされなかったものを加えた『ジョン・ミドルトン・マリーに送ったキャサリン・マンスフィールドの手紙、一九一三――一九二二年』（一九五一年）が出版されたが、これなどによると、彼女の性格や、その内部的生活が一層よくわかるようである。マンスフィールドの手紙は、いろいろな意味で非常に興味深い。

マンスフィールドは、感受性が繊細で、豊かな空想力を持った婦人だったが、一面また気まぐれで、むしろ「病的」とも言うべきところもあって、この傾向は晩年に近づくにつれて甚《はなは》だしくなっていった――生来病弱で、『ドイツの下宿にて』も療養生活をしていたときの経験を書いたものであるが、リュウマチ、肋膜《ろくまく》、肺結核というように、一生病気で悩まされつづけた。彼女が、フランスに多くの時を過していたのも、そういう恵まれない健康を保つためであった――そのような疾患が彼女の精神を絶えずさいなんでいたことも事実である。しかし彼女が自分の創造的な仕事に、その蝕《むしば》まれた肉体を賭《か》けていたということのほうが、もっと重大な意味をわれわれに教えるのである。『園遊会』が出るに及んで、マンスフィールドの作家としての地位は確立したのであるが、そのころから病勢がとみに進んで、その翌年――一九二三年一月九日に、パリ郊外のフォンテンブローにおいて、三十四歳の若さで世を去った。

キャサリン・マンスフィールドが、真にユニークな稟質《ひんしつ》をそなえた、まれに見る作家であることは、二つの点から判断することができよう。

一つは、そのデリケートな感受性、自然や人間にたいする鋭い洞察、また明るくいきいきした詩情である。第一次大戦後から新しい気運を胎《はら》んでいた英国小説は、ジョイス、ロレンス、ハックスレー、あるいは女流作家のウルフやリチャードソンなどに示されているように、それぞれ差違はあるが、大体に心理主義的な傾向が著しかった――マンスフィールドも、こういう雰囲気をいち早く予知して、それを彼女らしいやり方で活用し始めていたようである。だが、マンスフィールドは、ジョイスやウルフのように、ただ心理分析だけを中心にテーマにしてはいなかった。人間を心理的に解釈するということにおいては、やはり彼らと変りがなかったかもしれない。だが、単に「心理」だけを取り扱おうとしたのではない。マンスフィールドは、短編の新しい型を追求するうえに、心理の重要性を、短編にふさわしく取り扱ったのだ、つまり、短編の中にあらわす人生と人間の関係を見透そうとするときに、そこへ「心理」の錐《きり》をさしこんだ。短編に、細く深い穴を穿《うが》ったのである――このような「心理」の穴は、たぶんに暗示的で、象徴的だ、ときには神秘的にさえ見えてくる。読者は、彼女の小説を読んでいるとき、描写から突然に飛躍して、「独白」が嵌《は》めこまれているのにぶつかって、ハッとする。それが、また一つの新しい驚異なのである。

マンスフィールドの技巧というものも、もちろん、そういうところから出ている。きわめて小さな事柄や、まったく日常的な現象が、彼女の世界では不思議に精彩をおびてくるのは、そのためである。

それともう一つは、マンスフィールド独特の文体である。精緻《せいち》で微妙な文体は、一種の印象主義とも言うべきものだが、それ自身、清新なリズムを持っている――これは、おそらく、ヴァージニア・ウルフなどと同じく、一九一〇年代に英米の詩人たちが起した新詩運動のイマジズムに影響されたものと想像される――非常に明確なイメージを捉《とら》えた詩的な散文である。散文に、こういう詩的要素を入れるということは、大きな冒険であり、また、しばしば落ちつきのない混迷をもたらしやすいものだが、マンスフィールドは、これを定着させることができた。彼女の文章が今日読んでも、依然としてフレッシュな永続性を有し、尽きることない魅力を感じさせるのは、そういう技巧が薄っぺらなものでなく、作家の誠実さということと一致する、完璧を目ざす芸術家のたましいと結びついていたからである。

たしかに、子供を取り扱うときなどの、マンスフィールドの共感というものは、彼女が実に純粋で、美しい精神を持っていることがわかる――すべてを越えて、われわれの心を捉えるのは、そういう美しい精神であろう。彼女は知的な女性でなく、最後まで少女の領域を出なかった、といったような批評を下す人もあるが、これもまた少し極端な観方《みかた》である。マンスフィールドは、やはり近代女性としての烈《はげ》しい自己意識に悩んでいたと考えるべきであろう――人生のさまざまな苦難を通りながら、自分のたましいをみずから浄化し、みずから明澄《めいちょう》にみがいていった、というマリーの思いやり深い言葉には、同感しないわけにいかない。そうでなければ、彼女の明るく澄みきった作品に、時々陰影を落している、皮肉と哀愁というものを、どう解釈すべきであろう？マンスフィールドの作品は、単なる、甘い、自然流露のものではない。優れた芸術家の気質には必ず付きまとう「悪魔的《ディーモニック》な」要素が、彼女のうちに働いているのである。

しかしながら、マンスフィールドは、決して大きな作家ではない――「幅においては、キャサリン・マンスフィールドは、きわめて小さな芸術家であった。しかし、彼女は純粋な芸術家であったゆえに、大きな芸術家だったのだ。芸術的な仕事の領域では、小さなものは大きなものと同じであり、また大きなものはそれ以上大きなものにならないからである」とマリーは言っている。マンスフィールドは、まだ規模の小さな作家で終った――だが、これほどに深い印象を与える作家は、そう多くはない。マンスフィールドは、英国の文学ではまったく珍しい存在である、ということは、二十世紀の短編作家としては、世界で有数な位置を占めるのかもしれない。事実、彼女は英米のみならず、早くからフランスで高く評価されていたのである。

この巻に訳された十五編は、『園遊会、その他』におさめられているもので、マンスフィールドの豊かな感受性と技巧の冴《さ》えを、ことによく示していると思う。「初めての舞踏会」「船の旅」などは、彼女のまだ幼いときや少女のころの思い出が、鮮やかに活《い》かされているようにおもわれる。また「湾の一日」にも、故郷ニュージーランドの記憶がよみがえって、明るい楽しさがみなぎっているようだ。たとえば、「船の旅」に出てくる祖父というのは、彼女のほんとうの祖父アーサー・ビーチャムのことで、オーストラリア開拓民の中の主要人物であったという。これらの二つは、その意味で、ある共通点を持っている——人生の入口に立つ少女のきわめて敏感で懐疑的な心理の陰影が、驚くほど微妙に捉えられている、前者は華やかな光の中に、後者は暗い悲しみの影に。同じ系統に、「若い娘」も入るが、これはもっと客観的に、突き放して書いてあるが、その筆触は簡潔で、実に垢抜《あかぬ》けがしている。まるで、フランスの絵を見るようだ。しかも、奥底には、何か非情で鋭いものがひそみ、時々ハッと驚かせる——私は、「若い娘」を高く評価したい。

「園遊会《ガーデン・パーティー》」は、「湾の一日」や『鳩の巣』中の「人形の家」などと共に、マンスフィールドの代表作というべきもので、彼女の作品としては比較的長いほうである。楽しく華やかな園遊会を通して感じやすい少女の心の中に投じられた一抹の陰影――それは、人生にたいする最初の眼ざめである。終りの「人生というものは――」というおぼろな出発は、またマンスフィールドの他の短編へつながりひろまっている。「パーカーおばあさんの人生」に流れている哀愁と孤独感は、それの深まりである。「理想的な家庭」の老境に入った実業家の悲哀と幻滅にもつづいている。

「見知らぬ者」もよくできた作品で、一種のアイロニーがある。人生の悲劇というものは、われわれのまったくわからない所に起り、そして、永久に消えない痕跡《こんせき》を、心に残すのである。アイロニーといえば、マンスフィールドは、時々意地悪ないたずら気を出して、人間の生活を、じっと横眼で眺めていることがある。「鳩氏と鳩夫人」がそれである。こういう傾向は、「新時代風の妻」「大佐の娘たち」「声楽の授業」「ブリル女史」「小間使」などに相通じるものであろう。

「湾の一日」は、彼女の作品で最も長いものの一つであり、また、最も周到なテクニックを用いた短編である。これは、ニュージーランドのある都市の避暑地を舞台にとって、そこの明けがたから夜半までを十二の部に分け、しかも、人物と背景に、融然たる統一を付すような試みをしている。劇的というより、むしろ映画的で、スケッチ風に描かれた各場面は、カットバック、フラッシュバックといった方法で継ぎ合わされ、いわばモンタージュをなしている。この中で優れているのは、海の描写と一群の子供たちの活動である。イザベル、キザイア、ロッティの三人姉妹のかわいらしさと、男の子を加えた、洗濯小屋の中のトランプ遊びのところなどは、一度読んだら決して忘れられないだろう。そして、こういう無邪気な子供の世界に対照して、不思議に暗く複雑な大人の世界が、はっきりと浮き出している。冒頭の書出しでも見られるように、そういった人間の関係を、さらに大きな深い自然が包んでいるのである――全体に横溢《おういつ》しているマンスフィールドの美しい詩情が、この作品を不朽なものにしていると言うことができるだろう。

この翻訳は昭和二十八年に一度刊行されたが、こんど本文庫に入れるにあたって、全面的に訂正補筆して、改めたところが少なくない。なお作品の排列は、原書によらないで、読者の興味を慮《おもんぱか》って、順序をかえてあることをお断わりしておく。

（昭和三十二年八月）

本作品集中には、今日の観点からみると差別的表現ととられかねない箇所が散見しますが、作品自体のもつ文学性ならびに芸術性、また訳者がすでに故人であるという事情に鑑み、原文どおりとしました。

（新潮文庫編集部）

中村能三訳
サキ短編集
ユーモアとウィットの味がする糖衣の内に不気味なブラックユーモアをたたえるサキの独創的な作品群。「開いた窓」など代表作21編。

ジョイス
安藤一郎訳
ダブリン市民
宗教、死、肉体、愛など人間の心に潜む神秘をテーマにして、生れ故郷ダブリン市民の生活の種々相をリアリズムでとらえた15編収録。

ワイルド
西村孝次訳
幸福な王子
死の悲しみにまさる愛の美しさを高らかに謳いあげた名作「幸福な王子」。大きな人間愛にあふれ、著者独特の諷刺をきかせた作品集。

延原　謙訳
ドイル傑作集（I）
―ミステリー編―
奇妙な客の依頼で出した特別列車が、線路上から忽然と姿を消す「消えた臨急」等、ホームズ生みの親によるアイディアを凝らした8編。

S・モーム
中野好夫訳
雨・赤毛
―モーム短篇集（I）―
南洋の小島で降り続く長雨に理性をかき乱されてしまう宣教師の悲劇を描く「雨」など、意表をつく結末に著者の本領が発揮された3編。

井上宗次
石田英二訳
クリスティ短編集
（I・II）
灰色の脳細胞の持主ポワロ。やさしい老婦人ミス・マープル。英国紳士パーカー・パイン。三人の名探偵が独自の持味で勝負する傑作選。

大久保康雄訳

O・ヘンリ短編集（一・二・三）

絶妙なプロットと意外な結末、そして庶民の哀歓とユーモアの中から描き出される温かい人間の心――短編の名手による珠玉の作品集。

カポーティ
龍口直太郎訳

ティファニーで朝食を

〝旅行中〟と記された名刺を持ち、野鳥のように自由を求めて飛翔する美女ホリーをファンタジックに描く夢と愛の物語、他3編収録。

カポーティ
川本三郎訳

夜の樹

旅行中に不気味な夫婦と出会った女子大生。人間の孤独や不安を鮮やかに捉えた表題作など、お洒落で哀しいショート・ストーリー9編。

S・キング
山田順子訳

スタンド・バイ・ミー
―恐怖の四季　秋冬編―

死体を探しに森に入った四人の少年たちの、苦難と恐怖に満ちた二日間の体験を描いた感動編「スタンド・バイ・ミー」。他1編収録。

S・キング
浅倉久志訳

ゴールデンボーイ
―恐怖の四季　春夏編―

ナチ戦犯の老人が昔犯した罪に心を奪われた少年は、その詳細を聞くうちに、しだいに明るさを失い、悪夢に悩まされるようになった。

サリンジャー
野崎　孝訳

ナイン・ストーリーズ

はかない理想と暴虐な現実との間にはさまれて、抜き差しならなくなった人々の姿を描き、鋭い感覚と豊かなイメージで造る九つの物語。

大久保康雄訳

スタインベック短編集

自然との接触を見うしなった現代にあって、人間と自然とが端的に結びついた著者の世界は、その単純さゆえいっそう神秘的である。

古沢安二郎訳

マーク・トウェイン短編集

小さな港町に手のつけられない腕白小僧として育ち、その後の全生涯を冒険の連続のうちに送ったマーク・トウェインの傑作7編収録。

龍口直太郎訳

フォークナー短編集

アメリカ南部の退廃した生活や暴力的犯罪の現実を、斬新な独特の手法で捉えたノーベル賞受賞作家フォークナーの代表作を収める。

フィツジェラルド
野崎 孝 訳

フィツジェラルド短編集

絢爛たる'20年代、ニューヨークに一世を風靡し、時代と共に凋落していった著者。「金持の御曹子」「バビロン再訪」等、傑作6編。

R・ブラッドベリ
伊藤典夫訳

二人がここにいる不思議

死んで久しい両親を、レストランに招待した男、天国までワインを持っていこうとする呑んべえ領主に対抗する村人たちなど23短編。

R・ブラウン
柴田元幸訳

体の贈り物

食べること、歩くこと、泣けることはかくも切なく愛しい。重い病に侵され、失われゆくものと残されるもの。共感と感動の連作小説。

ヘミングウェイ
高見浩訳

われらの時代・男だけの世界
―ヘミングウェイ全短編1―

パリ時代に書かれた、ヘミングウェイ文学の核心を成す清新な初期作品31編を収録。全短編を画期的な新訳でおくる、全3巻の第1巻。

ヘミングウェイ
高見浩訳

勝者に報酬はない・キリマンジャロの雪
―ヘミングウェイ全短編2―

激動の'30年代、ヘミングウェイは時代と人間を冷徹に捉え、数々の名作を放ってゆく。17編を収めた絶賛の新訳全短編シリーズ第2巻。

ヘミングウェイ
高見浩訳

蝶々と戦車・何を見ても何かを思いだす
―ヘミングウェイ全短編3―

炸裂する砲弾、絶望的な突撃。スペインの戦場で、作家の視線が何かを捉えた――生前未発表の7編など22編。決定版短編全集完結！

ポー
佐々木直次郎訳

モルグ街の殺人事件

異常に残虐な母娘殺人事件の謎を天才的な分析力の持主デュパンが解く表題作は、ポーの推理小説中の代表作。他に怪奇に満ちた4編。

ブコウスキー
青野聰訳

町でいちばんの美女

救いなき日々、酔っぱらうのが私の仕事だった。バーで、路地で、競馬場で絡まる淫猥な視線。伝説的カルト作家の頂点をなす短編集！

C・ブコウスキー
青野聰訳

ありきたりの狂気の物語

強烈な露悪。マシンガンのようなB級小説の文体。世紀末の日本を直撃した前作「町でいちばんの美女」を凌駕する超短編集。

水いらず
サルトル
伊吹武彦他訳
性の問題を不気味なものとして描いて実存主義文学の出発点に位置する表題作、限界状況における人間を捉えた「壁」など5編を収録。

小鳥たち
A・ニン
矢川澄子訳
美貌の女流作家ニンが、恋人ヘンリー・ミラーの勧めで、一人の好事家の老人のために匿名で書いた、妖しくも強烈なエロチカ13編。

カルメン
メリメ
堀口大學訳
ジプシーの群れに咲いた悪の花カルメン。荒涼たるアンダルシアに、彼女を恋したがゆえに破滅する男の悲劇を描いた表題作など6編。

モーパッサン短編集（一・二・三）
青柳瑞穂訳
モーパッサンの真価が発揮された傑作短編集。わずか10年の創作活動の間に生み出された多彩な作品群から精選された65編を収録する。

転落・追放と王国
カミュ
大久保敏彦
窪田啓作訳
暗いオランダの風土を舞台に、過去という楽園から現在の孤独地獄に転落したクラマンスの懊悩を捉えた「転落」と「追放と王国」を併録。

肉体の悪魔
ラディゲ
新庄嘉章訳
第一次大戦中、戦争のため放縦と無力におちいった青年と人妻との恋愛悲劇を描いて、青春の心理に仮借ない解剖を加えた天才の名作。

ヘッセ
高橋健二訳

メルヒェン

おとなの心に純粋な子供の魂を呼びもどし、清らかな感動へと誘うヘッセの創作童話集。「アウグスツス」「アヤメ」など全8編を収録。

T・マン
高橋義孝訳

トニオ・クレーゲル ヴェニスに死す

ノーベル文学賞受賞

美と倫理、感性と理性、感情と思想のように相反する二つの力の板ばさみになった芸術家の苦悩と、芸術を求める生を描く初期作品集。

グリム
植田敏郎訳

白雪姫

—グリム童話集（Ⅰ）—

ドイツ民衆の口から口へと伝えられた物語に愛着を感じ、民族の魂の発露を見出したグリム兄弟による美しいメルヘンの世界。全23編。

グリム
植田敏郎訳

ヘンゼルとグレーテル

—グリム童話集（Ⅱ）—

人々の心に潜む繊細な詩心をとらえ、芸術的に高めることによってグリム童話は古典となった。「森の三人の小人」など、全21編を収録。

グリム
植田敏郎訳

ブレーメンの音楽師

—グリム童話集（Ⅲ）—

名作「ブレーメンの音楽師」をはじめ、「いばら姫」「赤ずきん」「狼と七匹の子やぎ」など、人々の心を豊かな空想の世界へ導く全39編。

B・シュリンク
松永美穂訳

逃げてゆく愛

『朗読者』の感動を再び。若い恋人たち、常に孤独で満たされない中年男性——様々な愛の模様を綴った、長い余韻が残る七つの物語。

チェーホフ
小笠原豊樹訳

かわいい女・
犬を連れた奥さん

男運に恵まれず何度も夫を変えるが、その度に夫の意見に合わせて生活してゆく女を描いた「かわいい女」など晩年の作品7編を収録。

トルストイ
原　卓也　訳

クロイツェル・ソナタ
悪　魔

性的欲望こそ人間生活のさまざまな悪や不幸の源であるとして、性に関する極めてストイックな考えと絶対的な純潔の理想を示す2編。

アンデルセン
矢崎源九郎訳

人魚の姫
―アンデルセン童話集(Ⅰ)―

人間の王子さまに一目で恋した人魚の姫は、美しい声とひきかえで魔女に人間にしてもらうが……。表題作などアンデルセン童話16編。

アンデルセン
山室　静　訳

おやゆび姫
―アンデルセン童話集(Ⅱ)―

孤独と絶望の淵から〝童話〟に人生の真実を結晶させて、人々の心の琴線にふれる多くの作品を発表したアンデルセンの童話15編収録。

アンデルセン
矢崎源九郎訳

マッチ売りの少女
―アンデルセン童話集(Ⅲ)―

雪の降る大晦日の晩、一本も売れないマッチを抱えた少女。あまりの寒さに、一本、もう一本とマッチを点していくと……。全15編。

J・ラヒリ
小川高義訳

停電の夜に
ピュリツァー賞・O・ヘンリー賞受賞

ピュリツァー賞など著名な文学賞を総なめにした、インド系新人作家の鮮烈なデビュー短編集。みずみずしい感性と端麗な文章が光る。

新潮文庫最新刊

重松清著　きみの友だち

僕らはいつも探してる、「友だち」のほんとうの意味——。優等生にひねた奴、弱虫や八方美人。それぞれの物語が織りなす連作長編。

唯川恵著　恋せども、愛せども

会社員の姉と脚本家志望の妹。郷里の金沢に帰省した二人は、祖母と母の突然の結婚話に驚かされて——。三世代が織りなす恋愛長編。

金城一紀著　対話篇

本当に愛する人ができたら、絶対にその人の手を離してはいけない——。対話を通して見出されてゆく真実の言葉の数々を描く中編集。

湯本香樹実著　春のオルガン

いったい私はどんな大人になるんだろう？小学校卒業式後の春休み、子供から大人へとゆれ動く12歳の気持ちを描いた傑作少女小説。

橋本紡著　流れ星が消えないうちに

忘れないで、流れ星にかけた願いを——。永遠の別れ、その悲しみの果てで向かい合う心と心。切なさ溢れる恋愛小説の新しい名作。

志水辰夫著　帰りなん、いざ

美しき山里——、その偽りの平穏は男の登場によって破られた。自らの再生を賭けた闘い。静かに燃えあがる大人の恋。不朽の長篇。

新潮文庫最新刊

吉本隆明著
日本近代文学の名作
名作はなぜ不朽なのか？　近代文学の名篇24作から「名作」の要件を抽出し、その独自の価値を鮮やかに提示する吉本文学論の精髄！

阿刀田高著
短編小説より愛をこめて
短編のスペシャリストで、「心中してもいい」とまで言う著者による、愛のこもったエッセイ集。巻末に〈私の愛した短編小説20〉収録。

岩合光昭著
ネコさまとぼく
世界の動物写真家も、ネコさまには勝てない。初めてカメラを持ったころから、自分流を作り上げるまで。岩合ネコ写真Best of Best

半藤末利子著
夏目家の福猫
〝狂気の時〟の恐ろしさと、おおらかな素顔。母から聞いた漱石の家庭の姿と、孫としての日常をユーモアたっぷりに描くエッセイ。

安保徹著
病気は自分で治す
―免疫学101の処方箋―
病気の本質を見極め、自分の「生き方」から見直していく――安易に医者や薬に頼らずに自己治癒できる方法を専門家がやさしく解説。

大橋希著
セックス　レスキュー
人妻たちを悩ませるセックスレス。「性の奉仕隊」が提供する無償の性交渉はその解決策となりうるのか？　衝撃のルポルタージュ。

新潮文庫最新刊

泉　流星著
僕の妻はエイリアン
—「高機能自閉症」との不思議な結婚生活—
地球人に化けた異星人のように、会話や行動に理解できないズレを見せる僕の妻。その姿を率直にかつユーモラスに描いた稀有な記録。

チェーホフ
松下裕訳
チェーホフ・ユモレスカ
—傑作短編集Ｉ—
哀愁を湛えた登場人物たちを待ち受ける、あっと驚く結末。ロシア最高の短編作家の、ユーモアあふれるショートショート、新訳65編。

フリーマントル
戸田裕之訳
ネームドロッパー（上・下）
個人情報は無限に手に入る！　ネット上で財産を騙し取る優雅なプロの詐欺師が逆に女にハメられた？　巨匠による知的サスペンス。

B・ウィルソン
宇佐川晶子訳
こんにちは アン（上・下）
世界中の女の子を魅了し続ける「赤毛のアン」が、プリンス・エドワード島でマシュウに出会うまでの物語。アン誕生100周年記念作品。

J・アーチャー
永井淳訳
プリズン・ストーリーズ
豊かな肉付けのキャラクターと緻密な構成、意外な結末——とことん楽しませる待望の短編集。著者が服役中に聞いた実話が多いとか。

L・アドキンズ
R・アドキンズ
木原武一訳
ロゼッタストーン解読
失われた古代文字はいかにして解読されたのか？　若き天才シャンポリオンが熾烈な競争と強力なライバルに挑む。興奮の歴史ドラマ。

Title : THE GARDEN PARTY
Author : Katherine Mansfield

マンスフィールド短編集《たんぺんしゅう》

新潮文庫　マ-2-1

昭和三十二年八月三十日　発行
平成二十年六月二十五日　五十六刷改版

訳者　安《あん》藤《どう》一《いち》郎《ろう》

発行者　佐藤隆信

発行所　株式会社新潮社

郵便番号　一六二―八七一一
東京都新宿区矢来町七一
電話 編集部(〇三)三二六六―五四四〇
電話 読者係(〇三)三二六六―五一一一
http://www.shinchosha.co.jp

価格はカバーに表示してあります。

乱丁・落丁本は、ご面倒ですが小社読者係宛ご送付ください。送料小社負担にてお取替えいたします。

印刷・錦明印刷株式会社　製本・錦明印刷株式会社

© Yôichi Andô 1957　Printed in Japan

ISBN978-4-10-204801-6 C0197